10
여성향 게임 세계는★
모브에게 가혹한 세계입니다
THE WORLD OF OTOME GAMES IS A TOUGH FOR MOBS.

CONTENTS

THE WORLD OF OTOME GAMES IS A TOUGH FOR MOBS.

프롤로그

남자가 책상 위를 내리쳤다.

"안 돼. 안 된다고. 이런 녀석들을 인정할 수 있겠냐!"

창문에서 비쳐 들어오는 저녁놀로 붉게 물든 교실에서, 나【리온 포우 발트파르트】는 화내고 있는 남학생 옆에 앉아 있었다.

나는 어이없는 기분으로 흥분한 남학생을 의욕 없이 달랬다.

"그렇게 화내지 말라고."

하지만 본인은 자기가 감정적으로 변한 상태임을 인정하지 않았다.

"화내고 있지 않다."

남학생——【핀 루타 헤링】은 불만스러운 듯이 내게서 고개를 돌리고는 팔짱을 끼고 침묵해 버렸다.

갈색 피부에 키가 큰 헤링은 이목구비도 가지런한 미남이다.

목 뒤로 묶은 긴 은발에 붉은 눈동자라는 눈에 띄는 외모를 지니고 있다.

그는 호르파트 왕국 출신이 아니라 외국의 볼데노와 신성 마법 제국 출신이다.

이 이국의 미남님은 왕국 사람과는 용모가 다르기에 여자들 사이에서는 미스테리어스한 꽃미남으로서 엄청난 인기를 끌고 있었다.

하지만 주위 여자들이 아무리 시끄럽게 떠들어 대도, 헤링이 돌아보는 일은 없다.

그가 중요하게 여기는 여학생은 따로 있기 때문이다.

헤링은 그 여학생을 지키기 위해 제국의 오래된 제도까지 이용하여 호르파트 왕국 유학길에 따라왔다.

그 여학생의 이름은【미아】. 올해 호르파트 왕국 학원에 유학 온 몸집이 작고 활발한 여자애로, 바로 그 여성향 게임 3탄의 주인공이다.

그런 미아를 지키기 위해 헤링이 뭘 하고 있는가 하면——.

“애초에 이 녀석이고 저 녀석이고 전부 미아한테 어울리지 않는다.”

——책상 위에 늘어 놓인 사진을 보며, 주인공의 연인이 될 가능성이 있는 공략 대상을 품평하는 중이다.

이 헤링이라는 남자는 주인공에게 연애 감정을 품고 있지 않은데도 미아의 연인 고르기에 무서울 만큼 진지했다.

나는 사진 중 한 장을 손에 들었다.

사진에 찍힌 제이크 전하——【제이크 라파 호르파트】는 호르파트 왕국 제2 왕자로서, 현재 왕태자 지위에 가장 가까운 남자다.

몸집은 작으면서도 시건방져 보이는 얼굴을 한 제이크의 사진을 본 나는 작게 한숨을 내쉬며 사진을 헤링의 눈앞에 놓았다.

“그 여성향 게임에서는 제이크가 메인 취급이라더라. 그냥 이 녀석으로 해도 되지 않냐?”

제이크로 타협하라고 건성으로 말했더니, 헤링이 눈을 날카롭게 뜨고 엄격하게 평가했다.

“이 녀석은 왕태자 자리가 공석인데도 여전히 왕자이지 않나. 게다가 이 녀석은 야심이 너무 강해. 주위에 싸움을 걸 것 같은 녀석과 있으면 미아가 고생하니까 안 된다.”

헤링 안에서 제이크 전하는 미아한테 걸맞지 않은 모양이다.

다음 사진을 헤링에게 보여줬다.

“그렇다면【오스칼 피아 호건】은 어때?”

빨간 머리카락에 체격이 튼실한 오스칼은 조금── 아니, 상당히 바보지만 근본은 좋은 녀석이다.

제이크보다는 가능성이 있다고 생각했는데, 헤링은 쉽사리 제외했다.

“이 녀석은 미아와 같은 클래스인데, 상당한 바보다. 개인적으로 머리가 좋고 나쁜 거로 이러쿵저러쿵 말할 생각은 없다만, 바보는 미아를 지킬 수 없으니까 걸맞지 않아. 애초에 이 녀석은 네 누나와 사귀고 있잖냐.”

──오스칼.

발트파르트 가문은 지금 이 녀석 덕분에 커다란 폭탄을 끌어안고 있었다.

입학 당초, 오스칼은 내 여동생인【핀리】와 사이좋게 지내고 있었지만, 정신 차리고 보니 누나인【제나】와 좋은 느낌이 되어 있다.

애초에 핀리와 정식으로 사귀고 있었던 건 아니니까 제나와 사귄다고 해도 아무런 문제가 없지만, 둘이 자매라는 점이 악재로 작용했다.

——지금까지 자매로서 사이가 좋았던 핀리와 제나의 관계가 단번에 몹시 차가워지고 말았다.

정체를 알 수 없는 답답한 감정을 품은 핀리한테 제나가 대망의 남자친구가 생겼다며 마구 자랑하는 바람에 큰 싸움으로 번지고 말았다.

핀리가 알게 모르게 오스칼을 이성으로서 의식하던 차에 제나가 옆에서 확 낚아챈 꼴이니까.

——자매끼리 뭘 하는 건지.

그런 연유로, 오스칼은 화약고에 불을 붙이는 듯한 짓을 저질렀다.

난 오스칼이 나쁘다고 생각하지 않지만, 그래도 두 사람의 가족으로서 녀석에게 불만을 표했다.

하지만 바보는 강하단 말이지.

비아냥도 비꼬기도 웃으며 긍정적으로 받아들이니까 전혀 효과가 없었다.

"역시 안 되나."

"여자친구 있는 녀석을 떠넘기려고 하지 마라."

"그렇게 말해도, 애까지 안 되면 실질적으로 남는 건 한 명뿐이라고. ——아론은 여자애가 되어버렸고."

실은 공략 대상 중에는【아론】이라는 남학생도 있었다.
과거형인 건 성전환하여 여자가 되어버렸기 때문이다.
나도 설마 이런 일이 되리라고는 생각지 않았다.
헤링이 뺨을 씰룩쌜룩하며 내게서 몸을 살짝 멀리 떼어 놓았다.
"여자로 만든 건 너희잖냐."
너희, 라고 하나로 싸잡힌 나는 잠자코 있을 수 없었다.
"내가 아니라고.【마리에】랑【크레아레】가 한 짓이잖아! 안 그러냐,【루크시온】?"
나는 내 오른쪽 어깨 근처에 떠 있는 메탈릭 컬러 구체── 루크시온을 바라보며 동의를 구했다.
루크시온의 빨간 렌즈는 헤링 근처에 떠 있는【브레이브】를 향해 있었다.
브레이브── 신인류가 만들어 낸 마장이라 불리는 병기의 코어이자, 마스터로 인정한 헤링을 서포트하는 존재다.
구 인류가 만들어 낸 루크시온과는 적 사이이다.
『──예. 하지만 몇 번이나 상황을 설명해도 이해하지 못하는 건 역시 마장 따위를 사용하고 있기 때문이겠지요. 인간처럼 말하자면 '구역질이 난다'일까요? 신인류의 유물을 계속 써 온 폐해가 헤링한테 증상으로 나타나고 있는 겁니다. 지금 당장 마장 사용을 멈춰야만 한다고 봅니다.』
루크시온이 내 의견에 동의하면서, 헤링과 파트너인 브레이브한테 악담을 퍼부었다.

그건 브레이브도 마찬가지였다.

검은 구체에 빨간 눈동자를 지닌 육안으로 인해 조금 섬뜩하게 생긴 브레이브는 몸에서 작은 손을 꺼내 우리한테 손가락질했다.

『이 자식, 파트너를 욕했어!』

『뭘 듣고 있었던 겁니까? 당신한테도 한 말이라고요.』

『역시 이 자식 열 받는다고오오오오!』

거칠게 날뛰는 브레이브를 싸늘한 눈으로 쳐다보는 루크시온.

둘은 원수지간이라, 입을 열면 서로 욕을 해댔다.

욕설을 내뱉는 파트너를 무시하고, 헤링이 작게 한숨을 내쉬었다.

"미아의 입장은 무척 위태로워."

"——그 여성향 게임의 설정이냐?"

"그래. 평민으로서 자랐지만, 사실 미아는 황제의 사생아다."

"실은 굉장했다는 건 게임에 흔히 있는 설정이지. 남녀가 모두 동경하는 설정이야."

"그런 단순한 이야기가 아니라고."

헤링의 표정은 어두웠다.

"그 출생 신분 탓에 미아는 계승권 싸움에 휘말리고 있어."

"엥? 어째서?"

그 여성향 게임의 주인공인 미아는 아직 자기 태생을 모르지만, 실은 황제 폐하의 사생아다.

비록 평민으로 자랐지만, 엄연한 볼데노와 신성 마법 제국의 황녀님인 거다.

그런데 그녀의 아버지인 황제 폐하가 고령에 접어들면서 계승권 싸움이 시작됐고, 미아는 뜻하지 않게 분쟁에 휘말렸다는 모양이다.

헤링은 심각하게 고민하는 표정을 지으며, 미아의 연인이 될 남자한테 원하는 조건을 말하기 시작했다.

"미아는 황제 자리를 노리고 있지 않아. 하지만 그들에게 본인의 의사 따위는 중요하지 않지. 주위가 미아를 떠받들면 성가시게 느낄 황족이 많으니까 말이지."

"이렇게 말하면 미안하지만, 미아가 황제가 되는 건 어렵지 않냐? 본인은 자기가 황족이라는 것도 모르잖아?"

"그 황족들은 방해될 가능성이 조금이라도 있다면 없애 버리는 게 편하다고 생각할 거다. 그러니까 애정만으로는 안 된다. 어떤 적을 상대하더라도 물리칠 수 있는 강한 능력을 갖춘 남자가 아니면 미아의 연인이 될 수 없어."

책상 위에 늘어 놓인 사진을 내려다보는 헤링의 눈은 정말로 진지했다.

미아를 위해 연인 후보를 고르고 있었다.

그렇지만.

"연인 단계에서 요구할 조건이 아니군."

쓴웃음을 지으며 중얼거리자 헤링이 책상에 주먹을 내리쳤다.

쾅! 하는 커다란 소리가 교실 안에 울려 퍼졌다.

“각오 없는 남자가 미아한테 손을 대는 건 용서 못 한다!”

“오, 오우.”

질척질척한 계승권 싸움에서 미아를 지키려면 단순히 힘이 강한 것만으로는 안 된다.

권력이나 재력, 그리고 집안도 관련되는 문제다.

“제이크가 아레한테 푹 빠지지만 않았어도 가능성이 있었는데.”

호르파트 왕국 제2 왕자로서 그 여성향 게임 3탄의 메인 공략 대상 남자라는 입장이다.

그런 제이크는 야심 이외에도 문제를 끌어안고 있었다.

아론――【아레】다.

마리에와 크레아레 때문에 성전환되어 아론은 여자가 되고 말았다.

애칭은 아이러니하게도 크레아레와 똑같은 아레다.

헤링은 조금 전까지의 진지한 표정에서, 뭐라 말하기 힘든 표정으로 변해 있었다.

“뭐가 어떻게 되면 공략 대상이 여자가 되는 거지?”

헤링에게는 당연한 의문이지만, 그건 나도 마찬가지다.

“내가 지시한 게 아니라고. 그나저나, 이 셋이 안 된다면 남은 건 이 녀석뿐인가.”

현시점에서 남은 마지막 공략 대상의 이름은【에단 포우 롭슨】.

눈꼬리가 처진 미남자인데, 루크시온이 준비한 사진을 보건대 성격이 나빠 보이는 얼굴인 것이 신경 쓰였다.

헤링이 사진을 손에 들고 보더니, 마음에 들지 않는지 딱딱한 표정을 지었다.

"이 남학생에 관해서는 나도 자세히 모른다. 하지만 사진을 보는 한에서는 도저히 강해 보이지는 않는군."

그 말을 듣고 루크시온이 롭슨에 대해 상세하게 보고했다.

『에단은 친형을 밀어내고 백작가의 후계자가 되었습니다. 마법을 다루는 실력뿐만이 아니라 검 실력도 뛰어나다고 합니다. 호르파트 왕국에서 검호 중 한 명으로 꼽히고 있습니다.』

그걸 듣고 나는 브래드와 크리스의 얼굴이 떠올랐다.

에단의 머리카락 색깔은 보라색에 가까워서, 뭐라고 할지――.

"――브래드와 크리스를 더한 듯한 하이브리드구만."

검호이자 마법을 다루는 데도 뛰어나며 거기다 영주 귀족의 후계자다.

뭐든 해내고 마는 만능 캐릭터처럼 보이기 시작했다.

『마스터 말대로입니다. 에단은 마스터가 말하는 것처럼 집안, 재력, 그리고 단독으로도 우수한 실력을 지니고 있습니다. 스펙만으로 평가하자면 현시점에서 그가 미아의 연인 후보겠지요. ――애초에 다른 후보자가 전원 논외이니까요.』

롭슨이 특별히 뛰어나다는 이유가 아니라, 결과적으로 한 명밖에 남지 않았으니까 최유력 후보가 되어 있었다.

나는 헤링을 쳐다봤다.

"일단 이 녀석한테 접촉해 볼까?"

헤링은 예리한 눈으로 롭슨의 사진을 보고 있었다.

"그러지. ——미아한테 어울리는 남자인지, 내가 철저하게 조사하겠다."

"너는 과보호구만."

어이가 없어서 작은 한숨을 쉬는 내게 브레이브가 동의했다.

『파트너는 미아가 관련된 일이면 눈빛이 변하니까 말이지. 파트너한테 반한 여자들이 불쌍해지기 시작했다고.』

인기남님은 여성 쪽에서 다가오는 모양이라, 상대할 생각도 없는 듯하다.

"부러울 따름이군."

진지하게 사진을 보고 있는 헤링을 대신하여, 브레이브가 내 상대를 해줬다.

『너도 주위에 여자들이 잔뜩 있잖아? 파트너 말로는 1탄의 주인공과 악역 영애라고 하고. 게다가 2탄의 주인공도. 너, 혹시 노리고 있는 거냐?』

브레이브가 그 여성향 게임의 주요 캐릭터를 노리고 있는 거냐, 라며 의혹에 찬 시선을 보냈다.

나는 애매하게 웃으며 얼버무렸다.

"기적을 믿냐? 우연이야."

두 번째 인생에 와서 내 인기 절정기가 찾아왔다.

아무래도 그 타이밍이 좋았던 모양이라, 깨닫고 보니 약혼자가 세 명이나 있다.

나한테 일어난 일치고는 잘된 일이리라.

『우연으로 주인공과 악역 영애 모두와 약혼하냐? 실은 노린 거지? 나한테만 가르쳐 달라고. 응? 괜찮잖냐?』

"너, 생각보다 재미있는 녀석이네."

브레이브와 이야기하고 있자, 루크시온이 약간 억지로 끼어들었다.

『마스터, 이 이상 이 자리에서 이야기를 나눠도 무의미합니다. 에단 건은 핀 쪽에게 맡기고 저희는 학생 기숙사로 돌아가지요.』

나와 브레이브 사이에 끼어들어 억지로 대화를 마무리했다.

"그래. 슬슬 돌아갈까. 헤링도 돌아갈 거지? ――아직도 보고 있었냐?"

자리에서 일어나자, 헤링은 아직 진지한 표정으로 롭슨의 사진을 보고 있었다.

"――이 녀석, 성격 나빠 보이는 얼굴이 마음에 들지 않는다. 정말로 미아한테 걸맞다고 생각하나?"

마치 적이라도 보는 것 같은 눈으로 노려보는 모습을 보고, 나는 미아의 연인 찾기는 난항을 겪겠다는 예상이 들어 넌더리가 났다.

"오히려 네가 인정한 남자를 데리고 오는 편이 빠를지도 모르겠군."

◇

레드글레이브 공작가.

호르파트 왕가의 분가로서 나라를 지탱하는 대귀족이다.

공작가에 걸맞은 커다란 부유섬을 영지로 지닌 레드글레이브 공작가는 어중간한 소국 이상의 힘을 가지고 있었다.

그런 레드글레이브 공작가는 왕도에도 큰 저택을 보유하고 있다.

이건 호르파트 왕국을 지탱하고자 당주인【빈스】혹은 적남인【길버트】둘 중 어느 한쪽이 항상 체재하기 위해서다.

이들 외에도 유력한 영주 귀족들은 왕도에 저택을 갖고 있으며, 유사시에는 호르파트 왕국을 위해 일할 준비가 되어 있었다.

──다만, 그 상황은 근년에 와서 변하고 있었다.

저택으로 불려간【안젤리카 라파 레드글레이브】는 반짝이는 듯한 긴 금발을 땋아 뒷머리 쪽에서 한데 모아 정리했다.

예리한 눈매에 더해 강한 의지가 느껴지는 빨간 눈동자.

평소에는 늠름한 모습을 보여주는 안제이지만, 오늘에 한해서는 표정이 좋지 않았다.

왕도에 있는 레드글레이브 가문 저택으로 돌아왔는데도 그녀는 긴장한 기색으로 친오빠인 길버트 앞에 서 있었다.

집무실 책상 앞에 앉은 길버트는 서류 업무를 하며 안제에게 말했다.

길버트는 서류에 시선을 떨구며 펜을 움직여 사인하는 중이었다.

"폭동 제압에서 제법 활약했다는 것 같구나. 오빠로서도 자랑스러워."

얼마 전에 왕도에서 일어난 폭동 소란.

라셀 신성 왕국이 왕도에 숨은 반항 세력을 뒤에서 조종하여 궐기시킨 사건이다.

다행히 진심을 발휘한 리온에 의해 최소한의 피해로 진압되었다.

안제는 고개를 숙임으로써 씁쓸한 표정을 길버트에게 보여주지 않도록 하고 있었다.

"저는 아무것도 하지 않았습니다. 모든 건 리온의 공로입니다."

"그렇겠지. 그러니까, 처남으로서 자랑스럽게 생각하고 있다. 설마 한 대만에 공작으로까지 출세하리라고는 생각지도 않았어. 폐하의 변덕도 참 곤란하군."

미소를 지으며 대답하는 길버트였으나, 거기에는 안제를 향한 불만이 담겨 있었다.

안제도 그걸 느끼고 있다.

"리온은 불만스럽게 여기고 있습니다."

"리온 군은 출세에 소극적이니까 말이지."

제삼자가 보기에는 친오빠와 세상 돌아가는 이야기를 하는 것처럼 보이리라.

하지만 안제는 내심 조조해하고 있었다.

'리온이 왕국 측에 가담하고 있다고 여겨지고 있지 않을까?'

왕도의 폭동을 진압한 리온에게 레드글레이브 가문이 불만을 품고 있지 않을지 걱정됐다.

——현재 레드글레이브 가문과 왕가 사이에는 깊은 골이 생겨나고 있다.

그건 안젤리카의 약혼 파기에서 시작되어, 귀족들 사이에서 왕가에 대한 불만이 쌓이고 있는 현 상황에 이유가 있었다.

구 판오스 공국—— 현 판오스 공작가와의 전쟁으로, 호르파트 왕국은 비장의 수인 왕가의 배를 잃었다.

건국의 원동력이 된 전설의 비행선을 상실한 것은 왕국의 군사력이 크게 줄어들었다는 의미다.

봉건제도인 호르파트 왕국에서 군사력의 저하는 영주 귀족들에게는 파고들 틈을 준다.

힘이 없는 왕가에 귀족들—— 특히 영주 귀족들은 따르지 않는다.

그건 왕족의 분가인 레드글레이브 공작가도 마찬가지였다.

레드글레이브 공작가는 이미 가망이 없다고 보고 호르파트 왕국을 포기한 상황이었다.

길버트는 펜을 멈추더니 책상에 내려놓고, 고개를 숙이고 있는 안제의 얼굴을 봤다.

그의 시선은 험하고 날카로웠다.

"결과적으로 이번 건은 우리에게도 형편 좋게 끝났다. 단 한 명으로 왕도를 완전히 장악해 보였으니까 말이지. 리온 군만 있으면 왕도가 쉽게 손에 들어온다는 게 증명된 거다."

리온 혼자서 왕도를 간단히 점령할 수 있다.

그것이 폭동 소란으로 증명되고 말았다.

길버트는 폭동을 진압한 건에 관해서 불만을 말하지 않았지만, 안제에 대해서는 달랐다.

"하지만 너는 리온 군의 힘을 정확하게 파악하지 못했구나. 만약 사전에 알고 있었더라면 우리는 더 효과적으로 움직일 수 있었을 거다."

"그건!"

안제가 반론하려 하자, 길버트가 손을 들어 안제의 발언을 제지했다.

"변명하지 마라. 너는 정말로 그에게 신뢰받고 있는 거냐?"

길버트의 의심하는 시선이 안제는 괴로웠다.

오빠한테 의심받는 것이 괴로운 게 아니다.

안제는 주먹을 꽉 쥐고 어금니를 악물었다.

"면목── 없습니다."

'나는── 리온한테 어울리는 것일까?'

분을 삭이는 안제를 본 길버트는 여기서 한층 더 쐐기를 박는 듯한 이야기를 던졌다.

"부부가 되고자 한다면 서로 더욱 신뢰하는 관계가 되어야만 한다. 그리고, 리온 군이 최근 자주 왕궁에 얼굴을 내비친다는 것 같던데. ——설마 에리카 왕녀한테 푹 빠졌다는 소문이 진실은 아니겠지?"

호르파트 왕국 왕녀【에리카 라파 호르파트】.

리온은 그녀를 만나기 위해 리온은 빈번하게 왕궁에 다니고 있었다.

길버트는 차가운 시선으로 안제를 쳐다봤다.

마치 여동생인 안제를 부추기고자 일부러 차갑게 구는 것만 같았다.

"왕비님에 이어 왕녀님이라니, 그는 절벽 위의 꽃을 좋아하는 모양이군. 그 절벽 위가 진심으로 손을 뻗으면 닿는다는 게 문제이지만."

"리온은 딱히——."

"네가 그의 본심을 알아낼 수 있으리라고는 생각지 않는다. ——안제, 네 역할을 잊지 마라. 리온 군을 이쪽에 붙잡아 두는 것이 네 역할이다."

호르파트 왕국과 적대관계 돌아선 레드글레이브 공작가는 안제를 이용하여 리온이라는 왕국 최강의 전력을 손에 넣으려 하고 있었다.

안제는 그걸 용납할 수 없었다.

그녀는 고개를 숙인 채로 길버트에게 말했다.

"전 이 이상, 리온을 싸움에 말려들게 하는 데 반대입니다."

안제가 반대하리라고는 생각지 않았는지, 길버트는 의아한 얼굴이 되었다.

"이대로 계속 호르파트 왕조가 이어지리라고 생각하는 거냐? 결국 원치 않아도 싸우게 될 거다. 게다가, 피를 흘리기에 비로소 귀족인 거다."

전쟁이 일어나면 귀족은 싸워야만 하고, 그것이 당연하다고 믿어 의심치 않는 길버트는 안제를 이해할 수 없다는 표정으로 바라보았다.

"리온은! ――그 녀석은 싸우기에는 너무 마음이 착합니다."

안제는 연약한 목소리로 리온은 마음이 너무 착하다고 말했다. 안제는 리온이 지금까지의 싸움으로 인해 정신적으로 궁지에 몰린 모습이 지금도 선명하게 떠올랐다.

길버트는 작게 한숨을 내쉬었다.

"확실히 그는 무르지만, 타국에까지 이름이 알려진 왕국 최강의 기사다. 그는 앞으로도 레드글레이브 가문을 지탱해 줘야만 해."

안제와의 약혼으로 리온은 레드글레이브 가문과 깊은 관계를 맺게 되었다.

그 때문에 리온은 레드글레이브 가문의 싸움에 말려들려 하고 있었다.

'오라버니도 아버님도 리온을 전쟁의 도구로밖에 생각하시지 않는 건가. 그 녀석은―― 그저 시골에서 평온하게 살고 싶었을 뿐인데도.'

제01화 「제1 왕녀」

휴일의 학원은 조용해서 지내기 편하다.

당연한 이야기지만 학원 학생들은 다들 젊기에, 휴일이 되면 친구와 함께 왕도에 외출하는 게 보통이었다.

개중에는 이성과 데이트를 즐기는 학생들도 있는데, 재작년 상황밖에 모르는 나로서는 후배들이 부러워서 견딜 수가 없었다.

물론 일부 지독한 녀석들도 있지만, 대다수는 건전한 교제를 하고 있다.

하품한 뒤에 기지개를 켜며 조용한 복도를 걷는 내 옆에는 마리에의 모습이 있었다.

전생의 여동생이자 호르파트 왕국을 멸망 직전까지 몰아넣은 만악의 근원.

그리고 가짜 성녀인【마리에 포우 라판】이다.

오늘도 조그마한 몸으로 깡충깡충 내 옆을 걷고 있다.

그 손에는 왕도에서 산 선물이 쥐어져 있었다.

본인은 기분이 좋은지, 제법 싱글벙글한 얼굴이었다.

"에리카와의 다회, 기대되네. 마음 같아서는 매일 이야기하고 싶지만, 그러면 주위가 시끄러우니까 주말에밖에 만날 수 없단 말이지."

가짜 성녀가 호르파트 왕국 제1 왕녀인 에리카 님── 아니, 전생에서는 내 조카였던 에리카를 만나는 건 여러 가지로 성가신 일이다.

전생의 조카. 즉, 에리카는 마리에의 딸이다.

마리에는 이 세계── 그 여성향 게임의 세계에서 딸과 감동적인 재회를 이루었다.

그 이후로 마리에는 주말에 다회에서 대화를 나누는 걸 매우 기대하고 있었다.

일부러 휴일 아침에 날 깨워, 과자를 사러 왕도까지 데리고 나갈 정도다.

"주말 아침마다 네가 내 방에 오니까 남자들 사이에서 이상한 소문이 퍼지고 있다고. 조금은 내가 겪는 민폐도 생각해라."

불만을 말하자, 마리에가 크게 손을 흔들며 항의했다.

"어쩔 수 없잖아! 공작인 오빠가 없으면 에리카와 면회할 수 없단 말이야. 게다가 과자를 사는 데 동행시키는 건 오빠가 다회를 여는 건 나다! 라면서 양보하지 않았기 때문이라구."

나도 주말에 에리카── 전생의 조카와 만나는 것을 귀찮게 생각하지 않는다.

나도 전생의 조카와 대화에 흥미가 있고, 무엇보다도 다회는 내 취미다.

아니, 살아가는 보람이다.

어차피 참가한다면 다회는 내가 열고 싶었다.

“당연하지. 에리카한테 차를 준비시킬 수 있겠냐. 전생의 조카여도, 지금은 일국의 왕녀님이라고.”

호르파트 왕국은 대국이니 왕녀의 신분도 가볍지 않다.

“오빠의 경우는 취미니까 그런 거잖아?”

“그건 부정하지 않겠다만, 그래도 에리카한테 차를 준비시키는 건 미안하잖아. 일단 전생의 조카고.”

“나는 전생의 여동생인데?”

“미안하군. 내 안에서 여동생의 우선순위는 조카보다도 한층 밑이다.”

“그 취급 차이는 뭐야?!”

“평소 행실이라고. 애초에 전생의 오빠를 휴일 아침에 억지로 깨워서 물건 사러 가는 데 동행시킨다니, 뭐냐. 너, 전생이랑 아무것도 변한 게 없구만.”

전생을 떠올려 보니 이번 생의 마리에는 아무것도 변한 게 없었다.

휴일에 나를 좋을 대로 부려먹는 점이라든가, 용돈을 조르는 점이라든가.

내 오른쪽 어깨 부근에 떠서 대화를 듣고 있던 루크시온이 빨간 외눈 같은 렌즈를 마리에한테 향했다.

『전생 이야기가 사실이라면 마리에는 전생해도 성장하지 않았다는 말이 되는군요. 육체적인 성장은 무리여도, 정신적인 성장은 가능하다고 판단합니다. 마리에, 조금 더 어른이 되는 건 어떻겠습니까?』

신랄한 루크시온의 대사에 마리에는 입을 뻐끔뻐끔했다.

그러고 나서 흥분하여 루크시온에게 말싸움을 걸었다.

"육체적인 성장은 무리라니 뭐야?! 여기서부터 어른의 매력이 넘치는 몸으로 성장해 주겠어!"

『제가 단언하는 건 그만한 근거가 있기 때문입니다.』

"뭐가 근거야! 게다가 내 알맹이가 어른이 아니라고 말했지? 아쉽게 됐네요~. 나는 오빠보다도 오래 살았다구. 알맹이는 전생에서 여러 경험을 쌓은 매력적인 어른 여성이야."

자기는 어른이라며 없는 가슴을 펴는 마리에를 본 나는 코웃음을 쳤다.

"그 자칭 알맹이가 어른인 누군가 씨는 젊은 남자 다섯 명을 속이는 바람에 비참한 꼴을 겪고 있지만 말이지."

마리에는 아무도 없어서 소리가 울리기 쉬운 복도에서 절규했다.

"전부 오빠 탓이잖아!"

"네가 우쭐해져서 나대다가 그런 거지."

"나댔습니다. 확실히 나댔죠! 그래도 말이야, 그렇다고 해서 결투로 다섯 명을 너덜너덜하게 만들어? 보나 마나 미남이 싫어서 화풀이 삼아 때려눕힌 거잖아!"

과연 전생의 여동생. 나를 잘 알고 있다.

"아아, 그래. 그게 뭐 잘못됐냐?"

정색하게 뻔뻔하게 나오자, 마리에가 주먹을 쥐고 분한 듯한 표정을 지어 보였다.

——정말로 이 녀석은 전생부터 전혀 성장하지 않았군.

오히려 지금은 키도 작아서 전생보다도 어리게 느껴진다.

전생에서 경험을 쌓은 어른의 매력이라는 게 조금도 느껴지지 않았다.

못 말린다고 말하고 싶은 건지, 루크시온이 빨간 렌즈를 좌우로 가로젓는 동작을 보였다.

『정신적으로 성장이 필요한 건 마스터도 마찬가지입니다.』

그래, 전에도 같은 대화를 한 적이 있었지.

나는 마리에와 다르게 어른에 집착하지 않기에 루크시온의 비아냥을 가볍게 받아쳤다.

"소년 같은 순수한 마음을 버리고 싶지 않은 거야."

『변명만 능숙해지는군요.』

"어른이 되면 자기한테 변명하는 게 능숙해진다고. 성장했다는 증거지."

『자기 사정에 맞춰 아이와 어른을 나눠 쓰고 있군요.』

"임기응변이란 거지."

시답잖은 대화를 계속하고 있자, 나와 루크시온을 쳐다보던 마리에가 선물인 과자를 끌어안고 입을 삐죽였다.

"오빠와 루크시온은 역시 닮은 것 같아. 말발은 살아서 밉살스러운 점이라든가, 진짜로 판박이야."

서로 닮은 사이라는 말을 들은 우리는 마리에를 향해 항의했다.

"이 녀석이랑? 그건 아니지. 나는 이 녀석보다는 다정하다고."

『마스터와 닮았다? 마리에도 눈과 머리를 정밀 검사해드릴까요?』

우리의 반론을 들은 마리에는 깊은 한숨을 내쉬었다.

"이제 됐어."

다회실.

재작년까지는 매주 남자가 여자를 권하여 빈번하게 다회가 열렸지만, 지금은 사용하는 횟수가 줄었다.

사용 빈도가 극단적으로 줄어들어 쓰지 않는 공간이 되자, 학원은 다회실을 줄이기로 했다.

스승님―― 학원장도 그걸 한탄하고 있었다.

다회를 좋아하는 나로서도 다회실이 줄어드는 건 쓸쓸하지만, 대신 조용한 환경에서 다회를 열 수 있게 된 건 마음에 든다.

재작년은 여러 가지로 시끄러웠으니까 말이지.

내가 다회에 맞는 차를 준비하고 있자, 자리에 앉은 마리에가 에리카와의 대화를 즐겁게 이어갔다.

어린애처럼 들떠서 말하는 마리에의 이야기를 에리카가 흐뭇한 듯이 듣고 있었다.

“농담이지?! 그 가게, 없어졌어?!”

“응. 가게 주인이 은퇴해서.”

전생 이야기로 달아올라 있지만, 둘에게만 공통되는 화제이기에 나는 이야기에 끼어들지 못했다.

하지만 이렇게 둘의 대화를 듣고 있는 것만으로도 조금 행복했다.

자연히 미소가 지어져 있었는지, 루크시온이 내게 말을 걸었다.

『정신적으로 안정되어 있군요. 두 사람과의 주말 다회는 마스터한테도 필요하다고 판단합니다.』

“덕분에 마리에와 에리카를 노리고 있다는 소문이 돌아도 말이냐?”

둘을 빈번하게 다회에 초대하고 있는 까닭에, 안 좋은 소문이 퍼지고 있다.

그러나 루크시온한테는 아무래도 상관없는 모양이다.

『학원 내에서의 평가 따위, 제게는 무가치합니다.』

“나한테는 가치가 있다만?”

『우선순위의 문제입니다. 어중이떠중이를 상대하기보다도, 마스터는 자기를 우선해야만 합니다.』

“이 녀석, 학원 학생을 어중이떠중이라고 단언했어.”

학원 학생들 따위는 고려조차 하지 않는 루크시온이지만, 이래 보여도 처음 만났을 당시에는 더 지독했으니까 이것도 원만해진 편이다.

마법을 다룰 수 있는 인류—— 신인류 따위 멸망하면 된다.

그렇게 말하던 모습이 그립다.

『그것보다도 마스터는 더 신경 써야할 존재가 있지 않습니까? 어중이떠중이를 상대하고 있을 여유는 없습니다.』

"알고 있다니까."

차를 준비하여 테이블로 가자, 마리에가 손짓 몸짓 더해가며 에리카한테 이것저것 이야기하고 있었다.

그걸 듣는 에리카는 조용히 미소 지으며 이따금 고개를 끄덕이고 있다.

에리카는 전생에서 60을 넘긴 나이라고 했었으니, 알맹이는 상당한 어른이리라.

나이에 비해 침착한 어른의 분위기를 드러내고 있다.

이렇게 보고 있으면 마리에 쪽이 더 어린애 같을 지경이었다.

"과자에 맞는 차를 준비해 왔어. ——아니, 벌써 거의 다 먹었잖아?!"

테이블을 보니 이미 과자가 절반 이상 사라진 상태였다.

범인은 내게서 시선을 피하고 있는 마리에이리라.

"넌 진짜로 걸신이 들렸냐."

"그치마안~."

어리광부리는 목소리를 내는 마리에를 보고 한숨이 나오고 말았다.

"조금은 실제 나이를 생각하는 게 어때? 누군가한테 응석 부릴 나이도 아니잖냐.”

“남자는 대부분 어리광부리면 다정하게 대해 준다구.”

“끔찍한 어른으로 성장했구만. 조금은 에리카를 본받는 게 어때?”

“뭐야! 에리카는 내가 키운 딸이란 말이야!”

“널 반면교사 삼아 자란 덕분이려나? 널 닮지 않아서 진짜로 다행이다.”

“말했겠다, 바보 오빠!”

자리에 앉으며 마리에와 서로 악다구니를 내뱉기 시작하자, 에리카가 난처한 표정을 지으며 우리의 추한 싸움을 말리고자 끼어들었다.

“두 분 다 진정하세요. 모처럼의 차가 식을 거예요.”

중재받은 나와 마리에는 서로 얼굴을 돌리고 차를 마시기 시작했다.

에리카는 우리 쪽을 보고는 난처한 얼굴로 작은 한숨을 내쉬더니만, 갑자기 쿡쿡 웃기 시작했다.

뭔가 재미있는 점이라도 있었던 걸까?

“갑자기 웃고는, 왜 그래?”

물어보자 에리카는 자세를 바로 고치고 날 똑바로 바라봤다.

미소 짓고 있는 에리카는 정말로 반짝여 보였다.

“삼촌이 엄마랑 즐겁게 이야기하는 걸 봤더니 우스워져서요. 정말로 할아버지 할머니한테서 들었던 대로네요.”

"할아버지 할머니? 아버지랑 어머니인가."
고개를 끄덕인 에리카가 우리 부모님에 관해 이야기했다.
"할아버지 할머니는 언제나 삼촌 이야기를 해주셨어요. 삼촌이 살아있었다면 분명 어른이 되어서도 엄마와 말다툼하고 있었겠지, 라면서."
아버지와 어머니는 조카한테 무슨 말을 하는 거야?
"부모가 모두 뭔 말을 하는 건지. 그럴 때는 좀 더, 네 삼촌은 네 엄마랑 다르게 다정했다든가, 조금 보태서 좋은 사람이었다는 식으로 이야기해야 하는 거 아니야?"
전생의 부모한테 불평하자, 루크시온이 반응했다.
『전생의 부모님을 동정합니다. 마스터 같은 자식을 둬서 필시 고생하셨겠지요.』
"어이, 내가 글러 먹은 자식인 것처럼 말하지 말라고. 고생시켰던 건 마리에란 말이다."
마리에한테 시선이 모이자 본인은 먹고 있던 과자를 차를 마셔 억지로 넘겼다.
내가 한 말에 납득하지 못하는 모양이다.
"난 항상 착한 애였거든요~. 고생 끼친 건 오빠야. 평소엔 얌전한 주제에, 가끔 커다란 문제를 일으켰었잖아."
"너하고 비교하면 귀여운 수준이잖냐."
"귀엽지 않아! 전혀 귀엽지 않았어!"
과거의 추억에 관해 서로 어긋남이 있는 모양이다.

하지만 나는 잘못되지 않았기에, 잘못된 건 마리에의 기억이리라.

나는 마리에한테 대꾸하지 않고, 차를 한 모금 마신 뒤 에리카한테 물었다.

"——그래서, 두 분은 어땠어?"

에리카는 나의 애매한 질문의 속뜻을 헤아렸는지, 두 분의 마지막에 관해 알려주었다.

미소를 지으면서도, 어딘가 쓸쓸한 듯이 고개를 숙이며.

"제가 임종을 지켜봐 드렸어요. 두 분 다 그 바보들을 혼내러 간다고 말씀하셨었어요."

그 바보들.

부모보다 먼저 죽은 불효자식인 나와 마리에일 것이다.

이쪽도 좋아서 죽은 게 아닌데 혼내러 간다니, 이게 대체 무슨 말인가?

하다못해 그 둘을 만나고 싶다든가, 그런 식으로 말해 줬으면 했다.

하지만 그래도 우리 부모님다운 말이었다.

"혼내고 싶다니, 두 분 모두 너무하시네. 혼내는 건 마리에 하나면 충분할 텐데."

내가 웃으면서 말하자 마리에가 발끈한 표정을 지었다.

"왜 나야? 게임하느라 밤을 새워서 계단에서 발이 미끄러진 바보는 오빠잖아? 정말로 한심한 최후네."

"게임을 떠넘긴 네가 할 소리냐!"

손가락질하며 네가 나쁘다고 말하자, 마리에가 코웃음을 쳤다.

"몸 관리도 못 하는 오빠가 나쁜 거야."

"이, 이 자식……."

그 말을 들으면 받아칠 수 없다.

나 역시 계속 밤을 새운 건 멍청한 짓이었다고 생각한다.

불리하다고 판단하여 차를 마신 나는 잠시 뜸을 두고 나서 천장을 올려다봤다.

"정말로 너무한 부모지. ──혼내러 간다고 말했으면, 만나러 오라고."

아니, 그 두 분까지 이 여성향 게임 세계에 전생했다면 정말 웃을 수밖에 없겠군.

내가 악다구니를 내뱉자 마리에가 고개를 숙였다.

"혼나도 좋으니까, 한 번 정도 더 보고 싶었어."

나도 마리에도 상당한 불효자식이다.

그리고 조카인 에리카에게도 폐를 끼쳐 버렸다.

"──두 분을 지켜봐 줘서 정말로 고맙다. 나와 마리에는 불효자식이었으니까. 에리카가 임종을 지켜봐 드렸다는 말을 듣고 안심했어."

전생에서 신경 쓰였던 것 중 하나가 해소되어 조금이지만 마음이 가벼워진 느낌이 들었다.

루크시온이 끼어들어 농담했다.

『걱정하고 계셨습니까? 철석같이 잊어버리신 줄 알았습니다.』

“나도 사람이라고. ——전생의 부모가 어떻게 되었는지 정도는 신경 쓴단 말이다. 고생을 끼쳤으니까. 하나 남은 여동생마저 이쪽에 나타나서, 아버지 어머니보다 빨리 죽었다고 말하면 더더욱.”

남매가 모두 불효를 저지르다니.

그래서 에리카한테 고마움을 전했다.

“정말로 고맙다. 이 보답은 반드시 할게. 뭔가 곤란한 일이 있으면 뭐든 말해 줘.”

내 감사 인사를 받고 에리카는 난처한 듯이 미소 지었다.

“그렇게까지 신경 쓰지 않으셔도 괜찮아요. 두 분은 제 할아버지, 할머니이시기도 하니까요. 게다가 다정하게 키워 주셨어요. 그러니까 신경 쓰지 마세요, 삼촌.”

됨됨이가 훌륭한 조카를 보고 나는 기뻐져서 쑥스러움을 감추느라 머리를 긁적였다.

루크시온이 나직이 말했다.

『에리카가 마스터의 전생 혈연자라고는 생각되지 않는군요.』

그러자 어째서인지 마리에가 자랑스러워하며 가슴을 폈다.

“대단하지? 내 자랑스러운 딸이야.”

“네가 으스대지 말라고.”

딸 자랑을 하는 마리에한테 루크시온이 찬물을 끼얹었다.

『어라? 키운 건 마리에의 부모님이 아니었습니까? 저는 그렇게 들었습니다만?』

그 말을 들은 마리에는 시선이 이리저리 흔들렸다.

"그, 그건 그렇긴 하지만."

『그러면, 부모님의 성과로군요.』

"그렇긴 하지만! 그건 그렇지만! 그래도, 조금 정도는 내가 자랑스러워해도 되잖아. 내 딸이란 말이야!"

『지금은 다른 사람의 자식입니다. 유감스럽게 됐군요.』

"너 나한테 원한이라도 있어?!"

루크시온한테 놀림당하는 마리에를 보고 내가 낄낄 웃고 있자, 시야 한구석에서 에리카가 조금 슬픈 듯이 미소 짓는 모습이 보였다.

◇

여자 기숙사.

레드글레이브 가문 저택에서 돌아온 안제가 자기 방으로 들어가자, 그걸 알아차린 리비아가 다가왔다.

리비아의 오른손 새끼손가락에는 잉크 자국이 묻어 있었다.

그걸 보고 리비아가 공부하던 중이었음을 알아차린 안제는 힘없이 미소를 띠며 사과했다.

"방해한 모양이군."

리비아――【올리비아】는 그런 안제에게 미소 지으며 대답했다.

"방해라니, 여기는 안제의 방이잖아요? 어서 오세요, 안제."
"그래, 다녀왔다."
안제는 리비아의 미소에 약간 힐링을 받았다.
하지만 곧바로 리비아의 표정이 흐려졌다.
안제의 모습에서, 저택에서 어떠한 이야기가 오갔는지 알아차린 것이리라.
그다지 좋지 않은 결과겠지만, 리비아도 알아야만 하기에 물어봤다.
"그래서, 이야기는 어떻게 되었나요?"
안제는 억지로 지어내고 있던 미소를 지우고, 담담히 저택에서 나눈 대화에 관해 말했다.
"오라버니한테 질책을 당했다. 너는 뭘 하고 있었던 거냐고."
"그런……."
"――그리고, 오라버니도 아버님도 리온이 에리카 전하한테 푹 빠져 있는 게 마음에 들지 않으신 모양이다."
에리카의 이름이 나오자 리비아의 표정이 약간 험악해졌다.
안제도 리비아도 리온이 거의 매주 에리카와 다회를 가지고 있다는 걸 알고 있었다. 리온은 연애 감정으로 움직이는 게 아니라는 것도. 하지만 두 사람이 그렇게 생각해도 주위가 어떻게 생각할지는 다른 이야기였다.
남의 뒷담을 하기 좋아하는 학원 학생들은 리온이 안제를 버리고 에리카를 노리고 있다는 둥 소문을 내기 시작했다.

리비아는 그것이 분했다.

"저, 리온 씨한테 한마디하고 오겠어요."

"리비아."

"매주같이 에리카 왕녀와 다회를 하다니, 이상하잖아요! 여러 가지로 힘든 이 시기에 어째서!"

리비아는 리온에게 화를 냈지만, 안제는 고개를 내저었다.

"됐다. 그 녀석 마음대로 하게 해줘라."

"하지만……!"

"——그 녀석한테 뭔가 생각이 있는 것일지도 모르지 않나? 게다가 나도 몇 번인가 이야기해봤지만, 매번 얼버무릴 뿐이었다."

안제가 쓴웃음을 짓자 리비아가 슬픈 듯이 고개를 숙였다.

"안제가 이렇게나 고생하고 있는데도……."

안제는 리온이 레드글레이브 가문에 이용당하지 않도록 지키고 있었다.

사실상 방파제 역할인데, 리온이 거기까지 생각이 미칠지는 미심쩍었다.

리비아는 이미 온 나라가 자기를 중심으로 움직이고 있음을 자각하지 못하는 리온에게 화가 났다.

"너는 다정하구나."

안제가 리비아를 끌어안고 이마를 맞댔다.

리비아가 안제의 허리에 손을 둘렀다.

"안제, 괴롭지 않나요?"

리비아의 물음에 안제는 슬픈 듯이 대답했다.

"——괴롭지. 이대로라면 나는 본가에서 내쳐질지도 모른다. 그렇게 되면 나는 평범한 계집애일 뿐이야. 아무런 가치도 없어. 그리되면—— 리온 곁에 있을 수 없게 된다."

안제의 눈에서 눈물이 흘렀다.

리온은 안제 덕분에 공작까지 출세할 수 있었지만, 지금에 와서는 리온의 힘이 더 높이 평가받고 있었다.

지금의 리온은 안제가 없어도 공작 작위에 걸맞은 일을 해낼 수 있다.

즉, 안제가 곁에 없어도 아무런 문제가 없다.

안제가 리비아를 꽉 껴안고 그대로 울기 시작했다.

"리비아, 나는 또 버림받는 것일까?"

"그렇지 않아요. 제가 절대로 그렇게 두지 않을 거예요!"

"하지만, 이대로 가면—— 나는 모든 걸 잃을 거다."

공작가에서 쫓겨나면 커다란 뒷배를 잃는다.

가문의 위광을 잃은 자신은 아무런 가치가 없다고, 안제는 믿어 의심치 않았다.

"싫어. 나는—— 또 버림받고 싶지 않아."

율리우스한테 파혼당했을 때를 떠올리고, 안제는 리비아한테 매달려 어린아이처럼 울었다.

◇

왕궁의 한 방.

그곳에서는 한 쌍의 부부가 말다툼하고 있었다.

호르파트 왕국의 국왕과 왕비.【롤랜드 라파 호르파트】와【밀렌 라파 호르파트】였다.

주위에 놓여있던 가구는 이미 흐트러지거나 바닥을 구르고 있었다.

둘의 격렬한 언쟁은 상당히 과열되어 있었다.

밀렌이 롤랜드를 일갈했다.

"적당히 좀 해요! 이게 최선이라고 몇 번이나 설명했잖아요!"

그에 반해 롤랜드는 밀렌의 말을 들어줄 생각이 없다.

"뭐가 최선이라는 거냐! 에리카는 원래 프레이저 후작가와 약혼하기로 되어 있었잖아! 네가 억지로 맺어 놓았던 거라고! 근데 지금 와서 그걸 파기하고, 그 애송이한테 시집보내겠다? 내 귀여운 에리카를 그 썩을 귀축 놈한테? 안 돼, 절대 안 돼!"

격노하는 롤랜드는 너무나도 분노한 나머지 이성을 잃고 옆에 있던 테이블을 걷어찼다.

그러나 하필 정강이로 테이블 다리를 걷어차는 바람에 격심한 고통을 느끼고 바닥에 데굴데굴 나뒹굴었다.

"아아아아아악!!"

밀렌은 롤랜드를 싸늘한 눈으로 내려다보았다.

"그러면, 에리카를 리—— 발트파르트 공작에게 시집보내는 것

외에 왕국이 존속할 방법이 있긴 해요?"

"있었으면 너랑 말싸움을 하겠냐!"

"대안도 없으면 입 다물고 있어요!"

두 사람이 싸우는 이유는 밀렌이 에리카를 리온한테 시집보내겠다는 말을 꺼냈기 때문이다.

에리카는 라셀 신성 왕국과의 국경을 지키는 프레이저 후작가와 이전부터 약혼이 성립되어 있었다.

이건 밀렌의 친정인 레파르트 연합 왕국이 크게 연관되어 있다.

레파르트 연합 왕국도 왕국처럼 라셀 신성 왕국과 이웃해있다.

두 나라 사이에는 오래도록 싸움이 이어지고 있으며, 이에 대비하고자 레파르트 연합 왕국은 호르파트 왕국과 손을 잡았다.

그때 호르파트 왕국으로 온 사람이 바로 밀렌이다.

밀렌은 조국을 구하기 위해 자기 딸인 에리카를 프레이저 후작가에 시집보내 만전의 태세를 갖추고자 했다.

——그런데, 이때 갑자기 리온이 나타났다.

리온은 거의 혼자서 공작까지 출세한 것도 모자라, 저번 소동에서 단시간에 왕도를 장악하는 수완까지 보였다.

그렇게 리온은 밀렌에게 있어 조국을 구하기 위해 가장 중요한 인물이 되었다.

밀렌—— 왕가 쪽에서 약혼을 제안해 놓고 그걸 파기하면 프레이저 가문에는 상당한 굴욕이 된다.

하지만 밀렌은 그길 알면서도 감행하고자 할 만큼 리온의 힘이 절실했다.

그러나 이를 롤랜드가 반대하고 나섰다.

"내 귀여운 에리카가 결혼하는 것만으로도 참을 수 없는데, 그 상대가 하필이면 그 애송이라고? 그럴 바에야 프레이저 가의 애송이가 그나마 낫다!"

"개인적인 감정으로 나라를 망칠 생각인가요?"

밀렌이 논리정연한 반박에, 롤랜드는 불리하다고 판단하고 감정으로 밀어붙이기로 했다.

"그 애송이한테 시집가면 에리카가 고생하잖냐!"

"그게 왕족으로 태어난 자의 의무예요."

"너는 악마냐?! 네 딸이기도 하다고!"

"——딸이기 때문에, 행복해졌으면 좋겠다고 바라는 거예요. 그 상대가 발트파르트 공작이었던 것뿐입니다."

밀렌의 차갑게 식은 표정이 한순간이지만 씁쓸한 표정으로 바뀌었다.

롤랜드는 그걸 놓치지 않았다.

"차라리 네가 시집가는 게 어때?"

"바보 같은 소리 하지 마세요. 합리적인 반대 이유가 없다면 이대로 에리카와 발트파르트 공작의 약혼 이야기를 진행하겠어요. 레드글레이브 가문에 그의 힘을 넘길 수는 없어요."

밀렌에게 있어 지금의 레드글레이브 가문은 적이나 마찬가지였다.

롤랜드도 그건 인식하고 있지만.

"에리카를 그 애송이한테 시집보내면 안젤리카는 어쩔 거냐! 왕가는 두 번이나 그 애의 마음을 짓밟는 게 된다고."

그 말을 듣고 안제가 어렸을 적부터 알고 있는 밀렌도 마음이 아파진 것이리라.

딱 한 번 눈을 내리깔고 슬퍼 보이는 표정을 지었지만, 이내 표정을 되돌렸다.

"그 애의 마음과 나라의 명운, 어느 쪽이 중요한지는 저울질할 것도 없어요."

"그건 거짓말이군. 지금 고민했지? 너는 그 애를 귀여워하니까."

"——그렇다고 하더라도, 제 결정은 뒤집히지 않아요."

이 이상의 대화는 무의미하다고 판단한 밀렌은 롤랜드에게 등을 돌리고 방에서 나갔다.

그 뒷모습을 지켜보는 롤랜드는 바닥에 뒹굴며 큰 한숨을 내쉬었다.

"애송이 주제에 여자를 미혹시키는군. 정말 최악의 남자야."

자기는 아니라는 듯한 말이었다.

하지만 곧바로 롤랜드는 진지한 표정으로 변했다.

"밀렌의 뜻대로 애송이와의 약혼이 성립한다면 확실히 왕국에는 더할 나위 없는 낭보겠지. 귀족들도 곧바로 꼬리를 흔들 테고. 하지만, 리온 그 망할 꼬맹이한테 소중한 에리카를 시집보내는 건—— 절대로 못 참는다."

롤랜드는 이전에 율리우스가 폐적되었을 때 율리우스의 책임이라고 단칼에 선을 그었었다.

하지만 에리카는 이야기가 달랐다.

롤랜드는 에리카를 끔찍이 아끼고 있기 때문이다.

롤랜드는 바닥을 이리저리 뒹굴었다.

"아아아악!! 에리카 쨩이 결혼한다니, 파파는 죽어도 싫어어어어어!!"

제02화 「데이트」

"최악이네."

"리온 씨는 정말 너무해요."

휴일이 끝난 날의 아침.

학원 교사로 오자 날 기다리고 있었던 건 엄한 표정으로 우뚝 서 있는 【노엘 질 레스피나스】와 고개를 숙이고 나 기분 안 좋아요, 라고 태도로 말하고 있는 리비아였다.

노엘은 머리카락 끝에 가까워질수록 핑크색으로 변하는 그러데이션 금발을 사이드 포니테일로 묶고 있다.

노엘은 그 머리카락을 한쪽 손으로 탁, 쳐서 등 쪽으로 돌리더니 내게 바싹 다가왔다.

노엘의 손가락 끝이 내 가슴을 꾹꾹 눌렀다.

"어째서 왕녀님이 있는 곳에 매주 다니는 거야?"

화내는 노엘은 내가 매주 에리카와 다회를 가지는 게 마음에 들지 않는 모양이었다.

무엇하나 뒤가 켕길 짓은 하지 않았지만, 설명하는 건 불가능했다.

나도 마리에도, 그리고 에리카도 모두 전생의 혈연이다.

즉 이 오해를 풀려면 우선은 전생 이야기부터 해야 하는데 '실은 이 세상은 그 여성향 게임 속 세계였어!'라고 말한들 믿어 줄 리가 없다.

애초에 내가 노엘이나 리비아 입장이라면 이런 상황에서 이세계나 전생자 이야기를 들었다간 오히려 뭔가 숨기는 게 있다고 생각할 터다.

어설픈 거짓말로 무마하려 한다고 말이다.

그러니 진실을 말할 수 없다.

하지만 그렇다고 거짓말을 하고 싶지는 않았다.

——사실, 나는 이런 상황도 상정하고 있었다.

"마리에랑 에리카 왕녀가 사이좋잖아. 근데 내가 없으면 그 둘이 이야기를 나누기도 어렵거든."

마리에 이름을 꺼내자 치켜 올라갔던 노엘의 눈초리가 내려갔다.

"마리에 쨩이랑? 확실히 매번 다회에 같이 참가하고 있었지. 그래도 나한테는 아무것도 알려주지 않았는걸."

노엘과 마리에는 사이가 좋다.

유학 시절에 친해져서, 마리에가 가짜 성녀임을 알게 되고 나서도 친구 관계를 계속해 주고 있는 착한 애다.

하지만, 노엘은 납득했어도 리비아는 아니었다.

이번에는 리비아가 내게 바싹 다가왔다.

"그렇다고 하더라도, 안제한테 뭔가 말해 주세요. 안제가 힘든 시기라는 걸 리온 씨도 알고 계실 테지요?"

나도 안제가 본가에서 이런저런 말을 들었다는 건 알고 있다.

하지만 난 그게 잘 이해되지 않았다.

"날 위해서 본가랑 싸울 필요는 없다고 말했는데 말이야."

"그런 게 아니라! 리온 씨, 어째서 알아차려 주지 않는 건가요? 안제가 원하는 건 그런 게 아니라——!"

눈치가 나쁜 걸 타박받고 있는 듯한데, 나는 전부터 이런 느낌이다.

"어차피 나는 눈치가 나빠……."

삐친 것처럼 말하자 리비아가 내 멱살을 붙잡고 얼굴을 가까이 가져다 댔다.

"저는 지금, 진심으로 말하고 있는 거예요."

리비아의 무표정한 얼굴과 광채가 사라진 눈동자를 앞에 두고, 나는 등이 떨렸다.

"네! 농담이 지나쳤습니다. 곧바로 안제와 이야기를 하고 싶습니다!"

"그게 아니지요? 이번 휴일에 안제를 불러내서 데이트하는 거죠?"

"데이트라고요?!"

"당연하죠. ——왕녀님하고 마리에 씨랑은 휴일을 같이 보내는데, 안제하고는 무리라고 말하지는 않겠죠?"

"마, 말할 리 없잖아. 아하, 아하하하—— 애초에 모두와는 평소 같이 지내는 시간도 많고."

그렇다. 휴일 외에는 서로 얼굴을 마주할 기회가 많다.

주말에 만나는 마리에나 에리카보다도 안제나 리비아, 노엘과 지내는 시간이 더 긴 건 틀림없다.

"리온 씨, 데이트를 해요. 아시겠죠? 데이트예요. 휴일에 안제와 둘이서 외출해 주세요."

하지만 지금의 리비아한테는 무슨 말을 해도 헛수고일 것 같다.

"——네."

"다른 누가 같이 가는 것도 안 돼요. 원래라면 안 되지만! 루크 군만은 동행을 허가하겠어요."

"괘, 괜찮아?"

어째서인지 루크시온의 동행만은 허가받았는데, 리비아의 표정은 좋지 못했다.

뭔가 걱정거리라도 있는 것일까?

"——루크 군은 리온 씨 옆에 있는 편이 좋다고 생각하니까요."

"그런가?"

"네. 그러니까 주말은 안제와 데이트를 해주세요. 알겠지요, 리온 씨?"

무표정한 얼굴에서 일변하여, 리비아는 활짝 띤 미소를 내게 향했다.

그 미소는 거부를 용납하지 않겠다는 압력을 내뿜고 있다.

"물론입니다!"

학원 내에서 이야기를 나누는 것만으로는 용납되지 않는 모양

이라, 휴일에 데이트하게 되었다.

인정사정 봐주지 않는 리비아의 태도를 보고 있던 노엘이 나직이 중얼거렸다.

"리비아 쨩, 무서워."

◇

"최고의 데이트 플랜이란 뭐라고 생각하냐."

점심시간.

난 빈 교실에 내 부하가 된 그 여성향 게임의 전 공략 대상들을 모았다.

어째서인지 내가 이 녀석들을 돌보는 처지가 됐으니, 가끔은 이 녀석들을 이용해야 하지 않겠는가. 나는 이 꽃미남들의 지혜를 빌려 안제와의 데이트를 계획하기로 했다.

모인 남자 놈들은 서로 얼굴을 마주 보더니, 어째서인지 언짢은 듯이 날 봤다.

"뭐야, 뭐 불만이라도 있냐?"

내가 물어보자, 율리우스가 먼저 큰 목소리로 불만을 토했다.

"당연하다! 너라는 남자는, 주말만 되면 매번 마리에랑 아침부터 외출해서 저녁까지 다회를 가지며 지내고 있지 않나. 부럽기 짝이 없다!"

마리에와 오랫동안 시간을 보낼 수 있어서 부럽다고 지껄이는 전 왕태자님은 도움이 되지 않는다고 판단한 나는 그를 무시하고 본론으로 돌아갔다.

"아무래도 좋으니까, 얼른 데이트 플랜을 생각하라고. 너희들, 연애 경험 하나는 쓸데없이 풍부하잖아."

내가 건성으로 물어보자, 팔짱을 낀 그렉이 팔 근육을 부풀려 옷이 찌직찌직 하는 소리를 내기 시작했다.

"경험이 아무리 풍부해도 너보다는 조촐한 편이겠지만."

"뭐? 아니, 너희가 훨씬 더 인기가 많았잖아. 1학년 때부터 여자 문제로는 곤란할 거 없습니다, 라는 태도 아니었냐고."

"내가 제대로 사귄 건 마리에뿐이다!"

여성 경험이 적음을 당당하게 선언하는 그렉을 보고 나는 조금 질색하고 말았다. 보통이라면 창피해할 장면일 텐데 이 녀석은 오히려 경험이 적음을 자랑스러워하고 있었다.

"그러냐. 물어봐서 미안했다. ──아니, 잠깐만. 그렉, 너 약혼자가 있지 않았냐?"

"그건 정략결혼이잖아. 몇 번인가 얼굴을 본 게 전부라고. 너한테도 말해 줬잖냐."

"아, 그러셔. 그럼 근육 바보는 도움이 되지 않겠군."

"어이!"

율리우스에 이어 그렉도 도움이 되지 않았다.

나는 다음으로 시선을 크리스에게 향했다.

하지만 이 녀석은 다섯 명 중에서 가장 서투른 녀석이기도 하다.

"그럼, 다음은 크리스."

"데이트 플랜이라. 마리에랑 같이 왕도를 산책했을 때는 검술 시합을 보러 갔었지. 시합을 보며 마리에한테 해설해 주었다만, 즐겁게 들어 줬던 게 기뻤다."

마리에와의 데이트를 떠올리며 기뻐 보이는 표정을 짓는 크리스를 보고 나는 기대를 접었다.

이 녀석도 글렀다.

데이트라는 말을 듣고 마리에 이야기밖에 나오지 않는다.

나는 한숨을 내쉬며 시선을 브래드에게 던졌다.

"그러면 자칭 최고의 미남인 브래드 군."

"자칭?! 내가 아름다운 건 진실이다!"

"네 안에서는 진실이어도, 세간은 다르다고. 자, 얼른 말해봐."

나르시시스트인 브래드는 보라색 머리카락을 손끝으로 만지작거리며 데이트 플랜에 관해 이야기했다.

"흥! 나 정도의 미남쯤 되면 말이지, 데이트 같은 건 일상이야."

"뭔 소리야?"

"넌 이해 하기 어려울 수도 있겠군. 여자는 나와 함께 지내기만 해도, 그것만으로도 비일상이 되는 거지. 즉 나는, 존재하는 것만으로도 주위에 특별한 일상을 안겨줄 수 있는 존재라는 거다."

자기 대사에 도취했는지 브래드가 윙크했다.

나는 고개를 휙휙 내젓고, 마지막으로 남은 질크를 봤다.

"마지막은 질크인가. 듣기 전부터 기대가 사라졌다."

깊은 한숨을 쉬자 발끈한 질크의 눈썹 끝이 움찔움찔했다.

"이 네 사람과 똑같이 취급하지 말아 주십시오. 저는 연애 경험도 풍부하고, 여성을 기쁘게 하는 것 또한 익숙합니다."

다른 녀석들보다 자기가 여성한테 인기가 많다고 주장하는 질크에게, 다른 네 명이 험악한 시선을 보냈다.

내부분열이냐? 아니, 항상 있던 일인가.

질크는 무척 자신만만했으나, 나는 예전에 이 녀석이 무슨 짓을 했는지 알고 있다.

"여성을 기쁘게 할 수 있다고 했는데, 너도 클라리스 선배한테 지독한 짓을 저질렀잖아. 잊었냐?"

클라리스. 【클라리스 피아 애틀리】 선배는 질크의 전 약혼자다.

질크가 만나기를 거부하여 사태를 까다롭게 만든 탓에 내가 성가신 일에 말려들었다.

그러나 본인은 주눅 드는 기색도 없이 대답했다.

"그녀에게는 미안한 일을 했습니다. 하지만 정말로 만나지 않는 게 정답이었던 겁니다. 저 역시 사과해서 끝날 일이라면 얼른 그렇게 했을 테니까요."

"그럼 얼른 사과하라고."

이 녀석은 무슨 말을 하는 거지? 그렇게 생각하고 있자, 질크는 내게서 시선을 돌렸다.

어째서인지 날 동정하고 있는 것처럼 보였다.

"리온 군에게는 비안하게 생각하고 있습니다. 그래도 말이죠,

클라리스는 그── 무거우니까."

"평범한 수치가 아니라는 건가?"

"몸무게 이야기로 착각하고 있지 않습니까? 클라리스가 무거운 건 애정입니다."

"그야, 다정한 사람이니까."

그러자 질크는 내가 아무것도 모르고 있다고 생각했는지, 안타깝다는 듯이 얼굴에 오른손을 대고 이쪽을 걱정했다.

"그 둔감함에 존경심이 들 지경이군요. 아시겠습니까? 클라리스는 여하튼 무겁습니다. 예전 이야기를 하겠습니다만, 제가 우연히 눈에 띈 신형 에어바이크를 넋을 잃고 쳐다본 적이 있습니다. 딱히 갖고 싶다든가 그런 말을 한 게 아닙니다."

클라리스 선배와의 추억 이야기를 하는 질크가 어째서인지 식은땀을 흘리기 시작했다.

"그랬더니 다음날에 클라리스가 우리 집에 에어바이크를 보내왔습니다."

"선물인 거지? 잘된 일이잖아."

"정말로 둔감한 사람이군요. 제가 에어바이크를 보고 있었을 때는 클라리스와 같이 있지 않았습니다."

"──어이, 잠깐 기다려."

"어디서 듣고 알았는지, 제가 넋을 잃고 봤던 그 에어바이크를 보내왔단 말입니다. 이게 한 번이라면 우연이라고 생각할 수 있겠습니다만, 그 뒤에 몇 번이나 이런 일이 계속되었죠."

먼 곳을 바라보는 듯한 눈을 하는 질크에게, 다른 네 사람도 무슨 말을 해야 좋을지 모르겠다는 표정을 짓고 있었다.

그런가. 클라리스 선배는 무거웠던 건가.

하지만 나는 질크의 이야기를 들어도 그 정도라면 딱히── 하고 생각해버렸다.

그런 내 심정을 알아차린 건지, 갑자기 질크가 날 칭찬했다.

"전부터 생각했었습니다만, 리온 군은 무거운 여성을 좋아하는 겁니까?"

"아니, 딱히."

"정말로 그렇습니까? 제가 보기에는 리온 군 주위에 있는 여성은 전부 무거워 보이는──."

안제나 리비아, 노엘이 무겁다면 마리에 같은 건 바람에 날아갈 정도로 가벼운 여자라고 생각한다만?

뭐, 이 녀석들은 가벼운 여자가 좋은 거겠지.

나는 무난하게 평범한 걸 좋아하지만.

"뭐, 그래서 네 데이트 플랜은?"

"양갓집 아가씨의 마음을 끌고 싶다면 평소 잘 다니지 않는 낯선 장소를 추천합니다. 대중음식점에라도 권하면 자극적이라고 생각해 주겠지요. 오히려 예산이 많이 드는 데이트는 그녀들에게는 너무 평범해서 자극이 부족할 겁니다."

의외로 그럴싸한 조언이 나왔다.

"너, 비겁한 녀석이지만 실은 의지가 되는 구석이 있다?"

"비겁하다는 건 쓸데없는 한 마디입니다만, 칭찬의 말로 받아들여 두지요."

설마 질크의 의견이 도움이 되리라고는 생각지 않았다.

그러면 안제가 가본 적 없을 듯한 가게로 데리고 가자.

어느 가게가 좋을지 궁리하기 시작하자, 율리우스가 내게 말을 걸었다.

"리온, 잠깐 괜찮나? 점심이 아직이라면 나하고 잠깐 같이 가다오."

"너랑?"

교사 뒤에 있는 벤치에 앉은 나와 율리우스는 포장마차에서 사 온 꼬치구이를 먹고 있었다.

율리우스가 안내해 준 가게에서 산 것인데, 꽤 맛있다.

본인은 미안해하는 듯한 태도다.

"미안하군. 조금 더 시간이 있었다면 내가 구워줄 수 있었을 텐데."

"점심시간에까지 꼬치를 구우려고 하지 말라고. 그래서, 할 이야기가 뭐야?"

꼬치구이를 물어뜯으며 묻자, 율리우스는 조금 뜸을 둔 뒤 입을 열었다.

"안젤리카에 관한 일이다."

——내가 움직임을 멈추자, 율리우스는 진지한 표정으로 계속했다.

"나는 안젤리카를 한 번 배신했다."

"그렇지."

나는 꼬치구이를 입에 물고 식사를 재개하며 이야기를 이어나갔다.

"지금 와서 생각해 보면, 그때의 나는 아무것도 보지 못하고 있었다."

"그건 지금도 마찬가지라고 생각한다만."

"그래도 옛날보다는 잘 보고 있다. 아니, 제삼자가 되었기에 비로소 보이는 것일지도 모르겠군."

무슨 말을 하고 싶은 거지?

율리우스는 본론을 꺼냈다.

"뻔뻔한 이야기라는 건 알고 있다. 하지만, 너는 안젤리카를 배신하지 말아다오."

"내가? 애초에 배신할 생각 따위——."

"너는 그렇게 생각해도, 안젤리카는 다르잖나?"

뭔가 받아쳐 주려고 생각했지만, 율리우스의 말이 묘하게 가슴에 꽂혔다.

내가 대꾸 없이 꼬치구이를 물어뜯자, 율리우스는 과거 이야기를 했다.

"나는 안젤리카와 파혼했을 때, 그녀를 배신했다는 자각이 없었다. 오히려 내가 배신당했다고 생각했지."

"그 무렵의 너희들은 최악이었으니까."

"인정하마. 하지만 지금의 너는 어떻지?"

"무슨 말을 하고 싶은 건데?"

율리우스가 꼬치구이를 다 먹고 나서, 빈 용기나 꼬치를 꼼꼼하게 정리했다.

주변에 쓰레기를 버리거나 하지는 않았다.

"너는 나와 같은 잘못을 저지르지 않았으면 한다는 말이다. 만약 안젤리카가 너한테 배신당했다고 느낀다면, 그녀는 이번에야말로 다시 일어설 수 없을지도 모른다."

"그러니까, 배신할 생각은── 없다니까."

옆에서 보면 내 행동은 안제에 대한 배신이리라.

주말이 되면 마리에, 에리카와 다회를 가지고 때로는 왕비인 밀렌 님에게 편지를 보낸다.

배신할 생각은 없다. 하지만 그걸 안제가 어떻게 느낄지는 별개다.

내가 고개를 숙이고 있자, 율리우스가 뭐라 말하기 힘든 미묘한 표정을 지었다.

"그리고 친구로서 한마디 하게 해줬으면 한다."

"뭔데?"

"어머님을 유혹하는 걸 그만두라고 더는 말하지 않을 테니,

가능하면 내가 모르는 곳에서 해다오. 아들로서 어떤 표정을 하면 좋을지 모르겠다."

정말로 고민하는 얼굴인 율리우스를 보고 나도 난감해지고 말았다.

"으, 응……."

일단, 대답만은 해 뒀다.

◇

주말.

그날의 안제는 우아한 빨간 원피스를 입고 있었다.

눈동자 색과 같은 빨간 복장을 좋아하는 안제는 하얗고 작은 손가방을 양손으로 들고 있었다.

펌프스를 신고 있어서, 캐주얼함이 느껴지지만 포멀한 느낌으로도 통할 것 같은 옷차림이었다.

안제는 약속 장소에 먼저 와 있었다.

——아직 10분 전인데도.

"미안~, 오래 기다렸지."

사과부터 하고 들어가자, 안제는 작게 고개를 저었다.

"아니, 내가 너무 일찍 온 것뿐이다."

"그, 그래."

평소에는 같이 시낼 때가 많지만, 오늘은 굳이 바깥에서 만나기로 했다. 평소와 다른 일상을, 이라는 다섯 바보의 의견을 채용했기 때문이다.

덕분에 평소와 다른 자극을 얻었지만, 나도 안제도 어색함을 감출 수 없었다.

둘이서 걷기 시작하자, 따라오고 있는 루크시온이 나한테만 들리도록 말했다.

『마스터, 안젤리카의 외견을 칭찬하지 않아도 괜찮겠습니까? 오늘을 위해 제법 기합을 넣고 온 모양입니다만?』

그 말을 듣고 비로소 깨달은 나는 아뿔싸, 하고 생각하며 안제의 옷차림을 칭찬했다.

"안제, 그 옷 무척 잘 어울려!"

"그런가. 고맙다."

미소 짓는 안제였으나, 어째서인지 실수한 것 같은 느낌이 들었다.

연애 시뮬레이션 게임이라면 분명 호감도가 오르지 않거나, 혹은 내려가는 듯한 효과음이 들릴 장면이리라.

게임이라면 로드라도 하면 되지만, 현실이 되면 세이브도 로드도 없다.

리셋조차 없다.

있는 건 전원 버튼뿐이다.

나는 솔직하게 사과하기로 했다.

"미안. 더 일찍 칭찬했어야 했네."

"사과하지 마라. 너는 더 당당하게 행동해라."

"아니, 그래도."

"——됐으니까 간다."

안제가 걷는 속도를 높였기에 나도 황급히 따라갔다.

그 모습을 보고 있던 루크시온은 어처구니없어했다.

『마스터는 자각이 없을 때 더 실력을 발휘할 것 같군요. 의식해서 하면 망치는 타입입니다.』

◇

데이트를 시작하고 왕도를 걷고 있자, 파괴된 건물 주위에 발판이 만들어져 해체 작업 중인 곳이 있었다.

작업용으로 개량한 갑옷이 잇따라 잔해를 철거해 나간다.

그 광경에 걸음을 멈춘 안제는 부흥 작업에 관해 이야기했다.

"돈이 드는 갑옷까지 내보내서 부흥 작업을 서두르고 있군."

갑옷은 보통 마석을 연료로 삼아 움직인다.

왕도에 있는 던전에서 채굴되는 마석이 항시 매입되는 건 에너지 자원으로 이용되고 있기 때문이다.

다만, 마석은 수요와 공급의 균형이 일치하지 않는다.

공급이 수요를 따라가지 못하고 있어, 평상시 업무에 갑옷을 내보내 사용하는 건 채산이 맞지 않는다.

그걸 무시하고 부흥 작업이 이루어지는 건 이곳이 왕도이기 때문이다.

“역시 어디서든 부자가 강하네.”

비아냥을 입에 담자, 안제가 내 얼굴을 보고 작게 한숨을 내쉬었다.

“어? 나 뭔가 안 좋은 말이라도 했어?”

지금 대사는 좋지 못했던 것일까?

불안하게 생각하고 있자, 안제는 “아니, 그런 게 아니다”라고 말하고는 어처구니없어한 이유를 이야기해주었다.

“지금은 왕국도 재정이 빠듯할 거다. 재작년에 구 공국과의 전쟁 있었는데, 상처가 채 아물기도 전에 왕도에 재차 피해가 나왔으니까.”

왕도는 단기간에 두 번이나 전투를 겪었다.

결과적으로 호르파트 왕국의 재정이 빠듯해진 모양이다.

그리고 안제는 누가 부흥 작업을 서두르고 있는지를 알고 있었다.

“그래도 서두르는 것은 왕국의 권위를 유지하기 위해서다. 언제까지고 왕도에 생생한 상처가 남아 있으면, 그걸 본 영주 귀족들이 왕국의 힘이 약해졌다고 생각할 테니까 말이지. ——왕비님도 머리를 감싸 쥐고 고민하고 계실 거다.”

“밀렌 씨가?”

왕비님을 이름으로 부르자, 한순간이지만 안제의 표정이 흐려졌다.

아차 싶어서 손으로 입을 누르자, 안제가 무리해서 웃는 표정을 지었다.

"그분이 너와 동년배가 아니어서 안심했다."

"아니, 딱히 진심으로 꼬드기고 있는 게 아니라……."

변명했더니 안제가 미소 지었다.

"알고 있다. 자, 슬슬 데이트로 돌아갈까."

"그, 그래."

◇

재차 걷기 시작하여 목적지인 찻집으로 향했다.

그곳은 누구나 들어갈 수 있는 분위기가 감도는 찻집이지만, 가게 안은 침착한 분위기라 지내기 편했다.

가구 등도 항상 깔끔하게 손질되고 있고, 차나 가벼운 식사 등의 좋은 냄새가 풍기는 가게다.

둘이서 가게에 들어가자, 카운터 너머로 가게 주인이 자리를 안내해 주었다.

창가 테이블석으로 가니 가게 주인이 메뉴판을 들고 왔다.

안제와 한두 마디 대화하고 나서 메뉴를 정하자 가게 주인이 카운터로 돌아갔다.

이 가게가 저번 소동으로 파괴되지 않아서 다행이라 생각하고 있었더니, 안제가 입을 열었다.

"좋은 가게군."

"그러게. 나도 처음 왔는데, 마음에 들었을지도."

"네가 좋아할 것 같은 가게니까."

확실히 내 취향의 가게다.

"안제는 싫어?"

"싫지는 않다. 다만, 내가 좋아하는 홍차가 없는 건 신경 쓰이는군. 가게 주인의 취향이 아닌 모양이다."

"아."

그제야 깨닫고 메뉴를 보니, 확실히 안제가 좋아하는 홍차가 없었다. 안제가 좋아할 것 같은 다과도 없었다.

나는 실수했다 싶어 머리를 감싸 쥐었다.

"미안, 더 자세히 알아봤어야 했는데."

"딱히 상관없다."

"아니, 그래도 오늘은 안제를 위해서 나온 건데……."

"그러니까, 신경 쓰지 않는다. 너는 이제 공작이다. 이 정도로 사과하지 마라."

"그래도 미안하다고 생각해."

내가 여전히 사과하려 하자, 안제가 테이블에 주먹을 내리쳤다.

"나는 신경 쓰지 않는다고 말했다!"

"안제……?"

갑자기 격앙한 안제를 보고 놀라자, 주위 손님들도 무슨 일인가 싶어 우리가 앉은 자리에 시선이 모였다.

가게 주인이 카운터에서 상황을 살피고 있었기에 아무것도 아니라는 제스처를 취하자 안제도 알아차린 듯했다.

"미, 미안하다."

얼굴이 빨개진 안제는 고개를 한 번 숙였지만, 견디기 힘들었는지 자리에서 일어나 가게를 뛰쳐나가고 말았다.

"안제!"

쫓아가고자 자리에서 일어난 나는 주문한 것을 떠올리고 지갑에서 돈을 꺼내 카운터에 올려놓았다.

"잔돈은 됐어."

그대로 가게를 뛰쳐나가자 도어벨이 몇 번이나 흔들려 커다란 소리를 냈다.

주위를 둘러보니 안제의 모습이 보이지 않는다.

"젠장! 어디로 간 거야."

『――문제없습니다. 이미 안젤리카의 위치를 추적하고 있습니다. 내비게이션을 개시할까요?』

"부탁한다."

루크시온한테 안내를 받으며 달렸다.

"뭐가 문제였지?"

달리면서 물어봤지만, 루크시온도 명확한 답을 가지고 있지 않았다.

『칠칠하지 못한 마스터한테 화가 났다고 보기에는 부자연스럽군요. 지금까지 한심한 모습을 피로한 게 한두 번이 아니니까요.』

"그거 미안하게 됐구만!"

『아마 정신적으로 피폐한 것이겠지요. 마스터에게 자신의 이상을 겹쳐 보고, 그 괴리에 짜증을 내는 게 아닐지 예상합니다.』

"확실히 안제의 이상은 높을 것 같기는 하지만……."

『그래도 안젤리카는 마스터와 약혼했습니다. 이상과 다르다는 건 처음부터 알고 있었을 터입니다.』

달리고 있던 나는 루크시온의 말에 다리가 멈췄다.

"내게…… 넌더리가 나 버렸다는 건가."

왠지 모르게 예상하고는 있었고, 올 때가 왔나── 그런 생각이 들고 말았다.

다만, 루크시온은 나 원 참, 이라는 듯한 몸짓을 하면서 말했다.

『이 정도로 넌더리가 날 거였으면 애초에 약혼하지 않았겠지요. 마스터는 안젤리카의 사랑을 의심하고 계시는군요.』

"사랑도 식을 때가 있다고."

『동의합니다. 하지만 이번 경우는 다릅니다. 안젤리카는 마스터와의 데이트를 기대하고 있었으니까요.』

걸음을 옮기며 안젤리카가 있는 장소로 가자, 주위보다 높은 장소가 보이기 시작했다.

높은 곳에서 왕도를 바라볼 수 있는 장소로 인기인 모양이라, 거기에는 벤치 등이 설치되어 있다.

안제는 울타리를 잡고 왕도의 경치를 바라보고 있었다.

내가 가까이 가자 안제가 뒤돌아봤는데, 울고 있었는지 눈가가 젖어 있었다.

"안제, 그——."

"사과하지 마라. 네가 사과하면, 나 자신이 한심하게 느껴진다."

"어……?"

안제가 내게 지금의 심정을 토로하기 시작했다.

"네가 사과하게 했다는 생각이—— 날 비참하게 한다."

그대로 안제는 그 자리에 울며 주저앉고 말았다.

◇

높은 곳에 있는 벤치에 앉아 안제가 진정되기를 기다렸더니 저녁이 되었다.

이따금 사람이 오지만, 우리를 보고는 이별 이야기라도 하고 있나 싶어 멀어진다.

——우는 여자는 대하기 어렵다.

진정한 안제는 조금 전 일을 사과했다.

"미안했다."

"아니야. 근데 아까 그 말은 무슨 뜻이야?"

"말 그대로의 의미다."

"그러니까——."

우리의 대화를 듣고 해결이 나지 않는다고 생각한 루크시온이 나와 안제 사이에 끼어들어 주재하기 시작했다.

『안젤리카, 어째서 마스터가 사과하면 당신의 책임이 되는 겁니까? 마스터가 한심한 건 마스터의 책임입니다.』

내가 한심한 건 사실이지만, 이렇게까지 단언하니 열 받는군.

하지만 루크시온과 말싸움할 상황이 아니기에 꾹 참았다.

안제는 눈물을 머금은 눈 그대로, 루크시온을 보고 고개를 갸웃했다.

“리온은 공작이다. 나라를 몇 번이나 구한 영웅이지.”

『——사회적 입장에서, 마스터는 안이하게 사과해서는 안 된다, 라는 말인지요?』

“그래. 그런데도 나는 자꾸 리온이 사과하게 하고 있다. 나는 아내가 될 여자인데도. 게다가, 나는 리온의 등을 만족스럽게 받쳐주지 못하고 있다.”

양손으로 얼굴을 덮고 눈물을 흘리는 안제를 보고, 나는 솔직한 마음을 전했다.

“아니, 그런 건 상관없대도.”

하지만 내 가치관은 안제에게 통하지 않았다.

“상관없다고? 그건 내가 너한테 어울리지 않는다는 의미인가? 내 힘 따위 필요 없다는 말이냐? 아아, 그렇겠지. 너한테는 루크시온이 있으니까.”

고개를 든 안제는 울면서 웃기 시작했다.

“그런 의미가 아니야! 그런 게 아니라——.”

내가 필사적으로 전하려 하자, 루크시온이 끼어들었다.

『마스터, 시간이 됐습니다. 학생 기숙사로 돌아가 주십시오.』

"지금은 그런 거——."

『아무래도 좋아, 입니까? 서로 거리를 두는 편이 좋을 것으로 생각합니다만?』

안제는 또다시 울기 시작해서, 설득할 상황도 아니었다.

"돌아가자. 하지만 그전에 한마디 하게 해줘. 나는 안제를 필요 없다고 생각한 적은 단 한 번도 없어."

하지만 안제에게 내 말은 닿지 않았다.

"——우리는 서로를 너무나도 몰랐군."

안제를 바래다주고 학생 기숙사에 있는 내 방으로 돌아온 나는 그대로 침대에 천장을 보고 쓰러지듯이 누웠다.

천장을 올려다보고 있자, 루크시온이 보고했다.

『크레아레한테서 보고가 들어왔습니다. 안젤리카는 리비아한테 위로받으며 잠들었다고 합니다. 데이트 결과를 들은 리비아가 마스터한테 화를 냈다고 합니다.』

"——나보고 어쩌라는 거냐고……."

뭘 잘못한 걸까?

안제가 날 위해 노력하는 건 알고 있었고, 오늘은 너무 무리하지 않았으면 좋겠다고 전하고 싶었다.

날 위해서 레드글레이브가와 싸울 필요는 없다.

그렇게 말하려던 것이, 원만하게 수습되기는커녕 마지막에 그런 대사가 나오는 지경이 됐다.

"서로를 너무 몰랐다, 인가. 확실히 여기까지 기세만으로 왔지. 나 같은 얕은 인간을 가까이에서 보고 있으면 환멸이 들지도 모르겠군."

『마스터치고는 자기평가가 잘 되어 있군요. 하지만 이번 경우는 다른 데 문제가 있습니다.』

"다른 데?"

『가치관입니다. 마스터와 마리에는 전생의 가치관이 너무 강합니다. 크레아레가 얻은 정보로 추측건대 안젤리카는 마스터를 받쳐주는 존재가 되고 싶었던 것 같습니다.』

"지금도 충분히 받쳐주고 있는데……."

나한테는 아까울 정도인 훌륭한 여성이다.

그걸 알기에 오히려 너무 무리하지 않았으면 했는데.

『안젤리카는 마스터를 과대평가하고 있군요. 그녀는 한 대만에 공작으로까지 출세한 영웅의 혼약자입니다. 아무리 안젤리카라도 압박감을 느낄 수밖에 없겠지요. 그런데 그에 걸맞기 위해 필사적으로 노력했더니, 그럴 필요 없다고 말하면 그야 화가 나는 게 당연하지 않을지?』

"왜 그렇게 되는지 도통 이해를 못 하겠군."

『안젤리카는 마스터가 레드글레이브 가문에 이용당하지 않도록 움직이고 있었습니다. 그 나이에 할 고생이 아니라고요.』

"레드글레이브 가문의 힘 따위, 난 필요 없어. 안제만 있으면 돼."

『그 말을 한들, 안젤리카가 납득할까요?』

내가 입을 다물어 버리자, 루크시온이 가치관에 관해 이야기했다.

『이곳은 마스터의 전생과는 다릅니다. 이 세계에는 이 세계의 룰이 있으니까요. 그걸 마스터의 기준으로 안이하게 부정하는 건 오만입니다.』

전생의 기억을 지닌 내게 이 세계는 가치관은 너무 낯설다.

귀족 사회도 전생의 나와는 인연이 없었다.

지금까지 귀찮으니까 멀리하고 보지 않으려 했는데, 너무 출세해 버려서 이젠 무시할 수 없게 됐다.

하지만 가치관의 차이라는 건 어떻게 할 도리가 없다.

전생에서도 가치관 차이로 이혼하는 부부가 흔히 있었지, 하고 떠올렸다.

"가치관 차이는 치명적이지. 차라리 약혼을 파기하고 안제를 자유롭게 해주는 편이——."

거기까지 말했다가 율리우스가 한 말을 떠올렸다.

나한테 배신당하면 안젤리카는 더는 다시 일어설 수 없을 거라던 율리우스의 말을.

"——내가 안제한테 맞춰 주면 되는 걸까?"

『마스터가 이 세계의 귀족 사회에 익숙해질 수 있을는지요?』

“무리로군. 하지만 그럴듯하게 행동하는 정도는 할 수 있겠지. ──다음에 레드글레이브 가문 저택에 얼굴을 내비치도록 하지.”

겉꾸리며 행동하는 것 정도는 가능할 터다.

난 항상 그렇게 해서 문제를 극복해 왔으니까.

제03화 「애호가」

왕도에 있는 레드글레이브 가문 저택.

날 맞이해 준 것은 어째서인지 빈스 씨── 안제의 아빠인 레드글레이브 공작이었다.

"잘 와 주었네! 자네가 온다는 말을 듣고 내 몹시 서둘러 달려왔네."

"그, 그러시군요."

대신 길버트 씨가 교대로 자기 영지에 돌아간 듯한데, 공작이 날 만나려고 일부러 왕도까지 온 건가?

조금 믿기지 않았다.

안제 아빠는 응접실에 손님을 한 명 데리고 와 있었다.

사전에 이야기를 듣기는 했는데, 모르는 얼굴이었다. 그 인물은 날 보고 있었다.

"저기, 그쪽에 계신 분은?"

"자네에게 꼭 소개하려고 생각했던 남자일세."

안제 아빠가 데리고 온 인물이 내 앞에서 공손하게 머리를 숙였다.

"처음 뵙겠습니다, 발트파르트 공작. 저는【도미니크 포우 모트레이】백작입니다."

미들네임이 포우라면 영주 귀족이다.

백작쯤 되면 영지 규모가 상당하리라.

하지만 모트레이 백작은 어떻게 봐도 30대로 보였다.

찰랑찰랑한 금발은 머리카락 끝이 바깥을 향해 컬이 들어가 있고, 수염도 손질이 잘 되어 불결한 느낌이 들지 않았다.

몸도 탄탄하여 겉모습도 나쁘지 않은 유능한 남자로 보였다.

안제 아빠가 모트레이 백작을 데리고 온 경위를 이야기했다.

"모트레이 백작과는 인연이 있어서 말이네. 그는 부유섬을 영지로 지닌 백작으로, 국경을 맡은 자 중 한 사람일세."

"국경을?"

모트레이 백작을 보니, 본인은 웃고 있었다.

"제가 단독으로 지키고 있는 건 아니고, 변경백을 중심으로 영주 귀족들이 합동으로 지키고 있습니다. 그래서 구 공국과의 전투 중일 때는 공작께 달려가지 못하여 원통했습니다."

"그, 그렇습니까……."

제법 언변이 좋은 남자다. 당시의 나에 대한 평가는 쓰레기 이하――라고까지는 하지 않더라도, 상당히 낮았을 텐데.

적어도 좋아서 내 밑에 붙고 싶다고 말하는 바보는 없었을 터다.

내가 속으로 그런 생각을 하고 있자, 안제 아빠가 내게 말했다.

"모트레이 백작은 자네의 팬일세."

"예……?"

놀라서 모트레이 백작을 보니, 내 손을 양손으로 잡고선 위아래로 크게 흔들었다.

"발트파르트 공작의 활약을 듣고 저는 구원받는 기분이었습니다. 재작년의 결투 소동 무렵부터 주목하고 있었습니다만, 설마 이 정도의 위업을 달성하시라고는 생각하지 못했습니다."

"위, 위업?!"

내가 뭘 했는지 생각하고 있자, 모트레이 백작이 히죽 웃었다.

"왕국의 쓰레기 같은 관례를 깨부숴 주셨잖습니까!"

"아, 예."

혹시 이 사람은 학원에서 여자들한테 뭔가 당한 기억이 있는 걸까?

내 생각은 적중했다.

"본 가문은 아버님 대에서 백작가로 승작하였습니다만, 제가 학원에 다녔을 무렵에는 아직 자작가였습니다. 그래서 결혼 상대가 매우 지독한 여자였지요."

"그, 그건 뭐라 말씀드려야 좋을지……."

분명 지금도 고생하고 있는 것이리라.

하지만 내 예상은 어긋났다.

"정말로 끔찍한 여자였습니다. 아이가 태어나기 전에 애인을 몇 명이나 두고 있었으니까 말이지요. 대체 누구의 아이를 낳을 생각이었는지. ──하지만, 발트파르트 공작이 공국과 함께 관례도 쳐부숴 주셨습니다! 감사합니다. 정말로 감사합니다!"

"어? 어어?!"

곤혹스러워하고 있자, 안제 아빠가 자세한 이야기를 해주었다.
"모트레이 백작은 부정을 이유로 아내와 이혼했다네."
"네?! 이혼이요?!"
귀족 사회의 결혼이란 가문끼리의 연결을 의미한다.
개인의 감정으로 마음대로 이혼할 수도 없지만, 지금까지의 왕국은 부정을 이유로 하는 이혼조차 용인되지 않았다.
그것이 타파되면서, 모트레이 백작은 곧바로 이혼한 모양이다.
"레드글레이브 공작께도 감사드리고 있습니다. 아내에 관해서도 뭐라 감사의 말씀을 드려야 좋을지."
아내라니?
고개를 갸웃하자, 모트레이 백작이 현재의 아내에 관해 알려주었다.
"재혼한 겁니다. 그녀는 오랫동안 저를 곁에서 받쳐 준 여성입니다만, 사용인이었기에 신분이 문제가 되어서 말이지요. 그때 레드글레이브 공작가의 도움을 받았지요."
거기서부터는 안제 아빠가 이야기했다.
"그의 부인을 우리와 연줄이 있는 기사 가문에 보내고, 그 후에 자작가에 양자로서 받아들이게 하여 어느 정도의 교육을 한 뒤 모트레이 백작과 결혼시켰지."
——그거, 경력 세탁 아니야?
즉, 귀족도 아닌 여성과 결혼하기 위해 모트레이 백작은 안제 아빠한테 부탁하여 귀족 지위를 산 건가?

아니, 사지는 않았어도 뭔가 거래를 했나?

그렇게 생각하고 있자, 모트레이 백작이 화제를 바꿨다.

"감사의 마음으로 두 분께는 머리를 들 수 없을 정도입니다. 그건 그렇고 왕도에서 발트파르트 공작이 활약하신 것도 들었습니다. 하룻밤에 왕도를 지배하에 두셨다던가. 역시 한 대만에 공작까지 출세한 영웅은 다르군요."

"아니, 그건……."

내가 아니라 루크시온 덕분, 이라고 말할 수 있으면 편하겠다만.

무난하게 모두의 협력이 있었기에 가능했던 일이라고 말할 셈이었는데 모트레이 백작한테 가로막혔다.

"하지만 이번에는 조금 무르셨군요. 저라면 좀 더 왕도에 피해가 나오게 놔뒀을 겁니다."

"――당신, 무슨 말을!"

내가 놀라고 있자, 모트레이 백작이 곤혹스러워하는 기색을 보였다.

곧바로 안제 아빠가 내 어깨에 손을 올려놓았다.

"미안하군. 그는 출세가 너무 빨라서 아직 주변 상황을 다 파악하지 못한 상태라네."

그 말을 들은 모트레이 백작은 몇 번 고개를 끄덕이더니 미소를 지어 보였다.

"급격한 출세에 의한 폐해로군요. 아니, 오히려 부러운 고민입니다."

두 사람이 웃는 얼굴로 대화하는 것을 들으며, 나는 루크시온에게 확인하기 위해 신호를 보냈다.

무슨 말을 하고 싶은 것인지, 루크시온이 둘의 대화로부터 그걸 해독했다.

『도미니크는 마스터가 레드글레이브 가에 가담하여 왕국에 반기를 들 작정이라고 생각한 모양입니다. 그래서 마스터의 아무것도 모르는 듯한 태도를 미심쩍게 여기는 겁니다.』

——그런 건가.

그러자 모트레이 백작이 날 똑바로 바라봤다.

"발트파르트 공작, 함께 왕도를 불태우지 않겠습니까?"

"——웃지 못할 농담이군."

"농담이라니요? 당신도 영주 귀족이라면 이해하고 계실 것 아닙니까? 왕국은 오랫동안 저희를 적대시하며 탄압해 왔습니다. 그 대가를 치러야만 하지 않겠습니까?"

모트레이 백작은 나를 판단하려는 듯이 바라보았다. 눈이 진심이었다.

정말로 왕도를 불태우고 싶다는 마음이 느껴졌다.

이쯤 되니 안제 아빠가 끼어들어 그를 막았다.

"모트레이 백작은 너무 성급하군. 좀 더 신중한 태도를 유념하는 편이 좋네."

"이거, 실례했습니다. 아무래도 동경하던 영웅을 만나 흥분했던 모양입니다."

◇

모트레이 백작이 돌아가자, 안제 아빠와 둘이 되었다.

안제 아빠는 웃고 있다.

"모트레이 백작은 국경에서 싸우는 귀족답게 과격한 면이 있어서 말이지. 이번 건은 내 얼굴을 봐서 용서해 줬으면 하네."

"——진심으로 왕국과 전쟁할 생각입니까?"

단도직입적으로 묻자, 안제 아빠는 미소를 무너뜨리지 않았다.

"안제와 싸웠다는 것 같더군. 그 애도 뭘 하고 있는지."

아무래도 안제와 내 관계가 잘 풀리고 있지 않다는 것을 파악하고 있는 듯하다.

"대답해 주십시오. 만약 진심이라면, 저는 막겠습니다."

그렇게 말하자 안제 아빠는—— 빈스 씨는 목소리가 약간 낮아졌다.

"억지로 왕국을 붙잡고 버텨도 머잖아 불만이 폭발할 걸세. 어차피 터질 일이라면 차라리 우리 손으로 피해를 가능한 줄이고 싶다고 생각하는 건 나의 오만이라고 보는가?"

"불만이라니요?"

"모트레이 백작을 봤지 않나? 모트레이 백작처럼 왕국의 관습이나 제도에 시달렸던 영주 귀족들은 이 나라에 불만을 품고 있지. 작금은 상황이 변하고 있지만, 그러니 용서하라고 해서 그들이 순순히 들어줄 것 같나?"

"그건……."

왕국에 시달렸던 영주 귀족들의 불만은 상황이 변했다고 해서 가라앉지는 않았다. 오히려 약해진 왕국에 원한을 풀고자 생각하는 귀족들이 많은 모양이다.

그런가── 굳이 모트레이 백작을 데리고 온 건 내게 영주 귀족들이 진심임을 보여주기 위해서이군.

"필요한 희생이네. 이대로 무질서하게 충돌하면 피해가 커지고 타국에 틈을 내주어 호르파트 왕국이 분열할 뿐일세. 그것만은 피해야만 하네."

빈스 씨가 내 어깨에 손을 올려놓았다.

"나는 자네에게 기대하고 있어. 자네가 가진 로스트 아이템의 힘이 있으면, 흐르는 피도 크게 줄어들겠지. 안제에게는 내가 단단히 일러두겠네."

──안제는 쭉, 가족과 이런 대화를 주고받아 왔던 것일까?

레드글레이브가 저택에서 학생 기숙사로 돌아온 나는 침대에 누워 천장을 올려다보고 있었다.

"머잖아 일어날 반란이라면 피해를 최소한으로, 인가."

내 옆에 떠 있는 루크시온은 빈스 씨가 한 말에 관해 이야기했다.

『그의 주장은 확실히 일리가 있지만, 레드글레이브가 또한 왕가의 분가입니다. 그들을 좋게 여기지 않는 귀족들도 분명 많겠지요. 자칫 잘못하면 오히려 왕가와 함께 파멸할 수도 있습니다.』

영주 귀족들이 보기에는 레드글레이브가 또한 왕가의 분가이니 미운 적인 건 마찬가지다.

레드글레이브 가문이 존속하기 위해서는 선두에 서서 새로운 나라를 일으킬 수밖에 없다.

"이대로 왕가를 지키면 좋을 텐데 말이야."

『야심이겠지요. 빈스도 길버트도, 왕위를 노리고 있습니다.』

"이해할 수가 없네."

『그들의 본심은 자기 나라를 손에 넣는 것이겠지만, 반란에 의한 피해를 줄일 수 있는 것도 사실입니다. 마스터는 영주 귀족들에게도 영웅으로 통하니까요.』

"끔찍한 결혼에서 해방해줘서?"

『그것도 있겠지만, 왕국을 상대로 거침없이 행동하는 마스터의 모습이 그들에게는 고대하던 영웅의 모습으로 보였을 겁니다.』

"보잘것없는 영웅이구만."

『안젤리카와 결혼한다는 것은 레드글레이브 공작가와 손을 잡는다는 의미입니다. 이 세계에서는 아직 개인과 집안이 완전히 분리되지 않았으니까요.』

개인이 쉽게 죽는 시절에는 집안이라는 게 중요했다고 들은 적이 있다.

사람이 죽는 게 너무 당연해서 가문이나 핏줄을 남기는 게 우선이었다고.

개인이 존중받는 세계는 참 훌륭한 곳이었다.

그런 행복을 아는 나와, 이 세계밖에 모르는 안제는 서로 가치관이 다른 게 당연할 것이다.

"그래서, 네 생각은?"

『예?』

"피해를 내지 않고 왕국을 규합하는 방법 말이야. 가능한 한 피를 흘리지 않는 방법은 있냐?"

인공지능이 어떤 답을 낼 것인가?

나로서는 생각지도 못한 엉뚱한 대답으로 전부를 구할 방법을 선사해 줬으면 했다.

『마스터가 신속하게 왕도를 지배하면, 주변 영주들은 손바닥 뒤집듯 태도를 바꾸어 싸움을 그만두겠지요. 도미니크처럼 마스터를 따르는 귀족들이 왕도에 모여 새로운 국가가 탄생하면 피해는 최소한으로 그칩니다.』

——루크시온한테 기대한 내가 바보였다.

"야, 그건 즉……."

『마스터가 왕이 되면 되는 겁니다.』

"바보 자식, 그런 방법은 각하다."

내가 왕? 다른 녀석은 모르겠지만, 나는 좋아서 왕이 되려는 그런 인간이 아니다.

지금도 나는 시골에 틀어박혀 느긋한 인생을 보내고 싶다.

『피해를 최소한으로 줄일 수 있습니다만?』

"네 힘을 써서 지배하면 결과적으로 레드글레이브가의 계획과 다를 게 없잖냐. 아~아, 너한테 상담한 내가 잘못이었어."

도움이 되지 않는다고 말하자, 루크시온이 내 얼굴에 가까이 접근했다.

『스스로 해결책이 떠오르지 않아 제게 답을 요구한 건 마스터입니다만?』

"그러니까, 너한테 상담한 내가 잘못이었다고 인정했잖냐."

애초에 루크시온은 호르파트 왕국이 멸망한들 전혀 아무렇지도 않다.

오히려 신인류가 건국한 나라 따위는 사라지는 편이 좋다고 생각할 거다.

이런 류의 귀찮은 문제가 생기면 항상 '멸망시키지?'처럼 말한다.

"다른 누군가한테 상담해 볼까. 하지만 이런 이야기에 능숙한 안제는 이번만큼은 의지할 수가 없겠군."

『이미 평소에 너무 많이 의지하고 있지만요.』

"시끄러워."

천장을 올려다보며 누구한테 상담해야 할지 고민했다.

몇 명의 얼굴이 떠올랐고, 그리고 한 명이 생각났다.
나랑 처지가 같은 남자가 한 명 있었지, 하고.

◇

학생 기숙사 근처에 있는 화단.
거기서 꽃에 물을 주던 헤링은 내 상담을 듣고 바보 취급하지도, 웃지도 않았다.
그저 복잡해 보이는 표정을 지을 뿐이었다.
"가치관 문제는 선뜻 대답하기 어렵군. 나도 이쪽에 전생하고 나서 몇 번이나 고민했다."
"너도 고민한 거냐?"
"전생의 기억이 남아 있으니까 말이지."
헤링은 어두운 표정으로 작게 한숨을 내쉬고는 하늘을 올려다봤다.
"……나는 기사가 되고 나서 전장에 나가게 됐다."
"그런가."
헤링이 전장에 나가 뭘 했을지는 쉽게 상상이 됐다.
기사나 귀족은 싸움에서 도망치는 것이 허용되지 않는다.
만약 전장에서 도망치면 지위나 명성이 땅에 떨어진다.
싸우는 것이야말로 명예, 라는 것이 그들의 상식이다.
그리고 전장에서는 사람을 잔뜩 죽이면 영웅이라 불린다.

나도 헤링도, 영웅이라 불려서 기쁘지 않은 건 이게 이유다.

영웅이란, 사람을 수많이 죽였다는 증명이기도 하다.

헤링도 내 마음을 헤아렸는지 머리를 긁적이며 위로했다.

"피차 고생하는군. 차라리 전생의 기억이 없는 편이── 아니, 없었으면 미아를 알아차리지 못했으려나."

전생의 기억이 없었다면 이런 일로 고민하지도 않았겠지만, 내가 이렇게 지금도 무사히 살아있을 수 있는 건 전생의 지식 덕분이다.

헤링도 전생의 지식이 있었기에 미아와 만날 수 있었을 거다.

"나도 전생의 기억이 없었다면 지금쯤은 죽고 없었겠지."

조라 손에 팔려 넘어갈 뻔했던 일을 떠올려 보면, 전생의 기억을 지니고 전생한 건 나쁜 일은 아니었다.

헤링은 난감한 듯이 웃었다.

"너도 고생이 많군."

"헤링이 있어서 잘됐어. 이런 고민은 다섯 바보한테 상담할 수 없으니까."

"마리에가 있지 않나?"

확실히 마리에도 우리와 같은 전생자다.

하지만 결정적인 차이가 있다.

"그 녀석은 전쟁에서 사람을 죽인 적이 없으니까."

"──그렇군. 그러면 상담하기 어렵지. 차라리 그대로 있었으면 하는 마음이 드는군."

헤링이 먼 곳을 바라보는 듯한 눈을 하자, 나도 작게 고개를 끄덕였다.

마리에가 전쟁에서 활약? 그 녀석한테는 어울리지 않는다.

헤링은 턱에 손을 대고 생각하기 시작했다.

"제국에 있으면 황제한테 상담할 수 있었는데 말이지."

"황제 폐하한테? 너, 묘하게 친근한 말투인데."

가볍게 황제한테 상담한다는 말을 꺼내는 헤링을 보고 놀라자, 본인은 조금 당황한 표정을 지었다.

"말하지 않았던가? 우리 황제── 미아의 아버지는 전생자다."

"진짜?!"

전생자가 너무 많지 않나? 혼자서 놀라고 있자, 헤링이 오른손을 얼굴에 댔다.

"시끄러운 할아범이다만, 이럴 때는 의지가 돼. 겉멋으로 나이를 먹은 건 아니니까. 주변에 인생 경험 풍부한 전생자가 있으면 도움을 받을 수 있을 텐데……."

고민하는 헤링을 보던 나는 거기서 짚이는 인물을 한 명 떠올렸다.

"──에리카를 만나 볼까."

◇

나는 곧바로 에리카가 있는 곳으로 향했다.

평일이라서 주위에 측근이 많았지만, 내가 다가가자 눈치를 발휘하여 멀어졌다.

난 곧바로 에리카를 다회실에 불러 1대1로 상담했다.

에리카는 내 상담을 듣고.

"——삼촌은 안젤리카 씨와의 가치관 차이로 고민하고 계신 거군요."

"맞아."

조카딸한테 연애 상담을 하는 게 조금 창피했지만, 상담할 수 있는 상대가 거의 없으니 그녀를 의지할 수밖에 없다.

옆에 떠 있는 루크시온이 내가 느끼는 부담감을 찔러 파고들었다.

『삼촌이라는 입장이어도, 인생 경험은 에리카 쪽이 많겠지요.』

"너는 좀 더 마스터를 존중하려고는 생각하지 않는 거냐? 네가 나한테 상냥해지면, 이쪽도 마음을 쓰겠다만?"

『됐습니다.』

내 마음 씀씀이 따위 불필요하다고 단언하는 루크시온을 보고, 에리카는 쿡쿡 웃었다.

"삼촌과 루크시온은 항상 사이가 좋네요."

여기에도 착각하고 있는 사람이 한 명 있군.

"에리카는 이 녀석의 입이 얼마나 험한지 모르는구만?"

"서로 하고 싶은 말을 마음대로 말할 수 있는 관계는 귀중해요, 삼촌. 그것보다도, 안젤리카 씨를 소중하게 생각하고 계시는군요."

미소 짓는 에리카는 연하의 외모에 걸맞지 않은 포용력을 지니고 있었다.

나는 에리카한테서 고개를 돌렸다.

“여러 가지로 일이 좀 있었어.”

“이럴 때는 솔직하게 사랑한다고 말하세요. 삼촌은 그다지 본심을 입 밖에 내서 말하지 않는 타입이시군요.”

“본심? 나는 항상 본심이야. 생각한 걸 곧바로 입 밖에 꺼내는 탓에 주위 사람들에게 기피당하고 있을 정도라고.”

내가 웃으며 말하자 에리카는 미소 지으며 날 봤다.

그 눈이 내 마음속을 들여다보고 있는 듯한 느낌이 들어서 나는 다시 시선을 피했다.

에리카는 나의 그런 어린애 같은 태도를 나무라지 않고 해결책을 이야기하기 시작했다.

“만약 삼촌이 안젤리카 씨와 함께 있고 싶다면, 그녀를 다정하게 대하는 건 역효과라고 생각해요.”

“어? 역효과라고?”

고개를 들고 에리카의 얼굴을 보니, 어느새 진지한 표정을 하고 있었다.

“안젤리카 씨는 삼촌을 받쳐주고 싶은 거예요. 아니, 정확하게는 삼촌 옆에 서서 함께 무언가를 이루고 싶은 거예요.”

“안제가?”

“삼촌, 잊어버리신 것 아닌가요? 안젤리카 씨는 원래라면 호르파트 왕국의 왕비가 될 여성이었어요."

안제는 원래 율리우스와 약혼했었고, 아무 일도 없었더라면 언젠가는 왕비가 되었을 여성이다. 그건 알고 있고, 잊은 적은 없다.

"잊지 않았어."

"그렇다면 그녀에 대해 모르고 계신 거네요. 안젤리카 씨는 왕비가 되기 위한 교육을 받아왔어요. 프라이드도 그만큼 높겠지요. 그녀에게는 일방적으로 보호받기만 하는 게 견딜 수 없는 거예요."

보호받고만 있는 게 싫다, 인가.

확실히 이전에 그런 말을 했었지.

금방 루크시온의 힘을 빌려 편하게 해결 보려는 나하고는 애초에 생각부터가 달랐다.

"나란히 서서 같은 것을 보고, 느끼고, 기대고, 의지가 되어 주고, 서로를 지탱하고 싶은 거예요. 하지만 삼촌은 뭐든 혼자서 해내고 있잖아요?"

"딱히 혼자서 한 건……."

변명하려 했지만, 에리카가 미소 지으며 고개를 살짝 기울였다.

"화해할 수 있는 비장의 방법을 알려드릴게요."

◇

데이트로부터 며칠이 지난 어느 날 방과 후.

안제는 복도를 걷는 안제는 리비아한테 손을 잡힌 채 끌려가고 있었다.

안제는 그다지 마음이 내키지 않는 얼굴이었지만 리비아는 손을 놓을 생각이 없어 보였다.

“안제, 벌써 시작됐어요.”

“진정해라, 리비아. 볼일을 끝내면 갈 테니까.”

“안 돼요. 그렇게 리온 씨한테서 거리를 두고, 참가하지 않을 속셈이죠?”

볼일을 구실로 모임에 참가하지 않을 생각이었던 걸 리비아한테 간파당했다.

겸연쩍어진 안제는 참가하고 싶지 않은 이유를 이야기했다.

“어떤 얼굴로 리온을 만나면 좋단 말이냐? 나는 이 이상 미움받고 싶지 않다.”

“그렇다면 더더욱, 리온 씨를 만나야 해요! 벌써 다들 모여 있을 거예요.”

그렇게 리비아 손에 이끌려 목적지인 교실로 왔다.

평소 사용하는 교실은 학생들이 하교한 뒤라 조용── 하지 않았다.

교실 안에 리온의 호통이 울려 퍼졌다.

“안 된다고 말하잖냐!”

그 밖에도 여러 목소리가 교실에서 복도까지 들려오고 있어서, 안제와 리비아는 서로 얼굴을 마주 보고 고개를 갸웃했다.

"대체 무슨 모임이지? 리비아는 알고 있지 않나?"

"아뇨, 저는 리온 씨한테서 안제와 화해하기 위해서, 라는 말밖에……."

"화, 화해라고?"

리온이 화해하고 싶어 한다는 건 안제에게도 기쁜 이야기였다.

하지만 정작 교실 안에서는 리온이 고함치는 목소리가 들려왔다.

"가! 가란 말이다! 부탁이니까!"

누군가한테 필사적으로 돌아가라고 계속 소리치고 있는데, 교실 안에서는 거부하는 목소리가 들려왔다.

문 앞에 서 있던 안제는 용기를 쥐어짜 내서 손을 뻗었다.

문을 조금 열어 안쪽의 상황을 엿보자, 안에 여느 때의 멤버가 모여있었다.

'노엘은 와 있군. 응? 제이크 전하 일행도 있는 건가? 더구나 제국에서 온 유학생들에 에리카 왕녀까지 있는 건가?!'

계단형 교실에서 교단에 선 리온은 책상을 몇 번이고 손바닥으로 두들기고 있었다.

리온의 눈앞에 있는 건 마리에와 남자 5인조였다.

매우 드물게도 리온이 마리에와 다섯 바보한테 애원하는 중이었다.

"너희는 부르지 않았다고! 부탁이니까 돌아가 주세요! 그냥 돈도 줄 테니까!"

리온이 돈을 줄 테니 돌아갔으면 한다고 말하는데도, 마리에는 떠나려 하지조차 않았다. 평소라면 돈을 받고 재빨리 나갔을 터인데도 말이다.

마리에가 리온한테 항의했다.

"그렇게 자기들만 꿀 빨 셈인 거지!! 용납 못 해. 나, 그런 거 절대로 용납 못 해!!"

교단에 매달리는 마리에 뒤에는 눈에 핏발이 선 율리우스의 모습이 있었다.

"리온, 우리는 친구이지 않나? 그러니까 데리고 가라!"

"내가 언제 너랑 친구가 됐어?!"

"지금이다!"

"얌전히 돌아가!"

율리우스만이 아니다.

질크도 마찬가지였다.

"리온 군, 저희는 당신의 부하입니다. 그런데 의지하지 않는다니, 섭섭하지 않습니까."

"너희한테 의지하고 싶지 않으니까 빼놓았다는 발상은 없는 거냐? 돌아가!"

브래드가 질크를 밀어젖히고 자기를 데리고 가라고 어필하기 시작했다.

"그러면 내가 나설 차례로군. 마법을 자유자재로 구사하는 나 같은 존재는 빼놓을 수 없을 거야. 자, 나를 데리고 간다고 약속해 줘!"

"필요 없거든요~! 집에 가서 거울이나 보고 있어."

브래드도 거부당하자 이번에는 그렉이 억지로 브래드를 밀어냈다.

"여긴 내가 나설 차례잖냐, 리온! 다른 녀석들이랑 다르게 경험 풍부하고 믿음직한 남자가 필요할 거다. 날 의지해 줘!"

"돌아가, 근육."

"후훗, 그리 칭찬하는 건 데리고 가겠다는 의미겠지?"

"——미안, 돌아가 줘."

점점 리온의 기운이 사라지고 있다.

포즈를 취하는 그렉을 걷어찬 크리스가 리온한테 자기를 참가시켜 줬으면 한다고 부탁했다.

"리온, 나는 도움이 될 거다. 너도 공화국에서 나와 모험하지 않았나? 나와 너는 이미 일련탁생(一蓮托生)인 파티. 즉, 서로 목숨을 맡기는 동료다. 부디 꼭 이번 모험 여행에 함께——."

크리스가 말을 채 끝내기 전에, 안제는 크리스를 밀쳐내고 리온에게 다가갔다.

"모험 여행이라고?!"

"——크헥?!"

안제에게 밀쳐진 크리스가 신음을 냈지만, 지금은 그걸 신경 쓰고 있을 여유는 없었다.

흥분한 안제를 본 리온은 약간 질색하고 있었다.

"으, 응. 실은 보물찾기를 하려고. 오늘은 그 계획을 세울 거야."

잘 보니, 칠판에 정교한 지도가 붙어 있었다.

이제부터 계획을 세울 생각이었는데, 어디서 이야기를 들은 마리에 일행이 찾아와 민폐를 끼치고 있었던 모양이다.

안제는 율리우스나 마리에를 밀어제치고 리온에게 더욱 가까이 다가갔다.

"날 불렀다는 건, 데리고 갈 의사가 있다는 거로군?"

서로의 코가 닿을 듯한 거리.

리온은 쑥스러워서 얼굴이 빨개져 있지만, 안제는 모험이란 말을 듣고 흥분하여 얼굴이 빨개져 있었다.

리온이 몸을 뒤로 빼서 거리를 두며 헛기침하고 난 뒤 계획에 관해 이야기했다.

"당연히 안제한테도 협력해 달라고 할 생각이야. 이번에는 내가 아인호른을 내보내서 보물이 있는 부유섬으로 가겠어."

리온이 칠판에 붙여 놓은 지도에 주먹을 가볍게 몇 번 가져다 대자, 안제도 칠판에 다가가 지도를 가까이에서 뚫어질 듯이 봤다.

"제법 정교한 지도로군. 종이도 새것이고. 진품인가?"

"틀림없어. 지도는 루크시온이 준비한 거야."

리온이 루크시온을 보자, 안제의 시선도 그쪽으로 향했다.

루크시온은 인사하는 것처럼 빨간 렌즈를 위아래로 작게 움직였다.

『예. 오래된 지도를 제가 보기 좋게 다시 만들었습니다.』

"너는 정말로 뭐든 할 수 있군."

안제는 감탄하면서도 시선을 곧바로 지도에 되돌렸다.

"건물? 고성인가?"

안제가 중얼거리자, 어째서인지 마리에가 대화에 끼어들었다.

"무너진 고성의 던전이야! 마석과 보물도 잔뜩 있어. 여길 공략하면 일확천금으로 가난뱅이 생활과 작별하고, 오── 리온한테 아부할 필요도 없어진다구!"

흥분한 마리에의 이야기를 듣고, 율리우스가 한층 의욕을 보였다.

"그 말은 즉, 마리에가 리온과 지내는 시간이 줄어든다는 거다. 보물도 발견하고 마리에와의 시간도 확보할 수 있다. 이런 멋진 모험을 모른 척하다니, 나는 참을 수 없다!"

마리에와 율리우스는 이미 재보를 손에 넣은 것처럼 이야기하고 있었다.

그것이 묘하게 괘씸한 안제였으나, 무시하고 리온한테 말을 걸었다.

"물론 나도 참가하겠다. 언제지? 언제 출발하나?"

리온과의 사이가 삐걱거렸던 것도 잊고, 안제는 리온한테 달라붙어 있었다.

리온의 팔을 붙잡고 끌어안고 있다.

팔을 붙잡힌 리온은 쩔쩔맸다.

"그러니까, 그 예정을 오늘 정하려고 생각해서 모두를 모았는데,

쓸데없는 녀석들이 와서는…….”

리온의 시선이 마리에 일행을 넘어 제이크 일행 쪽까지 향했다.

몸집이 작은 제이크가 팔짱을 끼고 뻔뻔하게 웃으며 대답했다.

“이런 가슴 뛰는 모험 이야기를 듣고 참가하지 않는 녀석은 귀족이 아니다. 아레, 너도 따라오겠지?”

귀족으로서 당연하다고 야무진 표정으로 말한 후에, 자기 뒤에서 있던 아레를 돌아봤다.

‘아아, 여자한테 자기 실력을 어필하고 싶은 건가. 제이크 전하는 모험에 너무 불성실하니까 안 되겠군.’

안제 안에서 제이크에 대한 평가가 단번에 두 계단 정도 내려갔다.

제이크의 시선을 받은 아레는 손을 모으고 말했다.

“참가시켜 주신다면 기쁠 거예요.”

“후후, 맡겨라. 들었지, 발트파르트 공작? 우리도 반드시 참가하겠다.”

결정된 것처럼 말하는 제이크에게 리온은 차갑게 식은 시선으로 대답했다.

“너희는 1학년이잖아. 보나 마나 도움도 안 될 테니 학원에 남아 있어.”

리온이 그렇게 말하자 율리우스를 필두로 한 다섯 바보가 제이크에게 야유를 던졌다.

“그래, 너희는 돌아가라!”

"뭐라고?! 폐적당한 팔푼이 주제에!"

갑자기 시작된 형제 싸움.

리온은 커다란 한숨을 내쉬었다.

"율리우스, 너희도 돌아가."

"리온, 매몰찬 말 마라! 친구이지 않나?!"

"그만둬! 다리에 매달리지 마!"

왁자지껄 소란스러운 교실 안이었으나, 오스칼이 입을 연 순간 단번에 조용해졌다.

"저로서는 제나 씨와의 미래를 위해 자금을 벌고 싶군요. 그러니 참가시켜 줄 수 없겠습니까, 처남?"

오스칼은 자연스럽게 발언했지만, 사정을 아는 주위 사람은 리온에게 시선을 향했다.

이건 발트파르트가의 가정 문제가 얽혀 있어서, 판단할 사람이 리온밖에 없었다.

오스칼은 그 자리의 분위기가 변한 것도 이해하지 못했는지, 꿋꿋하게 리온에게 부탁했다.

"이 차제에 잡일이라도 상관없습니다. 제나 씨에게 걸맞은 남자가 되기 위해 부디 부탁합니다!"

오스칼의 진지한 태도에 리온의 뺨이 씰룩쌜룩했다.

"너는 이미 걸맞다고 할까, 오히려 우리 쪽이 미안할 지경이다만. 부탁이니까 머리를 숙이지 마. 알겠어. 너는 데리고 갈게."

"정말입니까! 해냈습니다, 제이크 전하! 저는 참가시켜 주는 모양입니다."
기뻐하는 오스칼의 보고에 제이크는 얼굴이 시뻘게졌다.
"혼자 좋아하지 말고 주군인 나도 데려가도록 부탁하라고!"
"예? 제가 말입니까?"
어째서 자기가 그런 부탁을 해야 하는가? 오스칼은 정말로 이해하지 못한 얼굴로 고개를 갸웃했다.
그리고 또다시 소란스러워지는 교실 안에서 안제한테 다가간 건 리비아였다.
"안제, 저기……."
안제는 걱정하는 리비아를 부둥켜안았다.
"리비아! 모험이다, 모험! 이번에는 지금까지와 다르게 진짜 모험이라고. 어쩌면 아무도 발을 들여놓은 적 없는 던전일지도 모른다! 너도 가겠지? 응?!"
눈동자를 반짝반짝 빛내는 안제를 보고, 리비아는 미묘한 표정을 지으면서 고개를 끄덕였다.

제04화 「왕국 귀족의 천성」

비행선 아인호른.

공화국으로 유학할 때 건조한 비행선은 지금에 와선 완전히 내 배라는 인식이 굳어졌다.

선수에 있는 외뿔이 특징적인 아인호른은 창공 속을 나아갔다.

갑판에 나오자 강한 바람을 맞은 리비아가 머리카락을 손으로 누르며 내게 말을 걸었다.

"리온 씨, 어떤 마법을 쓰신 건가요?"

"마법이라니?"

"안제 말이에요, 안제! 얼마 전까지만 해도 리온 씨한테 미움받을 거라며 침울해져 있었는데, 어제는 출발이 몹시 기다려져서 잠들지 못할 만큼 들떠있었다고요."

확실히, 엘프 마을에 갔을 때도 같은 일이 있었지.

그 무렵부터 안제는 변함없이 모험가에게 강한 동경을 품고 있었다.

아니, 모험 그 자체일까?

미개척지에 발을 들이고 보물을 손에 넣는다—— 귀족들은 그런 모험가를 동경한다.

"마법도 요술도 쓰지 않았어. 그저 안제와 같이 모험하고 싶었던 것뿐이야.”

리비아는 납득이 안 된다는 표정을 짓고 있었으나, 안제의 기분이 나아진 건 사실이니 굳이 더 캐묻지는 않았다.

“정말로 거기에 재보가 있나요?”

“있을 거야. ……아무한테도 발견되지 않았다면 말이지.”

“저로서는 유적 쪽이 더 신경 쓰이는데요.”

리비아는 평민 출신이기에 모험가는 마석을 채굴하는 사람들이라는 이미지가 강했다.

그래서 이번 여행에서도 보물보다 유적 등을 조사할 기회가 생길 걸 더 기뻐했다.

“그건 걱정하지 않아도 돼. 고대의 성을 볼 수 있을 테니까.”

“마치 보고 온 것처럼 말씀하시네요.”

리비아가 내게 의심의 시선을 향했기에, 오른손을 가슴에 댔다.

“실은 루크시온을 발견했을 때 여러 장소를 보며 돌아다녔거든. 이번에 재보를 찾으러 가는 곳도 그때 발견한 부유섬 중 하나야.”

“그런가요?”

리비아는 내 곁에 있는 루크시온에게 시선을 향하여 확인을 취했다.

루크시온 쪽은 내 이야기에 말을 맞춰 주었다.

『예. 그때의 자료로 지도를 제작했습니다. 정말 재보가 있는지는 미확인 상태이지만, 어딘가에 잠들어 있을 가능성은 크다고 볼 수 있습니다.』

“그렇다면 기대되네요. 안제도 실망하지 않고 그칠 것 같아요.”

안제를 걱정하는 리비아를 보고 있자니 정말이지 신기한 기분이 들었다.

본래는 그 여성향 게임에서 적대하던 사이인데.

그게 여기서는 절친한 친구이니, 세상은 무슨 일이 일어날지 알 수 없다.

리비아가 내 얼굴을 올려다봤다.

“리온 씨, 고마워요.”

“뭐가?”

“안제 말이에요. 저는 안제의 기운을 저렇게 북돋워 줄 수 없으니까요. 역시 안제한테는 리온 씨가 필요해요.”

리비아가 나한테서 시선을 돌리고 난간을 붙잡더니 갑판에서 보이는 하늘을 바라봤다.

“글쎄, 어떠려나? 안제한테 나는 필요 없다고 생각하는데 말이지.”

“네?”

“내 쪽이 필요로 하고 있다는 의미야. 안제도── 그리고 리비아도 말이야.”

리비아가 내게 뭔가 묻고 싶어 하는 듯했지만, 난 창피한 대사를 말해 버렸다는 생각에 빨리 이 자리를 뜨기로 했다.

“루크시온, 추워졌으니까 안에 들어간다.”

『예, 마스터.』

"리비아도 얼른 안에 들어가는 편이 좋아."

도망치듯이 이 자리를 떠나가자, 등 뒤로 리비아의 목소리가 났다.

"리온 씨, 지금 했던 대사 한 번만 더요!"

"부끄러우니까 무리야!"

◇

제국 기사인 핀은 아인호른의 식당에서 생각에 잠겨 있었다.

곁에는 파트너인 브레이브와 빨대로 주스를 마시는 미아가 있었다.

미아는 비행선 안에서 즐거운 듯이 지내고 있다.

"기사님, 설마 저희까지 모험 여행에 나서게 될 거라고는 생각지 않았네요."

"응? 그렇군."

"고민이 있으신가요?"

"아니, 진지한 내용은 아니다."

핀은 깊은 한숨을 내쉬고는 이번 여행의 목적을 떠올렸다.

핀이 모험에 권유받은 이유 말인데, 이것에는 미아의 치료가 연관되어 있었다.

처음에 핀은 그 여성향 게임 3탄의 시나리오를 진행하여 미아의 각성 이벤트를 일으킬 생각이었나.

그러면 각성과 동시에 원인 불명의 병이 완치되는 것 아닐까, 하고.

하지만 그 각성으로 도리어 병이 악화할 가능성도 있다. 즉 확신이 없다.

애초에 그 여성향 게임 3탄의 주인공인 미아에게는 수수께끼의 병으로 괴로워하고 있다는 설정 같은 건 없었으니까.

오히려—— 병으로 괴로워하는 건 에리카 쪽이었다.

'일단 이번에 참가해서 상태가 안 좋아진다면 각성도 위험할 거라는 말은 들었지만.'

핀은 고개를 갸웃하는 미아를 봤지만, 그녀의 건강이 나빠진 낌새는 없었다.

'지금으로서는 문제없나.'

마음속으로 안도한 핀은 미아에게 미소를 건넸다.

"걱정하지 마라. 고민이라는 건 뭐, 그거다. 왕국 귀족이라는 건 어째서 이렇게나 모험가에 집착하는 것인가, 하는 것 말이지."

"아~, 납득됐어요. 다들 평소와는 표정이 다르죠."

미아가 대답하면서 시선을 핀에게서 주위로 향했다.

그녀의 시선 끝에는 율리우스와 제이크. 그리고 제이크를 따라온 아레의 모습이 있었다.

율리우스가 제이크의 옷차림에 불만을 표했다.

"너는 그런 칠칠치 못한 차림으로 갈 생각이냐? 왕가의 수치가 되니까 이번에는 여기서 배를 지키고 있어라."

칠칠치 못한 차림이라는 말을 들은 제이크는 자랑거리인 모험가 장비를 여봐란듯이 과시하기 위해 그 자리에서 한 번 회전해 보였다.

"이게 최신 유행입니다, 형님. 시대에 뒤처진 구닥다리는 배에서 차라도 마시고 계십시오. 재보는 내가 아레와 함께 가지고 돌아올 테니 안심하시길."

이름이 언급된 아레는 쓴웃음을 지으며 제이크를 달랬다.

"제이크 전하, 형님에게 그런 태도는 좋지 않아요."

"편하게 불러도 괜찮다고 했지, 아레. 그건 그렇고 네 장비는 손때가 묻어 있군."

장신 여성(?)인 아레는 오래 써서 익숙한 장비로 몸을 감싼 차림새였다.

"오랫동안 써 온 파트너들이니까요."

"잘 어울린다, 아레."

눈앞에서 과도하게 사이좋게 지내는 모습을 본 율리우스는 무표정한 얼굴로 제이크의 등을 걷어찼다.

제이크가 바닥에 넘어지더니 율리우스를 노려봤다.

"이게 무슨 짓이지?!"

"미안, 화가 났다."

"질투인가? 훗, 내 형님이지만 마음이 좁군."

율리우스는 일어서면서 도발하는 제이크를 미간을 찡그리며 노려봤다.

'전생의 양아치 만화처럼 서로 꼬나보고 있군.'

그런 감상을 품은 핀은 다른 테이블로 시선을 향했다.

그곳에서도 왕국 귀족들은 매우 들떠 있었다.

"봐 줘! 이번 모험을 위해 장비를 새로 마련했어."

브래드가 휘황찬란한 장비를 피로하자, 상반신 알몸인 그렉이 못마땅한 표정을 지었다.

"남자의 장비는 자기 육체잖냐. 우선은 근육을 단련해라, 근육을!"

근육 트레이닝을 권하는 그렉을 본 크리스는 검 손질을 하며 어이없어했다.

"과도한 근육은 관절 움직임에 방해가 된다. 그런 소릴 할 시간이 있으면 무기를 확실하게 손질해 둬라. 여차할 때 쓰지 못하면 농담으로 끝나지 않는다."

희미하게 웃으며 검 손질을 하는 크리스를 보고, 핀은 생각했다.

'이 녀석들 정말로 1탄의 공략 대상들인가? 좀 더 귀공자처럼 행세하는 녀석들을 상상하고 있었다만.'

마지막으로 총을 손질하는 중인 질크에게 시선을 향했다.

그 주위에는 폭탄 등이 놓여 있다.

"후훗, 던전을 공략하는 건 바로 접니다."

지금부터 모두 함께 협력하자는 때에, 혼자서 주위를 제치고 앞지를 생각을 하고 있다.

'혹시 그건가? 리온이 연관된 탓에 성격이 비뚤어진 건가?'

◇

"우리 목적은!"

아인호른 격납고.

거기서 큰 목소리로 외치고 있는 건 모험하기 위한 장비를 걸친 마리에였다.

마리에의 목소리에 반응한 건 마찬가지로 장비를 착용한 카라였다.

"재보를 손에 넣어 발트파르트 공작에게서 자립하는 것이에요!"

그 옆에는 오랜만에 마리에와 행동을 함께하는 카일이 서 있었다.

"자립! 훌륭한 말이네요, 주인님."

카일의 말에 마리에는 눈물을 흘렸다.

"그래. 우리는 이번 모험에서 재보를 손에 넣어 자립하는 거야. 누구한테 머리를 숙이지 않아도 생활할 수 있는 행복을, 이 손으로 붙잡기 위해!"

다섯 바보라는 돈이 드는 5인조를 먹여 살리는 건 어지간한 노력으로는 불가능하다.

마리에는 이번 모험에서 재보를 손에 넣어, 리온한테서 용돈을 받지 않더라도 생활할 수 있게 되고 싶었다.

진심으로 자립하고자 생각하는 데는 에리카의 존재가 컸다.

'전생의 딸 앞에서 언제까지고 오빠한테 기댄다니, 너무 한심해서 창피하단 말이야! 나는 딸을 위해서 존엄을 되찾겠어.'

지금까지와는 기백이 다른 마리에가 그곳에 있었다.

◇

장소는 바뀌어 아인호른 객실.

안제와 리비아가 사용하는 방에는 노엘과 에리카의 모습이 있었다.

총기를 손질 중인 안제를 보며, 노엘은 기가 막힌다는 듯이 말했다.

"다들 모험이란 말에 눈빛이 변하네. 안제도 사람이 변한 것 같아."

그 말을 들은 안제는 라이플을 들고 방아쇠를 당겼다.

빈 약실을 때리는 짧은 금속음이 방에 울렸다.

"이번 이야기가 그만큼 매력적이란 뜻이다."

장비 점검에 여념이 없는 안제를 대신하여, 이 상황을 신기하게 여기는 노엘에게 에리카가 왕국 사정을 설명했다.

"노엘 씨에게는 낯설겠지만, 왕국은 모험가가 건국했다는 배경이 있거든요."

"그건 들었는데, 그래도 다들 너무 흥분하는 거 아니야?"

"뭐, 대대로 이어지는 앙갚음이라고 할지, 조국이 이쪽을 다시 보게끔 만들어 주겠다는 반항심일까요?"

"조국이라니?"

"왕국 사람들은 근원을 거슬러 올라가면 대다수가 라셀 신성 왕국 출신이니까요. 라셀에서는 모험가의 신분이 낮으니까 괜히 더 대항심을 불태운 것 아닐까 해요."

"흐음~."

여전히 모르겠는지 노엘이 에리카의 이야기를 건성으로 듣고 흘리자, 무기 점검을 끝낸 안제가 설명을 덧붙였다.

"왕국과 라셀 사이에는 건국 전부터 악연이 있다. 애초부터, 라셀의 정변에 말려든 사람들이 쫓기던 끝에서 발견한 게 지금의 왕국 대지다."

"여러 사정이 있구나. 리온에게 현상금을 건 것도 그 나라였지?"

현상금 이야기가 나오자 안제는 불쾌해하는 듯한 표정을 지었다.

"녀석들에게 우리는 언제까지고 깔보는 존재라는 거다. 입장이 역전되었다고 생각하고 싶지 않은 거겠지."

안제가 라셀 신성 왕국에 그다지 좋은 감정이 없다는 걸 알아챈 노엘은 이야기를 돌렸다.

"무슨 말인지는 알겠는데, 그런 이유치고는 다들 즐거워 보이는데? 옛날의 원한이 전부는 아니지?"

그 물음에 안제는 쿡쿡 웃으며 미소 지었다.

"실제로 즐거우니까. 피가 끓는다고 해야 할까? 모험가로서 성공하는 건 내 꿈 중 하나였다. ──리온에게는 감사하고 있다."

감사하고 있다.

그렇게 말하며 안제는 약간 씁쓸한 듯이 웃고 있었다.

◇

목적지인 부유섬에 도착한 아인호른은 넓은 장소를 발견하자 억지로 착륙했다.

떠 있는 아인호른을 지면에 앵커를 박아 묶어두었다.

율리우스 일행이 갑옷을 사용하여 짐을 내리는 작업이 한창인 가운데, 나는 라이플을 들고 주위를 경계하고 있었다.

"잘 생각해 보면 이상한 섬이란 말이지."

쌍안경을 이용하여 주위를 바라보는 내 근처에는 안제와 리비아의 모습이 있다.

안제는 라이플을 들고서 나와 마찬가지로 주위를 경계하고 있었다.

내 혼잣말이 신경 쓰였는지, 이유를 물었다.

"뭔가 신경 쓰이는 건가?"

"아니, 부유섬 중앙에 고대의 성이 있잖아? 그 주위가 숲으로 둘러싸여 있는 건 좋은데, 이 부유섬에는 항구가 없단 말이지."

과거에 누군가가 살고 있었던 것치고는 아무래도 영 불편한 구

조다.

작은 부유섬에는 성과 그 주위에 있는 숲밖에 없다.

이게 게임이라면 신경도 쓰지 않았겠지만, 제법 부자연스러웠다.

정말 사람이 살고 있었던 걸까.

지도를 든 리비아가 우리의 현재 위치나 성의 위치를 확인하며 내 의문에 대답해 주었다.

"어쩌면 이 부유섬은 무너져서 줄어든 것일지도 모르겠네요. 옛날에는 더 컸고, 거기에 항구가 있었다고 생각하면 이상하지 않아요."

그런 경우도 있나?

쌍안경을 내리자, 안제가 다른 가능성을 말해 주었다.

"혹은 누군가가 토지를 깎아 가져갔을 수도 있다. 이 부유섬이 과거에 대륙에서 분리되었을 가능성도 있고."

여러 가능성이 있다는 말을 듣고 나는 일단 납득했다.

어차피 오늘 중요한 건 이 섬의 과거가 아니라 고대의 성에 잠든 재보다.

"과거에 무슨 일이 있었는지 모르지만, 재보가 목적인 우리하고는 상관없지."

내가 그렇게 말하자 안제가 라이플을 걸머졌다.

"그런 거다. 재보를 손에 넣은 후에, 조사단을 파견하면 되겠지."

재보라는 말을 듣고 신바람이 나 들뜬 안제였으나, 리비아는 작은 한숨을 내쉬고는 지도를 둥글게 말았다.

"저는 이 부유섬에서 과거에 무슨 일이 있었는지가 더 궁금하지만요. 이 부유섬의 이름은 뭘까요? 고성의 이름도 알 수 있으면 좋겠는데요."

분명 그 여성향 게임에서는 이렇게 불리고 있었지.

"금수(金手)의 고성이었던가?"

◇

밤.

숲 바깥에서 야영하기로 한 우리는 모닥불을 둘러싸고 이야기에 열중하고 있었다.

잘라낸 통나무를 의자 대신으로 삼아, 금속 컵에 따른 음료를 마신다.

밤이 되니 하늘을 올려다보자 온 하늘에 별이 가득했다.

유감인 건 근처에 있는 숲에서 짐승들이나 몬스터의 울음소리가 들려온다는 점이다.

무드가 완전 엉망이다.

모닥불에서 장작이 터지는 소리가 들려왔다.

내 옆에 앉아 있던 노엘이 컵에 입술을 대고 음료를 마시더니, 뜨거웠는지 황급히 숨을 후후 불었다.

그 모습을 보고 있자, 질크가 악기를 꺼냈다.

"내일부터 고성에 들어가야 하니, 오늘 정도는 즐겁게 지내도록 할까요."

그렇게 말하고 악기를 연주하기 시작했는데, 마치 기타 같은 악기였다.

음악이 흐르기 시작하자 노엘은 우리의 모습에 솔직한 감상을 말했다.

"내일부터 큰일인데, 다들 즐거워 보이네."

"억지로 따라오다니, 저 녀석들 진짜로 분위기 파악 못 하지."

"아하핫, 리온도 분위기 파악 못 하지만 말이야."

평소의 내가 분위기를 파악하지 못한다는 말을 듣고 반론하려 하자, 이쪽을 보고 있는 빨간 렌즈와 파란 렌즈가 시야 한구석에 들어왔다.

루크시온과 크레아레가 내 언동을 주시하고 있다.

나는 경솔한 반론은 하지 않는 편이 좋겠다고 판단하여 얌전히 노엘과 이야기를 이어갔다.

"뭐, 이 녀석들이라면 괜찮겠지."

"아무도 발을 들여놓은 적 없는 고성이지? 어라? 성이 있다는 건 과거에 누군가가 있었다는 거니까 발을 들여놓기는 한 거려나?"

"루크시온이랑 크레아레 말로는, 몇백 년 정도 아무도 발을 들여놓은 적 없다는 모양이야. 덕분에 안제도 리비아도 대흥분이라고."

노엘이 있는 쪽과 반대쪽으로 시선을 향하자, 거기서는 안제가 흥분한 기미로 리비아한테 이야기하고 있었다.

"내일은 반드시 보물을 찾겠다. 리비아도 도와줄 거지?"

"네? 다 같이 탐사하는 게 아니었나요?"

"리비아── 이 녀석들은 동료가 아니라 라이벌이다. 이번에 한해서는 리온도 우리 적이 되는 거야."

안제가 날 보는 눈이 어딘가 도발적이었다.

좀 봐달라고. 애초에 이건 안제랑 화해하려고 준비한 거란 말이야.

"나도 안제랑 같이 보물찾기를 하고 싶어."

하지만 안제는 단호한 태도로 양보하지 않았다.

"안 된다. 나는 리비아와 노엘을 데리고 참가하지. 보물을 찾는 건 우리다."

그 말에 반대편에 앉아 있던 노엘이 몸을 움찔 떨었다.

"어? 나도 안젤리카랑 리비아하고 같이 가는 거야?!"

아무래도 들은 바가 없었던 모양이다.

리비아는 쓴웃음을 짓고 있었다.

"다 같이 탐사하는 쪽이 즐겁지 않나요?"

다만, 안제는 끝까지 나와 따로 행동한다는 뜻을 굽히지 않았다.

"이번에는 안 된다."

나한테서 고개를 팩 돌린 안제는 조금 전까지와는 달랐다.

나와 거리를 두고 싶은 모양이다.

"——나는 뭔가 안제를 화나게 만든 건가?"

곤혹스러워하고 있자, 가까이 다가온 에리카가 내게 말을 걸었다.

밤이 되니 쌀쌀해졌기에 에리카는 코트를 입고 있었다.

"괜찮지 않나요. 안젤리카 씨가 하고 싶은 대로 하게 해주세요."

"에리카—— 님?"

무심코 이름을 그냥 부를 뻔해서, 황급히 님을 붙여 불렀다.

에리카는 내게 얼굴을 가까이 대고 귀엣말했다.

"삼촌한테 인정받고 싶은 거라고 알려드렸었죠?"

"아아, 그런가. 그럼 안제한테 공을 돌려주는 편이 좋으려나?"

이번 보물찾기는 안제와의 화해를 생각해서 세운 계획이다.

그렇다면 안제한테 공을 돌려주고 끝내는 편이 좋다고 결론 짓자, 에리카가 어처구니없다는 표정을 지었다.

"어? 안 돼?"

"절대로 안 돼요. 안젤리카 씨는 상대가 건성으로 임해서 기뻐할 사람이 아니에요."

그렇게 에리카와 작은 목소리로 이야기하고 있자, 어느샌가 안제와 리비아—— 그리고 노엘이 차가운 시선으로 날 쳐다보고 있었다.

힉! 하고 목 안쪽에서 목소리가 새어 나왔지만, 에리카 쪽은 놀란 기색이 없었다.

"경계하지 않으셔도, 리온 경을 빼앗을 생각은 없어요."

그런 에리카의 말을 완전히 믿을 수가 없는지 안제는 밀렌 씨의 이름을 꺼냈다.

"에리카 님은 그렇게 생각하실지라도, 왕비님은 다릅니다. 그 분은 그것이 최선이라고 판단하면 망설이지 않고 실행하실 사람입니다."

밀렌 씨가 그런 짓을 할 리가——라고 말을 꺼내면 또 안제를 화나게 할 것 같으니 난 잠자코 있기로 했다.

다만, 왠지 모르게 이 자리의 분위기가 거북하다.

에리카는 난감한 표정을 지었다.

"어머님은 왕족으로서 살아오셨으니까요. 그렇게 판단하실 수도 있지요. 하지만 제게는 약혼자가 있어요."

그 이야기를 듣고 나는 눈이 휘둥그레졌다.

"거짓말?!"

그리고 조금 떨어진 장소에 앉아 있던 마리에가 벌떡 일어났고, 손에 들고 있던 컵을 떨어뜨리고 말았다.

"에리카—— 님, 약혼했어?"

목소리가 떨리는 마리에한테, 곁에 있던 율리우스가 곤혹스러워하며 설명했다.

"에리카는 제법 전에 프레이저 가문의 적남과 약혼했다."

"나, 그런 거 못 들었어!!"

"아니, 나도 굳이 할 말은 아니라고 생각했으니까."

"그런 의미가 아니라!"

에리카의 약혼에 놀라는 마리에를 보고 율리우스도 다른 녀석들도 고개를 갸웃하고 있었다.

안제가 마리에를 노려봤다.

"뭘 놀라는 거지? 에리카 님은 왕녀다. 이 나이쯤 되면 약혼자가 있어도 이상한 이야기는 아니다."

이 세계의 당연함—— 상식을 이야기하는 안제를 보고 마리에는 고개를 숙이고 말았다.

"그런 건 너무해."

그대로 주저앉자, 카라와 카일이 마리에한테 새 컵을 가져다주었다.

나도 뺨이 경련으로 굳어졌다.

"그, 정략결혼이라든가?"

내가 에리카한테 묻자, 작게 고개를 끄덕였다.

하지만 슬픈 표정은 아니었다.

마리에를 보고는 어쩔 수 없는 사람이네~, 라고 말하는 듯한 다정한 눈이었다.

"여러 사정으로 제가 프레이저 가문에 시집가는 것이 결정되었어요. 딱히 불만은 없답니다."

"아니, 있잖아? 좋아하는 사람이라든가 없어? 그 왜, 내가 도와줄 테니까."

전생의 조카가 정략결혼 하려 하고 있다면, 삼촌으로서 막아 주겠다.

그런 생각으로 한 발언이었으나, 안제가 내 팔을 붙잡았다.

"그만둬라. 게다가 엘리야와는 사이좋게 지내고 있다는 소문이다."

"엘리야? 그 녀석이 약혼자인가?"

"【엘리야 라파 프레이저】. 후작가의 적남이다. 라셸과 맞닿은 국경의 수비를 맡고 있다."

내가 복잡한 표정을 짓자, 에리카가 웃었다.

"괜찮아요. 저는 납득하고 있으니까요."

"납득이라니?"

에리카는 자기 가슴에 왼손을 댔다.

"왕녀이니까요."

"——그런 이유로 납득할 수 있는 문제인가?"

어째서 웃고 있을 수 있는지, 나한테는 이해되지 않았다.

에리카도 그걸 헤아린 것이리라.

하지만 이야기를 계속할 생각은 없는 듯하다.

"이 이야기는 머잖아 다시 할까요. 슬슬 시간도 시간이니 쉬지 않겠어요? 내일부터 바빠지는 거죠?"

에리카의 발언에 오늘은 쉬게 되었다.

◇

다음 날 아침.

텐트에서 나오자 밖에 헤링 일행이 있었다.

미아가 휘두르기 연습 중인 헤링을 바라보고 있었다.

"기사님, 공작님이 일어나셨어요."

헤링은 상반신 알몸으로 검을 휘두르고 있었다.

미아한테서 받은 수건으로 땀을 닦으며 내게 다가왔다.

"제법 일찍 일어나는군."

"너는 아침부터 휘두르기 연습이냐?"

"일과다."

한편 미아는 식사 준비를 하고 있었다.

나는 둘을 보며 머리를 긁적였다.

"신경 쓰지 않아도 괜찮은데. 너희는 손님이잖아."

그렇게 말하자, 미아가 내 앞으로 와서 양손을 잡고 얼굴을 가까이 댔다.

"아뇨, 돕게 해주세요! 저도 여러분과 같이 모험하고 싶어요!"

"어? 그래?"

당황하여 헤링과 브레이브의 얼굴을 보자, 두 사람 다 고개를 가로젓고 있다.

"미아는 이런 걸 정말 좋아한다."

『말괄량이 아가씨니까.』

3탄의 주인공님이 둘을 보고 뺨을 부풀렸다.

"괜찮지 않나요. 미아도 모험해서 재보를 발견하고 싶어요! 게,

게다가, 기사님과 함께라면 무섭지 않고요.”

미아는 고개를 숙이고 뺨을 빨갛게 물들이면서, 치켜뜬 눈으로 헤링을 보고 있었다.

헤링은 그 모습에 미소를 띠었다.

“나의 공주님께는 상처 하나 입히지 않겠습니다.”

그리고 브레이브가 부루퉁해졌다.

『미아, 나는? 나도 있다고.』

미아가 황급히 브레이브한테도 말했다.

“물론 의지하고 있어! 브 군.”

『브 군이라고 부르지 말랬지!』

아침부터 유쾌한 녀석들이다.

◇

준비를 마치고 숲을 빠져나간 우리는 고성의 무너진 담에 도착했다.

한때는 외적이 접근하지 못하게 막는 훌륭한 성벽이 있었겠지만, 지금은 대부분이 무너져 식물로 뒤덮여 있었다. 원래 자기 역할을 다할 수 있을 것 같지는 않았다.

나는 지면을 봤다.

“돌바닥이 조금 노출되어 있군. 여기가 문이 있던 장소인가?”

창을 든 그렉이 가까이 다가왔다.

좁은 곳에서 싸우는 것을 상정했는지, 오늘의 그렉은 약간 짧은 단창을 들고 있었다.

"생각했던 것보다 넓군. 작은 부유섬에 지은 성이라고 들어서 나는 철석같이 요새 같은 느낌의 성채를 상상하고 있었는데 말이지."

루크시온이 빨간 렌즈를 빛냈다.

『――마스터, 고성 지하에도 방이 있는 것을 확인했습니다. 지하에 미로가 설치되어 있습니다.』

"적은?"

『몬스터의 반응이 다수. 강력한 개체도 있습니다만, 토벌 불가능한 수준은 아닙니다.』

그 여성향 게임에서 플레이했던 대로군.

이 던전은 게임에서 몇 번이나 클리어한 적이 있다.

금수의 고성은 대량의 재보가 잠들어 있던 던전이다.

자금 부족 문제를 피하고자 이른 단계에서 공략했었다.

문제가 있다고 한다면 적의 수가 많아서 성가시다는 점이다.

그리고…… 조금 무섭다.

우리가 입구에서 멈춰 있자, 안제가 리비아와 노엘을 데리고 앞으로 나아가려 했다.

리비아는 내 옆을 지나면서 난처한 듯한 표정으로 웃고 있었다.

노엘 쪽은 어깨를 으쓱였지만, 안제한테 어울려 줄 생각인 듯하다.

"안제."

내가 말을 걸자 안제가 멈춰 서서 뒤돌아봤다.

"뭐지? 날 말려도 헛수고다."

"크레아레를 데리고 가."

이름이 불린 크레아레가 안제 일행에게 다가가며 불평했다.

『마스터는 인공지능을 험하게 다룬다니까. 세 사람 다, 잘 부탁해.』

그러자 안제가 날 노려봤다.

"필요 없다. 우리만으로 충분하다."

조력 따위 필요 없다고 말하는 안제를 보며, 나는 파트너인 루크시온을 손으로 잡았다.

"나한테는 루크시온이 있으니까 말이지. 이걸로 조건은 대등하잖아?"

"리온……."

안제는 진심으로 나와 승부하고 싶은 듯하니까 받아주기로 했다.

그걸 바라고 있다면 나 역시 봐주지 않는다.

"졌을 때의 변명거리가 필요하다면 그냥 가도 상관은 없지만?"

실실 웃으면서 도발하자, 안제가 발끈한 뒤에── 싱긋 미소 지었다.

"너야말로 크레아레를 우리한테 빌려준 걸 후회하게 될 거다. 졌을 때 어떤 변명을 할지 지금부터 기대되는군."

그 모습을 본 노엘이 머리에 손을 올리고 하늘을 올려다봤다.

"두 사람 다 즐거워 보여서 부럽네~."

리비아가 쿡쿡 웃었다.

"양쪽 다 활기가 넘치네요."

안제 일행이 선행하자 크레아레가 그 뒤를 따라갔다.

『다들, 기다려 줘!』

세 사람과 한 기를 보내고, 내가 작게 한숨을 내쉬자 이번에는 마리에 일행이 달려갔다.

"카일, 카라! 우리가 재보를 독점하는 거야!"

마리에를 따라가는 카일과 카라는 진지한 표정을 짓고 있었다.

"네!"

"마리에 님, 힘내도록 해요!"

마리에 일행 세 명이 고성에 들어가자 브래드가 얼빠진 목소리를 냈다.

"어? 우리는?"

다섯 바보가 마리에 일행의 행동에 놀라 멍하게 서 있는 모습을 보건대, 마리에는 이 녀석들을 내버려 두고 가버린 모양이다.

정말이지 불쌍한 녀석들이다.

굳어 있는 다섯 명을 제쳐 두고, 제이크 일행도 행동을 개시했다.

"아레, 오스칼! 우리도 고성 탐사를 개시한다. 재보를 찾아서 왕국 상층부에 나의 유능함을 어필해 주겠어."

아레가 제이크 뒤를 따라갔다.

"네, 제이크 전하."

미소 띤 얼굴로 생글생글하는 귀여운 겉모습과는 반대로, 장비는 전부 손때 묻은 것들뿐.

제 몫을 하는 어엿한 모험가의 풍격을 드러내고 있었다.

오스칼은 내게 손을 흔들었다.

"다녀오겠습니다, 처남!"

그 흐림 없는 미소가 내게 향하자, 누나는 이런 청년을 홀린 건가 하는 생각에 안쓰러워졌다.

그래서 오스칼한테 말을 건넸다.

"——다치지 말라고."

나는 뒤돌아서 헤링 일행을 봤다.

"너희는 어떻게 할 거냐?"

헤링은 미아와 에리카를 보더니 어깨를 으쓱였다.

"공주님들의 호위를 해야 하니, 뒤쪽에서 느긋하게 따라가지."

그 말을 들은 미아가 불만스러워하는 듯했다.

"네~? 기사님도 같이 재보를 찾자고요~."

불평하는 미아를 보고 헤링은 난처한 표정을 지었다. 미아의 몸 상태를 고려한 행동이겠지만, 본인은 모두와 같이 보물찾기를 하고 싶은 모양이다.

에리카가 미아를 달랬다.

"앞서간 사람들은 모험가로 단련한 분들이니 저희가 끼면 방해가 될 거예요."

"우~, 에리카 님이 그렇게 말한다면야."

납득해 준 듯하기에, 나는 헤링에게 뒤를 부탁했다.

"그러면 에리카 님을 잘 부탁한다. 우리의 소중한 왕녀님이야. 상처 입히면 용서하지 않을 거다."

그러자 헤링이 무슨 말을 하냐는 투로 말했다.

"그런 소리를 할 거면 이런 장소에 데리고 오지 마라."

——뭐, 정론이군.

제05화 「금수의 고성」

호르파트 왕국의 왕궁.

롤랜드는 에리카가 리온 일행과 함께 던전으로 갔다는 소식을 듣고 심히 당황했다.

“누가 에리카를 바깥에 내보내도 된다고 말했지?!”

율리우스나 제이크도 함께 갔는데도, 아들 둘에 관해서는 아무런 말도 없었다.

이미 여기에서 두 사람과의 명확한 취급 차이가 드러나고 있었다.

롤랜드가 얼마나 에리카를 끔찍이 사랑하고 있는지를 엿볼 수 있었다.

이 소식을 보고한 밀렌은 어이가 없고 기가 막혀서 작게 한숨을 내쉬었다.

“에리카가 스스로 신청한 거예요. 발트파르트 공작과의 사이를 돈독하게 만들기 위해서요. 그 애는 나라를 위해 애쓰고 있는데 당신은 에리카 한 명 때문에 소란을 피우기나 하고. 창피하지도 않아요?”

롤랜드는 양손을 허리에 댄 밀렌에게 소리쳤다.

“그 애는 병약하단 말이다!”

밀렌에게도 에리카는 딸이고, 병에 관한 것도 당연히 걱정하고 있었다.

하지만 상대는 리온이다.

"그것도 이미 발트파르트 공작에게 이야기했어요. 에리카의 병에 관한 조사와 치료를 맡아 주겠대요."

밀렌도 에리카의 병이 개선되길 기대하기에 이번 여행에 동행하는 것을 허가했다.

롤랜드는 에리카의 병이 완치될 가능성을 생각했는지, 딱 한순간이지만 미소를 띠었다.

하지만 상대가 리온임을 떠올리자 곧바로 불쾌한 표정으로 변모했다.

"그 애송이와 에리카가 함께라니 참을 수 없다! 생각한 것만으로도 신물이 난다고!"

결국 인정할 수 없다며 소란을 피우는 롤랜드를 앞에 두고, 밀렌은 차가운 눈으로 롤랜드를 쳐다보았다.

금수의 고성.

다 무너져가는 성안에서는 여러 가지 것들이 삭아 가고 있었다.

일찍이 깔려 있었을 융단은 찢어져서 원형이 거의 남아 있지 않았다.

복도를 장식한 갑주도 녹이 슬어 넘어지고, 그림도 먼지투성이가 되어 삭아 가고 있었다.

아마 창틀이 삭아 빠져 버린 것이리라. 한때 창문이 있었던 장소 주변에는 유리 파편이 어지럽게 흩어져 있었다.

바깥을 보니 넓게 펼쳐진 안뜰에 나무들이 무성히 자라 있었다.

창문으로 빛이 비쳐 들어오는 복도를 걸으며, 나는 깊은 한숨을 내쉬었다.

"――왜 너희들이 날 따라오는 건데?"

내 뒤에는 율리우스 일행이 따라오고 있었다.

율리우스가 분한 듯이 주먹을 꽉 쥐었다.

"마리에가 우리를 의지하지 않는다. 우리는 이제 재보를 발견하여 마리에한테 헌상하지 않으면 신용을 얻을 수 없다."

"그래서 나랑 같이 행동하겠다고? 너희들끼리 찾지 그러냐?"

"너는 비겁하지만, 능력은 뛰어나다. 게다가 루크시온이 같이 있다면 재보로 가는 지름길이나 마찬가지 아닌가."

자신만만하게 지론을 펼치는 율리우스에게 루크시온이 차가운 태도를 보였다.

『이번에는 최소한의 서포트밖에 하지 않을 겁니다.』

"뭣?!"

『당연합니다. 이건 마스터와 안젤리카의 승부이니까요. 크레아레한테도 최소한의 서포트만 하도록 전해 두었습니다. 조건은 서로 같습니다.』

그 말을 듣고 뒤에 있던 질크가 노골적으로 고개를 내저었다.

"어떻게 이럴 수가. 가지고 있는 능력을 쓰지 않는 건 단순한 오만입니다. 전력을 다하는 편이 좋은 게 당연합니다."

재보를 갖고 싶은 마음에 나를 잘 구워삶으려는 듯하다.

"싫다고. 나는 너희들보다 안제가 소중해."

그렇게 말하고 걷기 시작하자, 뒤에서 크리스와 그렉의 대화 소리가 들려왔다.

두 사람 다 내 언동을 의심하고 있는 모양이다.

"소중히 생각하는 것치고는 주위에 여성이 많은 듯이 보이는 건 기분 탓인가?"

"너무 그런 말 말라고. 리온도 남자잖아."

"애초에 여러 여성과 약혼한 시점에서 소중하다고 해도 말이지."

"진짜로 그러게나 말이다."

둘의 대화에 짜증이 난 나는 멈춰 서서 뒤돌아보고는 라이플을 들어 방아쇠에 손가락을 걸쳤다.

두 사람이 나한테서 거리를 벌리려 했기에, 큰 목소리로.

"전원 엎드려!"

소리친 것과 동시에 전원이 재빨리 몸을 숙이고 뒤쪽으로 시선을 향했다.

어둑어둑한 통로 안쪽에서 나타난 건 녹슨 갑옷을 껴입은 해골이었다.

내가 이 던전에 도전하지 않았던 큰 이유는 여기서 조우하는 몬스터의 태반이 언데드 계열이기 때문이다.

방아쇠를 당기자 라이플에서 발사된 탄환이 몬스터의 갑옷을 꿰뚫었다.

몬스터는 탄환을 아랑곳하는 기색이 없었다.

역시 언데드다.

물리 공격에 상당한 내성이 있었다.

이런 몬스터는 산산조각 내지 않는 한 부활하기에 점 공격인 총과는 상성이 나쁘다.

하지만 해골 몬스터는 내가 총을 쏘아 꿰뚫은 부분부터 서서히 부서졌다.

덜컥덜컥 떨기 시작하더니, 갑옷 안의 해골이 모래가 되어 허물어졌다.

"신성한 탄환의 효과가 있군."

모래로 변하더니 연기를 내며 사라지는 해골과 갑옷.

루크시온도 그 모습을 보고 있었다.

『몬스터 토벌을 확인했습니다. 역시 이 던전에 위협이 될 몬스터는 존재하지 않는군요.』

지금 전투로, 위협이 될만한 몬스터는 존재하지 않는다고 판단한 모양이다.

브래드가 식은땀을 닦고 있었다.

"나는 철석같이 크리스나 그렉을 위협할 생각인가 싶었어."

"설마 농담으로 총구를 겨누거나 하겠냐."

아무리 나라도 그렇게까지는 하지 않는다.

율리우스는 몬스터가 사라진 장소를 쳐다보며 이 던전에 관해 생각하기 시작했다.

"언데드 계열이 많다고는 들었는데, 혹시 이 성은 저주받은 건가?"

저주받았다는 말을 듣고 나는 눈살을 찌푸렸다.

"그게 무슨 말이야?"

"들어본 적 없나? 원한이나 원념이 고이는 장소는 이런 언데드 계열 몬스터가 출현하기 쉽다."

난 그 말을 듣고 무서워지기 시작했다.

"——기분 나쁜 소리 하지 말라고."

내가 재빨리 걸어가는 모습을 보고 질크가 눈치채고 말았다.

"어라? 혹시 리온 군은 무서운 이야기가 질색인 겁니까? 그렇다면 비장의 이야기가 있으니 부디 꼭 들어 주십시오. 실은——."

"닥치고 주위 경계를 해, 음험한 자식아!"

내가 소리치자, 뒤에서 다섯 바보가 웃는 소리가 들려왔다.

제기랄! 나는 무서운 게 살짝 껄끄러운 것뿐인데.

◇

"여기다아!!"

다 씩어 가는 목제 문을 걷어찬 마리에는 방 안에 언네드 세열 몬스터가 있는 걸 확인했다.

몬스터는 사람의 모습이었지만, 전체적으로 부패해 있었다.

소위 말하는 좀비였다. 몬스터는 마리에 일행을 보더니 덮쳐왔다.

좀비가 "아아아아" 하는 신음을 내며 양손을 뻗자, 마리에는 오른손을 앞으로 내밀어 마법을 쐈다.

"방해돼."

신성한 빛을 맞은 좀비는 그대로 모래가 되어 허물어졌다.

순식간에 처리된 좀비를 본 카일은 마리에의 힘에 경탄했다.

"마리에 님, 또 강해지셨네요!"

"나, 이 던전이랑 상성이 좋아. 어떤 적이 오더라도 둘을 지켜줄 테니까 안심하렴."

그렇게 말하고 방을 뒤지자, 카라가 뭔가를 발견했다.

"마리에 님, 은화예요, 은화! 제법 옛날 물건이지만, 비싸게 팔 수 있어요."

카라가 발견한 건 오래된 작은 주머니에 들어있던 은화였다.

10닢 정도 들어있었지만, 마리에는 고개를 가로저었다.

"안 돼. 전혀 부족해. 둘 다, 더 찾는 거야. 이 던전에는 더욱 굉장한 재보가 잠들어 있어."

단언하는 마리에를 보고, 카일도 카라도 신기해하는 듯한 표정을 지으면서도 고개를 끄덕였다.

마리에는 방 안에 다른 재보가 없는지 찾으며 전생의 기억을 떠올리려 했다.

'전생에도 이 던전에 몇 번인가 와봤었어. 상당히 예전이니까 기억이 흐릿하지만…… 떠올려내, 나! 에리카한테 엄마다운 모습을 보여주기 위해서라도, 오빠의 경제적인 지원에서 벗어나야 해.'

◇

"간다아아아아!!"

양손 도끼. 배틀 액스를 든 오스칼이 갑옷을 입은 해골을 도끼로 베었다.

단련된 근육이 이루어낸 강력한 일격에 해골이 반으로 갈라졌다.

하지만——.

"오스칼 씨, 곧바로 떨어져 주세요!"

——아레가 황급히 오스칼을 잡아당겨 뒤로 자빠뜨렸다.

해골은 반으로 갈라진 부분이 원래대로 되돌아가더니, 들고 있던 검으로 재차 이쪽을 베고자 달려들었다.

그 모습에 오스칼이 놀랐다.

"이 무슨 재생능력인가!!"

그런 오스칼의 뒤통수를 제이크가 손바닥으로 후려갈겼다.

"언데드 계열 몬스터한테 물리 공격을 하지 말라고 몇 번이나 말하게 할 셈이냐!"

해골이 재생되자 아레가 곧바로 단검을 뽑아 자세를 취했다.

무늬가 새겨진 은제 단검으로, 성스러운 힘이 부여된 물건이었다.

그 단검으로 아레가 해골을 공격하자, 단검에 찔린 부분부터 차차 모래로 변해 으스러졌다.

아레가 단검을 칼집에 집어넣고, 뒤돌아 오스칼을 쳐다보더니――.

"야, 인마! 몇 번 똑같은 실수를 해야 만족할 거냐, 아앙?!"

――격노한 아레는 인상을 찌푸리며 엄청나게 무시무시한 목소리로 오스칼한테 호통을 쳤다.

그리고는 손을 뻗어 오스칼의 멱살을 잡고 들어 올리더니 당장이라도 이마가 닿을 듯한 거리에서 노려보았다.

"네 머리통은 장식이냐? 모자를 올려놓기 위해서만 존재하는 받침대냐고?"

"아, 아닙니다."

"그럼 머리를 좀 쓰라고, 이 근육 뇌가! 언데드 몬스터 상대로 네 도끼는 통하지 않으니까 마법이나 특수한 탄환을 쓰라고 말했잖냐? 공작님이 일부러 너희들한테 비싼 탄환을 잔뜩 준 걸 잊었냐!!"

아레가 오스칼의 뺨따귀를 몇 번이나 손바닥으로 후려갈겼다.

오스칼은 완전히 겁에 질려 있었다.

그리고 그걸 보고 있던 제이크가 아레를 불렀다.

"아레."

그 목소리를 들은 아레가 제이크가 있다는 걸 떠올리고 황급히 겉꾸렸다.

"저, 전하."

제이크는 쑥스러워하며 몸을 움츠리는 아레에게 가까이 다가가 손을 잡았다.

"내 젖형제가 미안하다. 이 녀석은 바보라서 몇 번 말해도 이해하지 못한다."

"아, 아뇨. 저야말로, 창피한 모습을 보였어요."

"의외였지만, 너한테도 그런 활발한 부분이 있군. 나는 너의 새로운 일면을 볼 수 있어서 기쁘게 생각한다."

"전하."

"전하는 그만둬라. 너도 같은 실수를 반복하고 있다."

"정말, 짓궂으세요."

오스칼은 두 사람이 서로 손을 잡고 좋은 분위기에 빠져 있는 걸 바라보고 있었다.

"과연, 사랑은 맹목이라는 거로군요. 핀리 양이 말했었습니다."

◇

그 무렵, 앞장서 가는 크레아레의 인도를 받는 안제 일행은 지히로 가는 출입구를 발견했다.

목제 문에는 자물쇠가 달려 있었지만, 녹이 슬어 너덜너덜했다.

안제가 라이플을 들었다.

"둘 다 물러나라."

자물쇠를 총으로 쏘자 문이 쉽사리 열려 지하로 가는 출입구가 뚫렸다.

익숙한 손놀림으로 라이플의 약협을 배출시킨 안제는 허리에 매단 랜턴을 손으로 잡고 들었다.

마석을 사용한 랜턴은 크기가 작으면서도 평범한 랜턴보다 밝았다.

안제는 어두운 통로를 비추더니 겁먹지 않고 앞으로 나아가려 했다.

그런 안제를 걱정한 노엘은 안제의 팔을 붙잡아 제지했다.

"잠깐 기다려. 너무 서두르는 거 아니야? 조금 더 신중하게 나아가자."

뒤돌아본 안제는 노엘의 태도에 작게 한숨을 내쉬었다.

"시간을 들이면 리온과 루크시온이 먼저 재보를 발견할지도 모른다."

"그래도 말이야, 몬스터도 있잖아. 안전을 확보하면서 나아가야 해."

"크레아레가 주위를 색적(索敵)하고 있으니까 문제없다."

이름을 불린 크레아레는 파란 렌즈에서 빛을 발하여 어두운 통로를 비추었다.

아무래도 지하 통로의 구조를 파악하는 중이었던 모양이다.

『위협이 될 몬스터의 존재는 확인되지 않아. 하지만 구조적으로 지하는 전부 이어져 있는 건 아닌 모양이네.』

고성 밑에 마련된 지하 던전은 구획이 나누어져 있었고, 이런 곳이 여럿 존재했다.

안제는 궁리했다.

"꽝을 뽑으면 시간 낭비가 되겠지만, 다른 곳을 탐색하고 있을 여유도 없군."

마음이 조급한 안제에게 노엘이 이유를 물었다.

"그렇게까지 서두를 필요가 있어?"

그러자 안제는 살짝 눈을 가늘게 뜨고 노엘을 쳐다봤다.

"너는 아무것도 모르고 있군. 상대는 바로 그 리온이다."

"아니, 알고는 있는데……."

노엘도 리온이 할 때는 하는 남자라는 걸 알고 있다.

하지만 그렇다고 하더라도 안제의 인식과 노엘의 인식 간에는 차이가 있었다.

안제는 노엘에게 모험가로서의 리온에 대한 평가를 들려줬다.

"그 녀석은 15살 때 오로지 혼자 몸으로 대모험을 거친 끝에 로스트 아이템을 발견한 남자다. 그 나이에 해냈다는 것도 놀랍지만, 오로지 혼자 힘으로 큰일을 이뤄낸 영웅이지."

"그건 들었대도. 루크시온을 발견한 거지?"

"아니, 너는 이해하지 못하고 있다! 그 녀석이 얼마나 굉장한지,

전혀 이해하지 못하고 있어! 그래, 이참에 걸으면서 알려주마."

안제는 걸어서 앞으로 나아가며, 노엘에게 리온이라는 영웅의 이야기를 했다.

노엘은 희미한 미소를 띠며, 안제의 뒷모습을 바라보았다.

'뭐야, 싫어하게 된 게 아니구나. 유감——은 아닌가.'

기쁘게 리온 이야기를 하는 안제를 보고, 노엘은 안도했다.

두 사람이 이대로 싸우고 헤어질 거라고는 생각하지 않았지만, 그렇더라도 관계에 변화가 일어났다고 생각했다.

하지만 안제는 변하지 않았다.

"애초에 그 녀석은 기적적으로 대모험을 성공시켰다고 하지만, 그건 거짓말이다. 1학년 때 리온과 엘프의 마을에 간 적이 있다. 그때 그 녀석은 유적의 숨겨진 통로를 발견해서 보물도 손에 넣었지."

"헤~."

건성으로 대답하자 안제가 뒷말을 이었다.

안제는 마치 자기 일처럼 자랑스러워하고 있었다.

"공화국에서도 성수의 묘목을 발견하지 않았나? 우연이 세 번이나 계속될까 보냐. 그 녀석은 모험가로서도 위대한 영웅이야."

"리온을 인정하고 있구나."

"당연하다. 왕국 역사에 이름을 새길 남자라고! ——그러니까, 나도 그런 그 녀석한테 어울리는 여자가 되고자 애썼는데……."

서서히 침울해지는 안제를 알아차리고, 노엘은 황급히 뒤에서

따라오는 리비아 쪽을 돌아봤다.

조금 전부터 리비아는 한마디도 하지 않았다.

"잠깐, 리비아 쨩도 뭔가 말해줘."

작은 목소리로 말을 걸자, 리비아 쪽은 어디선가 주운 고성의 장식품을 보고 있었다. 눈동자를 반짝이며 그 장식품의 무늬를 보면서——.

"노엘 씨, 이것 좀 보세요! 이거, 이 무늬예요! 멸망해 사라졌다는 문명에서 사용되었던 무늬예요. 다 삭아서 형태는 판단할 수 없지만, 어쩌면 굉장한 발견일지도 몰라요!"

무언가의 파편을 들고 고대 문명의 로망에 관해 이야기하기 시작하는 리비아를 보고, 노엘은 뺨을 씰룩쌜룩했다.

"리비아 쨩은 안젤리카 씨의 낌새가 신경 쓰이지 않아?"

이번 여행의 목적을 잊은 건 아닐까?

그런 불안을 품으며 리비아한테 묻자, 의외인 대답이 돌아왔다.

"괜찮아요."

"어?"

뭐가 괜찮은 것인가? 리비아는 미소를 지으며 앞장서 걷는 안제의 뒷모습을 봤다.

"안제도 리온 씨도, 서로 진작 더 부딪쳐야 했어요."

"서로 부딪치다니……."

그걸로 정말 괜찮은 걸까? 하고 불안해하는 노엘에게 리비아는 "걱정하지 마세요"라고 말하며 미소 지었다.

하지만 앞을 걷던 안제가 부주의하게 통로에 놓인 장식품을 떨어뜨려 부서뜨리자――

“안제! 장식품은 가능한 한 부서뜨리지 말아 달라고 했었죠?!”

――달려가서 안제한테 따지고 덤볐다.

안제는 바싹 다가와 따지는 리비아한테 밀려, 벽 쪽으로 몰리고 말았다.

“아, 아니다! 이건 다른 생각을 하다가 무심코.”

리비아는 당황하는 안제를 진지한 표정으로 추궁했다.

“부서뜨리지 않겠다고 약속했죠? 그렇죠? 전부 다 중요한 유물이니까, 확실히 남겨 두자고 저랑 약속해 주셨죠?”

“――리비아, 용서해 줘.”

안제한테 사과시키는 리비아를 보고, 노엘은 머리에 손을 올려놓았다.

“역시, 리비아 짱을 화나게 하면 무서워.”

◇

“뭐가 문제없습니다, 냐! 문제밖에 없잖냐!!”

고성 지하로 가는 입구를 발견해 의기양양하게 쳐들어간 우리는 지독한 꼴을 당하고 있었다.

통로 모퉁이에 숨은 나는 라이플에 탄환을 장전하며 악다구니를 내뱉었다.

"넌 진짜로 중요한 때 실수하지! 인공지능으로서 부끄럽지 않냐?!"

큰 목소리로 루크시온에게 불평했다.

주변이 율리우스 일행이 내는 총성으로 가득했기에, 자연스럽게 큰 목소리가 나왔다.

『이 정도 몬스터를 상대로 애를 먹어서야, 마스터를 비롯한 여러분에 대한 평가를 수정해야겠군요. 이보다는 더 잘 싸우리라 예상했습니다만, 아무래도 과대평가였던 모양입니다.』

고개를 내저으며 이런이런, 이라고 말하는 듯한 동작을 보이는 루크시온에게 질크까지도 비아냥을 던졌다.

"좋게 평가해 주셔서 기쁘게 생각합니다만, 적의 전력도 정확하게 평가해 주길 바랐습니다."

라이플을 든 질크는 조준경을 들여다보며 방아쇠를 당겼다.

그러자 멀리서 해골의 머리가 탄환에 꿰뚫렸다.

위에서 본 녀석들과 다르게, 그 녀석은 로브를 걸치고 마법사처럼 뼈로 만들어진 지팡이를 들고 있었다.

마법을 쓸 수 있는 언데드 계열 몬스터가 집단으로 밀려온 것이다.

마법사 앞에는 위에서 본 녀석들보다 중무장한 해골 전위들이 늘어서 있다.

커다란 방패와 배틀 액스를 든 녀석들로, 어지간한 탄환은 방패에 튕겨버리고 만다.

그 전위 녀석들 틈새로, 질크는 마법사만을 쏴서 꿰뚫고 있었다.

성격이 나쁘고 비겁하며 야비한 녀석이지만 저격 실력은 확실했다.

후방에 있던 마법사 해골들이 지팡이를 들자 그렉이 소리쳤다.

"다들 엎드려!"

우리가 몸을 숨기고 엎드리자, 잇따라 마법이 날아와 근처에서 폭발이 일어났다.

어두운 지하 통로가 마법의 빛으로 몇 번이고 눈부시게 번쩍이고, 모래 먼지가 피어올랐다.

마법 공격이 끊기자 나는 곧장 율리우스 일행한테 지시를 내렸다.

"율리우스, 앞으로 나가서 벽이 돼라."

"너, 나는 명색이 왕자라고!"

"시끄러워! 방패 들고 네 특기인 실드로 공격을 막아! 야, 브래드!"

이어서 브래드를 부르자 노골적으로 싫은 듯한 표정을 짓고 있었다.

"설마 나더러 돌격하라고 하지는 않겠지?"

"너한테 근접전은 기대하지 않아."

"그건 그것대로 너무하잖아!"

"됐으니까, 너는 녀석들의 전위를 날려버릴 준비를 해라. 고위력 마법을 퍼부어."

브래드가 고개를 끄덕이는 걸 본 뒤, 이번에는 질크에게 지시를 내렸다.

"질크는 그대로 저격이다. 뒤에서 아군을 쏘지 말라고."

내 명령에 질크가 어처구니없어했다.

"그런 얼빠진 짓은 하지 않습니다."

"너는 일부러 노릴 것 같아서 하는 말이라고."

"――너는 정말로 날 뭐라고 생각하고 있는 거지?"

평소의 온화한 말투가 사라진 질크였으나, 곧바로 라이플에 탄환을 장전하여 준비에 들어갔다.

마지막은 크리스와 그렉이다.

"크리스하고 그렉은 브래드가 마법을 날리면 돌격해라."

크리스는 검을 다시 똑바로 잡았다.

"맡겨라. 그래서, 너는 어떻게 할 거지?"

나는 다섯 명을 앞에 두고 어깨를 으쓱였다.

"리더는 원래 지시를 내리면서 뒤에서 느긋하게 바라보는 거야."

그 말을 들은 그렉이 질색한 표정을 지었다.

"그걸 이 자리에서 말하는 너는 거물이거나 아니면 단순한 바보로군."

그렉의 말을 들은 루크시온이 즉각 대화에 끼어들었다.

『둘 다 아닙니다. 왕멍청이입니다.』

"다물어. 너는 내 방패로 써 주마."

『그렇게 금방 사기가 내려갈 말을 하는 건 문제가 아닌지?』

"괜찮아. 이 녀석들이라면 할 수 있어."

이 다섯 명이라면 문제없이 이 상황을 타개할 수 있다.

그 여성향 게임을 플레이했으니까, 가 아니라 이 녀석들이 성장해 온 것을 싫어도 가까이에서 봐 왔기 때문이다.

문득 율리우스가 날 보고 웃음을 흘렸다.

그 표정이 짜증이 나서 곧바로 이유를 물었다.

"뭐야?"

"아니, 의외로 평가가 좋다고 생각한 것뿐이다. 리온, 너는 솔직하지 않군."

득의양양한 얼굴에 화가 치솟은 나는 그대로 율리우스를 적을 향해 걷어찼다.

"얼른 가라고."

"바, 바보 녀석! 여기서 밀지 마라!"

해골들이 율리우스를 발견하고 마법을 쏘려 했다.

율리우스는 어쩔 수 없이 들고 있던 방패를 내세우며 불평했다.

"칫! 나중에 두고 봐라, 리온! ──임페리얼 올 가드!!"

율리우스의 방패에서 빛이 흘러넘치고, 통로를 막을 정도로 커다란 반투명 방패가 출현했다.

올 가드.

파티 멤버 전원을 지키는 방패를 전개한 율리우스 덕분에, 날아오는 마법 공격은 우리한테 닿지 않았다.

곧바로 브래드가 뛰쳐나가더니 양손을 펼쳐 마법을 발사할 준비에 들어갔다.

마법진이 브래드의 등에 여럿 출현했고 그것들이 회전하기 시작했다.

"풀── 헬파이어── 버스트."

펼친 양손을 얼굴 앞에서 모으듯이 움직이고, 그대로 자기 손을 잡았다.

준비가 되었다는 걸 느낀 율리우스가 방어를 풀자, 우리를 지키고 있던 실드가 사라졌다.

동시에 브래드 주위에 떠오른 마법진에서 소용돌이친 화염이 적을 향해 날아갔다.

마법은 해골들을 집어삼키며 불타오르더니 이윽고 폭발했다.

브래드가 마법을 발사한 직후, 대량의 땀을 흘리며 그 자리에 무릎을 꿇었다.

"해치웠나?"

자기 마법으로 적을 일소했다고 생각한 것이리라.

하지만 폭발하여 활활 타오르는 통로 안쪽에서 해골들이 다가왔다.

질크가 곧바로 라이플로 대응했지만, 놈들은 잇따라 나타났다.

『너무 소란을 피운 모양이군요. 적이 모여들고 있습니다.』

아무래도 적을 모으는 데 성공한 모양이다.

"좋아, 일망타진할 기회다. 크리스, 그렉, 앞으로 나간다."

라이플을 두고 검으로 바꿔 든 나를 보고 두 사람이 놀랐다.

크리스가 의아해하는 듯이 날 봤다.

“넌 뒤에서 대기하겠다고 말하지 않았나?”

“마음이 변했어. 승산이 보이니까 직접 나설 거다.”

그렉이 창을 들고 시선을 적에게 향하며 웃었다.

“정말로 비뚤어진 녀석이군.”

“시끄러워. 얼른 쓰러뜨린다.”

적을 향해 달리기 시작하자, 크리스와 그렉 쪽이 먼저 적과 접촉했다.

평소에는 바보인 두 사람이지만, 근접 전투 실력만은 뛰어나다.

크리스는 재빠르게 성가신 몬스터를 두 마리 쓰러뜨렸다.

“쉿!”

마치 물 흐르는 것처럼 검을 휘둘러, 잇따라 몬스터를 쓰러뜨려 연기로 바꿔 나갔다.

그에 반해 그렉 쪽은 거칠게 싸우고 있었다.

“으라아아아!!”

크리스와 그렉의 무기에는 루크시온이 은으로 코팅해두었기에 언데드 계열 몬스터를 상대로도 아낌없이 위력을 발휘했다.

하지만 그걸 제하더라도 둘의 실력은 높다.

그렉의 창이 커다란 방패를 든 해골을 방패 채로 꿰뚫었다.

해골이 부서지며 연기로 변하자 그렉은 곧바로 다음 몬스터에게 달려들었다.

거칠게 날뛰는 모습은 크리스와 대조적이지만, 두 사람은 이리저리 움직이면서도 서로를 방해하지 않는 포지션을 잡고 있었다.

나는 둘을 방해하지 않도록 루크시온과 함께 틈새를 달려 빠져나갔다.

활을 든 해골이 그렉을 노리는 모습이 눈에 들어왔다.

"이 녀석인가."

검을 왼쪽 아래에서 오른쪽 위로 휘둘렀다.

검 끝이 바닥에 부딪혀 불꽃이 튀었고, 검을 휘둘러 올리자 해골은 상반신과 하반신으로 절단되어 허물어졌다.

곧바로 시선을 움직여 다음 목표를 찾자, 루크시온이 빨간 렌즈에서 포인터로 목표를 알려주었다.

『마스터, 저기서 두 명을 노리고 있습니다.』

"잘 찾았다!"

나는 검을 버리고 홀스터에서 권총을 꺼내 그늘에 숨어 화살을 쏘려는 해골을 향해 겨눴다.

은으로 코팅한 특별한 마탄은 한 발 한 발이 고급품이다.

원래는 한 발도 신중하게 써야 하는 물건이지만, 나는 루크시온이 대량으로 준비해 주기에 신경 쓸 필요가 없었다.

"특별제다. 고맙게 받으라고."

방아쇠를 두 번 당기자, 탄환이 두 해골을 꿰뚫었다.

물 쓰듯이 펑펑 쓸 수 있지만, 문제는 들고 다닐 수 있는 탄환 수에 한도가 있다는 점이군.

탄환은 작아도 금속 덩어리라 수가 늘어나면 무게가 상당하다.

잇따라 나타나는 해골들을 쓰러뜨려 나가자, 율리우스가 우리와 합류했다.

"너희들, 내 몫도 남겨 둬라!"

"왕자님은 뒤에서 대기하고 계십쇼~."

자기를 걷어찬 나한테 이런 말을 들어 율리우스도 열이 뻗친 모양이다.

얼굴이 시뻘게지며 화를 내선, 접근해 온 해골을 힘에 맡겨 검으로 베어 쓰러뜨렸다.

"적 앞으로 걷어찬 건 너다!"

"덕분에 활약했잖아. 나중에 마리에한테 자랑하라고."

낄낄 웃어 주자, 우리의 모습을 보고 있던 루크시온이 중얼거렸다.

『사이 좋군요.』

제06화 「에리카와 미아」

리온 일행이 격렬한 전투를 벌이고 있을 즈음.

핀은 파트너인 브레이브와 함께 미아와 에리카를 데리고 고성 1층 부근을 걷고 있었다.

리온 일행이 몬스터를 쓰러뜨려 준 덕분에 고성 안은 조용했다.

햇빛이 비치는 안뜰로 나온 네 명은 거기서 낯선 식물을 관찰하고 있었다.

"기사님, 이건 뭐라고 하는 이름인가요?"

미아가 몸을 굽혀 식물을 보는 모습이 핀에게는 눈부시게 보였다.

내리쬐는 태양 빛만이 아니라, 미아라는 존재가 핀에게는 눈부시다.

'그 애도 이렇게, 햇빛 아래서 건강하게 놀 수 있었더라면.'

전생의 여동생과 미아를 겹쳐 보고 있는 핀은 식물을 보며 부드러운 어조로 자기도 모른다고 말했다.

"모르는 식물이군. 이 주변은 고립되어 있었으니까, 신종 식물도 있지 않을까?"

"신종?! 대발견이잖아요."

"그렇군. 미아의 모험 성과다."

"에헤헤."

기뻐 보이는 미아의 머리를 쓰다듬어 주는 핀을 보고, 브레이브는 약간 기막혀했다.

『파트너는 미아를 정말 끔찍이 아끼지. 나한테도 사랑을 더 쏟아 줘도 괜찮다고.』

"응? 쿠로스케한테는 다음에."

쌀쌀맞게 대답하는 핀을 보고 브레이브는 눈물을 흘렸다.

『그러면서 파트너는 항상 나보다 미아를 선택하지. 어차피 나는 싸울 때만 편리하게 이용당하는 마장이야!』

울기 시작한 브레이브를 보고 미아가 쓴웃음을 지었다.

"브 군, 전에 본 무대극이 마음에 든 모양이네."

아무래도 왕국에서 상연되는 무대극에 영향을 받은 모양이다.

브레이브가 작은 손을 두 개 꺼내, 가슴을 펴는 몸짓을 해 보였다.

『애증극에 나온 대사라고.』

핀은 자기 파트너가 무대극을 즐겨 보고 있다는 사실을 몰랐다.

"이상한 것만 배우고 있군."

『한 명의 남자가 두 명의 여자한테 손을 대서 칼에 찔리는 이야기야. 궁지에 몰린 남자의 연기를 보고 있자니 재미있었어.』

그 말을 듣고, 핀은 생각한 것을 중얼거렸다.

"발트파르트 같은 녀석이군."

미아도 그렇게 생각했지만, 일단 리온은 타국의 귀족이기에 핀을 나무랐다.

"기사님, 그건 말이 지나쳐요."

"괜찮다. 그 녀석도 알고 있을 거야."

웃는 얼굴인 핀을 보고 미아는 의아한 표정을 지었지만, 그 뒤 미아도 차츰 웃는 얼굴로 변했다.

"기사님, 어쩐지 즐거워 보이네요. 공작님과 친구 같아요."

"뭐?"

의외인 말을 들어 놀라는 핀이었으나, 잘 생각해 보니 당연하다고 느꼈다.

'전생으로 같은 고생을 겪은 동료이기 때문인가?'

주위에서 보면 자신들은 친구로 보이는 것일까? 그런 것으로 고민하고 있자, 핀의 시야에서 에리카가 괴로워하고 있는 모습이 보였다.

"! 에리카 님!"

황급히 달려가자 에리카는 양손으로 가슴을 누르며 땀을 흘리고 있었다.

그런 상태로 미소를 보이며, 핀 일행을 불안하게 만들지 않도록 하고 있었다.

"괜찮아요. 운동 부족이라 지치기 쉬운 것뿐이에요."

"그렇습니까. 하지만 돌아가는 편이 좋을 것 같군요."

에리카의 몸을 걱정하여 돌아가자고 제안했다.

그러자 에리카는 미아 쪽으로 시선을 향했다.

"미아는 괜찮아?"

에리카가 묻자, 미아는 황급히 대답했다.

"네, 넵! 오늘은 몸 상태도 좋고, 괴롭지 않아서 괜찮아요!"

브레이브가 주위에 시선을 향했다.

『이 주변은 마소가 많으니까. 더구나 그 녀석들이 몬스터를 쓰러뜨리고 있으니까 더더욱 마소 농도가 상승한 상태야. 미아한테는 최고의 환경 아닐까?』

그 말을 들은 핀의 눈빛이 변했다.

"정말이냐? 그럼 이 부유섬을 손에 넣으면 미아는 괴로워하지 않아도 되는 거로군?!"

"기, 기사님? 부유섬을 산다니 무리예요."

"아니, 널 위해서라면 얼마든지 벌어 주마!"

핀은 진심으로 이 부유섬을 손에 넣으려고 생각했지만, 브레이브가 고개를 숙이며 그건 권장하지 않는다고 말했다.

『그건 의미가 없어. 마소가 짙은 건 여기에 몬스터가 있어서야. 토벌해서 정리되면 이곳도 평범한 부유섬과 똑같아질 거야.』

몬스터가 존재하는 고성에서 나날의 생활은 보낼 수 없다.

그렇다고 해서 퇴치하여 생활 환경을 갖추어도, 마소 농도가 내려가서 의미가 없다.

핀은 어깨를 푹 떨궜다.

"——그런가."

미아는 침울해하는 핀의 손을 잡고, 자기를 위해 무리하는 자랑스러운 기사에게 미소를 향했다.

"신경 쓰지 마세요. 기사님이 있으면 미아는 충분해요. 그리고 브 군도."

『나는 덤 취급?!』

세 사람이 웃는 가운데, 에리카도 미소를 지으며 가슴을 누르고 있었다.

그리고, 고개를 숙이고는 심각한 표정으로 변했다.

◇

탕! 하고 총성이 방 안에 울렸다.

총구에서 발사된 탄환이 네 개의 팔을 가진 해골의 머리에 명중하자 갑자기 화염이 작렬했다.

네 팔 달린 해골이 마구 날뛰며 화염에서 벗어나려 했지만, 화염은 몸에 엉겨 붙어 해골을 놓치지 않았다.

해골이 그대로 몸이 허물어져 연기로 변하자 화염도 사라졌다.

안제가 라이플의 약협을 배출하자 바닥에 떨어지며 맑은 금속음을 냈다.

바닥을 구르는 약협에 새겨진 마법진.

마탄이라 불리는 특수한 탄환인데, 안제와의 상성이 좋은지 위력이 상승했다.

"여기가 제일 안쪽 방인가."

네 팔 달린 해골이 지키던 방에는 보물상자처럼 보이는 상자가 있었다.

나무가 썩어서 내용물이 흘러나와 있었다.

노엘이 다가가 살펴보니 금화가 흩어져있었다.

"봐, 금화야!! 대박 아니야?"

노엘이 기뻐했지만, 다른 두 사람의 반응은 미묘했다.

리비아는 랜턴 빛으로 벽을 비추어 벽화나 회화 등을 진지한 표정으로 보고 있다.

"보존 상태가 좋지 않네요. 하지만 이것만으로도 대발견이에요. 조사단이 오면 더 자세한 걸 알 수 있을지도 모르겠어요."

안제 쪽은 보물상자 크기와 재보의 양을 보고 작게 한숨을 내쉬었다.

본인은 실망한 기색을 내보이지 않으려 하는 것이겠지만, 노엘한테는 아쉬워하고 있는 것처럼 보였다.

"이것도 엄연히 보물이긴 하지만, 정말로 이것뿐인가? 금수라고 부를 정도니 더 많을 줄 알았는데."

이것만 환금해도 적어도 일반인은 평생 놀고먹을 수 있는 금액이 손에 들어온다.

하지만 확실히 금수의 고성이라 부르는 것 치고는 이름값을 하지 못하고 있었다.

노엘이 금화를 손끝으로 만지작거리자 크레아레가 다가왔다.

『모든 통로와 방을 다 조사했어. 재보도 손에 넣었고, 모험 여행은 성공했다고 말해도 좋은 거 아니야?』

"그렇다고 생각하는데, 안젤리카 씨는 마음에 들지 않는 모양이야."

안제로서는 더 큰 성과를 얻고 싶었던 것이리라.

하지만 보물상자의 뚜껑을 열고 안을 보더니 미소를 짓고 있었다.

"——마지막 추억치고는 나쁘지 않군."

마지막, 이라는 중얼거림이 들린 노엘은 안제에게 다가가 확인했다.

"무슨 의미야? 마지막이라니 뭔데?"

노엘이 안제한테 바싹 달라붙어 묻자, 안제는 난처한 표정을 지으며 미소 지어 보였다.

"이래 보여도 바쁜 몸이니까 말이지. 던전에 몇 번이고 도전할 기회는 없을 거다."

얼핏 그럴듯하게도 들리지만, 던전에 도전하게 되어 흥분했던 안제의 모습을 기억하고 있는 노엘에게는 의문이었다.

이게 마지막이라며 포기할 안제가 아니라는 생각이 든 것이다.

"거짓말이네."

노엘이 단언하자 안제는 고개를 돌렸다.

"생각했던 것보다도 감이 예리하군."

"똑바로 대답해! 그리고 리비아 쨩도 뭔가——."

리비아한테도 도움을 요청했지만, 먼저 발언한 것은 크레아레였다.

『앗?! 마스터 일행이 지하로 가는 두 번째 입구를 발견했대.』

그 말을 들은 안제는 표정이 변하더니 눈동자 안쪽에 강한 빛을 되찾았다.

조금 전까지의 덧없는 인상은 사라지고 재보를 먼저 발견 당하고 참을쏘냐, 하는 기백이 있었다.

"우리도 곧바로 간다!"

제07화 「모험가의 피」

지하로 가는 두 번째 입구를 발견했다.

"첫 번째는 꽝이었지만, 이번에는 아니었으면 좋겠군."

나와 다섯 바보가 처음으로 들어간 지하 던전 말인데, 거기에는 재보라고 부를 수 있을 정도의 보물은 존재하지 않았다.

그 여성향 게임에서 몇 번이고 찾아온 던전이지만 기억은 희미해지고 말았다.

어디에 무엇이 있었던가? 함정은? 비밀 장치는?

잘못 기억하던 것도 있어서 생각했던 것만큼 순조롭지 않았다.

질크가 문에 폭탄을 설치하더니, 와이어를 당겨 우리가 있는 곳까지 왔다.

"다들 숨어 주십시오."

그늘에 숨자, 질크가 와이어를 잡고 있던 손에 마력을 담았다.

와이어가 희미하게 빛나는 것과 동시에 문 쪽에서 폭발음이 들려왔다.

약간의 진동이 일어나고, 지하로 이어지는 계단에서 모래 먼지가 피어올랐다.

그렉이 상태를 보러 갔지만, 돌아오더니 고개를 저었다.

"틀렸다. 여기만 튼튼한 문을 준비해 놨어."

아쉬워하는 듯한 그렉과는 반대로 브래드는 턱에 손을 대고 미소 짓고 있었다.

“그만큼 중요한 보물이 잠들어 있다는 증거겠지. 폭약을 더 써 볼까?”

폭파에 관해 가장 지식을 많이 가지고 있는 질크에게 우리의 시선이 집중됐다.

다만, 본인은 난감한 표정이다.

“가지고 있던 건 다 써 버렸습니다. 한번 배까지 돌아가서 폭약 등을 보충하지 않는 한은 불가능합니다.”

브래드가 어깨를 으쓱였다.

“남은 탄약도 많지 않아. 오늘은 돌아가고 내일 재도전 하는 게 어때?”

밖을 보니 태양 빛이 붉은색으로 바뀌어 있었다.

율리우스도 시간을 신경 쓰고 있다.

“밤이 되면 고성의 몬스터들이 활기를 띨 거다. 언데드 계열은 밤에 비로소 힘을 발휘하니까.”

게임이라면 시간 같은 건 신경 쓸 필요는 없었다.

던전에 도전하는 동안은 대부분 주간으로 고정되어 있었을 터.

이벤트로 야간에 도전할 때도 있었지만 그건 예외였을 터다.

루크시온이 빨간 렌즈를 한 번 빛내더니, 내게 퇴각을 진언했다.

『마스터, 퇴각을 제안합니다.』

“으음~, 그래도 여기가 마지막인 것 같은데…….”

일부러 돌아가서 내일 도전해도, 몇 시간 정도면 조사가 끝나버릴 것 같다.

가능하면 오늘 얼른 끝내고 싶은 마음이었다.

하지만 일부러 위험한 다리를 건널 건 없다.

"——퇴각하자. 모두와 합류해서 야영지로 돌아가자."

그렇게 결단하자, 크리스가 작게 안도의 한숨을 내쉬었다.

"그게 좋다. 아직 일정에는 여유가 있으니까."

퇴각 준비에 들어가는 일행이었으나, 멀리서 발소리가 가까이 다가오자 경계하여 무기를 손에 들었다.

나도 라이플을 들려고 했지만, 루크시온이 제지했다.

『마리에 일행입니다.』

직후에 카일과 카라를 대동한 마리에가 모퉁이를 돌아 나타났다.

긴 머리카락이 어째서인지 나뭇잎이 엉겨 붙어서 마구 흐트러져 있었다.

"동작 그마아아아안!!"

마리에는 우리가 퇴각 준비를 하는 걸 보고 성큼성큼 다가오더니, 우리를 지나쳐 지하로 가는 입구를 가리켰다.

"전진해야 해!"

이대로 탐사를 속행하겠다고 말하는 마리에한테 율리우스가 퇴각하는 게 최선이라고 설명했다.

"안달이 나는 마음도 이해하지만 이제 곧 날이 저물 거다. 내일 아침에 도전하면 안전하게 탐사할 수 있다. 마리에, 지금은 단념하도록 하지."

하지만 마리에는 퇴각을 받아들이지 않았다.

"안 돼. 오늘 중으로 끝내서 얼른 왕국으로 돌아갈 거야."

무모한 말을 하는 마리에를 보고 곤혹스러워하는 다섯 바보.

고집을 부리는 마리에한테 어처구니가 없어진 나는 억지로라도 데리고 돌아가려 했다.

"여기서는 내가 룰이다. 탐사는 내일 마저 하고, 오늘은 이만 퇴각한다. 너희들도 돌아갈 준비를 해."

계획을 세우고 비행선을 내보내고. 이번 탐색의 책임자는 나다.

뭔가 문제가 발생하면 내 책임이 되고 만다.

난 마리에의 고집에 어울려 줄 생각이 없었다.

퇴각을 강행하자, 카일이 날 제지했다.

"공작님, 잠깐 괜찮을까요?"

"뭔데? 나는 의견을 바꿀 생각은 없어."

"아뇨, 오늘의 주인님은 아침부터 계속 이런 상태예요."

재보를 손에 넣어 자립하기 위해 아침부터 쭉 무리 중인 모양이었다.

마리에의 얼굴을 보니 지금도 초조해 보였다.

"앞으로 조금 남았어. 여기만 공략하면 더는 한심한 모습을 보여주지 않아도 돼."

마리에가 초조해하는 이유를 나는 알고 있다.

알고는 있지만, 방침을 바꿔서 이대로 탐사를 우선하는 게 옳은지는 고민스러웠다.

내가 고민 중인 걸 알아차린 루크시온이 현 상황에서 공략은 가능한지 어떤지를 알려주었다.

『위험도는 커집니다만, 공략 자체는 가능합니다.』

"문제없는 거로군?"

『추천하지는 않습니다. 언데드 계열 몬스터에 관해서는 마스터가 전투를 피하고 있었기에 데이터가 부족하니까요. 데이터가 더 있으면 정확한 판단을 내릴 수 있었겠습니다만.』

나한테 '네가 무섭다면서 전투를 피하니까 문제가 된 거야'라고 말하고 싶기라도 한 것 같구만.

"피하고 있었던 게 아니라고. 싸울 이유가 없었던 것뿐이다."

『말주변만 능숙해졌군요. 다른 면에서도 성장하시기를 기대하고 있었는데, 정말로 유감입니다.』

"다물고 있어."

자, 그럼 이제부터 어쩐다, 하고 고민하고 있자 이번에는 안제 일행이 우리와 합류했다.

안제 뒤에 있는 노엘은 재보가 든 주머니를 들었고, 리비아는 잡동사니로밖에 보이지 않는 물건을 소중하게 끌어안고 있었다.

세 사람을 안내하던 크레아레가 내 곁으로 다가왔다.

『마스터, 들어줘! 재보를 발견했어! 마스터 일행은 발견하지 못했겠지만, 우리는 발견했어! 칭찬해 줘, 칭찬해 줘!』

이 자리의 분위기를 파악하지 못하는 건지, 아니면 파악할 생각이 없는 건지.

“애썼네. 자, 방해돼.”

『너무해!』

나는 크레아레를 손으로 밀어젖히고 이쪽으로 다가오는 안제한테 얼굴을 향했다.

“이러면 안제의 승리인가?”

그러나 안제는 아직 승부가 났다고 생각하지 않는 모양이었다.

“이 정도로 승리를 자랑스러워할 수 있을까 보냐. 아무래도 최고의 보물이 잠든 방은 여기인 것 같군.”

모두의 시선이 튼튼한 문으로 보호된 지하 입구로 향했다.

그 후, 판단을 묻기 위해 내게로 시선이 모였다.

모두의 시선에 견딜 수 없어진 나는 머리를 긁적이고는.

“알겠어. 마저 나아가자.”

내가 결단하자 루크시온이 확인을 취했다.

『정말로 괜찮은 겁니까?』

“얼른 끝내고 돌아간다.”

『그렇다면.』

루크시온과 크레아레가 튼튼해 보이는 문에 다가가더니 빨강과 파랑 렌즈에서 레이저를 조사하여 자물쇠를 파괴했다.

질크가 그 광경을 복잡한 표정으로 보고 있었다.

“자물쇠를 열 수단이 있다면 처음부터 써 주십시오. 폭약을 낭비했지 않습니까."

미안하다, 질크.

이번에 루크시온과 크레아레는 최소한의 서포트만 하도록 말해 뒀다고.

열릴 것 같은 문을 보고 있는 안제의 옆모습으로 시선을 향하자, 제법 즐거워 보였다.

데이트했을 때와는 큰 차이군.

그리고 루크시온과 크레아레가 돌아왔다.

『마스터, 문의 자물쇠를 파괴했습니다. 내부로 진입 가능합니다.』

나는 전원보다 먼저 나아가, 그러고 나서 뒤돌아봤다.

"누가 제일 안쪽에 먼저 도착할지 경쟁이라도 할까?"

그러자 모두의 눈빛이 변했다.

왕국 귀족이 아닌 리비아나 노엘, 그리고 카일은 주위의 심상치 않은 분위기에 당혹스러워했다.

안제가 불필요해진 도구를 벗어 바닥에 떨어뜨렸다.

"알기 쉬운 룰이군. 이걸로 누가 승자인지 분명하게 가릴 수 있다."

쓸데없는 도구를 버린 안제를 보고, 다른 사람도 그걸 따라 하여 벗었다.

바닥에 도구가 잇따라 떨어져 시끄러워졌다.

마리에는 이러는 동안에도 나머지를 무시하고 곧바로 앞지르려 들었다.

"1등은 나라구우우우우!!"

"멍청이가."

나는 지지 않으려고 제일 먼저 지하 던전에 들어가려는 마리에를 붙잡았다.

그리고는 그대로 둘러업어 버둥거리는 마리에를 구속했다.

"다들 준비는 됐지? 그럼, 스타트다."

시작을 알리고 나서 가장 먼저 문에 도달한 건 그렉이었다.

"1등!"

그렇게 말하고 무거운 금속 문을 밀어 열자, 그 사이로 질크가 파고 들어갔다.

"일부러 문을 열어 주다니 고맙군요, 그렉 군."

"질크, 너 인마!"

그렉이 문을 연 덕분에 후속 인원이 잇따라 통과했다.

안제는 내 옆에 오더니 멈춰 섰다.

"먼저 가지 않는 건 여유가 있기 때문인가?"

"나한테 유리하면 이긴 뒤에 다들 불평할 거잖아? 그래서 불평도 나오지 않을 방식으로 이겨 주려고."

모두를 앞지르고 재보를 발견했다고 해도, 비겁하니 뭐니 하면서 인정해 주지 않을 테니까.

내 변명이 마음에 들었는지, 안제는 먼저 앞으로 나아갔다.

"잘난 듯이 떠들고 있어라."

안제가 즐거운 얼굴로 달려가는 걸 지켜보고 나자, 나한테 붙잡힌 마리에가 날뛰기 시작했다.

"잠깐! 내려줘! 다른 사람들이 앞서나가잖아!"

한숨을 쉬면서 마리에를 내린 나는 귀엣말하여 주의를 줬다.

"에리카한테 엄마다운 모습을 보여주고 싶다면, 정정당당하게 하라고. 비겁한 수단으로 이기면 자랑할 수가 없잖냐."

마리에는 날 밀어젖히더니 남아 있던 카일과 카라에게 말을 걸었다.

"그런 건 이길 수 있는 녀석들이나 하는 말이잖아. 나 같은 사람은 어떤 수단으로든 기어 올라가서 이길 수밖에 없다구! 둘 다, 가자!"

카일과 카라가 내 옆을 지나쳐 갔다.

"기다려 주세요!"

"마리에 님, 두고 가지 말아 주세요!"

모두가 없어지자 내 옆에 루크시온이 다가왔다.

『서두르지 않으면 정말로 질 겁니다.』

"글쎄, 어떠려나?"

——단순히 속도로 따라잡기는 어려워 보이겠지.

하지만 내게는 유리한 점이 하나 있다.

"잊은 것도 많지만, 꽤 잘 기억하는 것도 있단 말이지."

『게임 지식 말입니까?』

"고성의 상세한 내용은 잊었어도, 이 통로에 관한 건 떠올렸어."

『즉, 재보가 있는 장소도 기억났다는 말이로군요.』

“그렇지.”

『――정정당당하게 승부하는 자세를 보였기에 감탄했더니, 역시 숨겨진 꿍꿍이가 있었던 겁니까. 정말로 마스터는 안 좋은 의미로 기대를 배신하지 않는군요.』

“기대를 배신하면 미안하잖냐. 나는 앞으로도 주위의 기대에 부응할 생각이야.”

『시원시원할 정도로 쓰레기로군요.』

쓰레기, 좋다 이거야.

마지막에 이기는 건 이 나다!

◇

가장 마지막으로 지하 던전에 들어가자, 머릿속에 게임을 플레이했었을 당시의 화면이 떠올랐다.

“여긴 인상적이었단 말이지.”

바닥에는 정사각형 타일이 깔렸고, 벽은 벽돌로 되어 있다.

오른쪽 어깨 부근에 떠서 주위를 비추던 루크시온이 내 이야기에 흥미를 나타냈다.

『뭔가 기억에 남는 이벤트라도 있었습니까?』

“플레이하고 있던 게 밤중이라서 말이지. 그런 시간대에 언데드 계열 몬스터가 나오는 던진을 공략하고 있있으니까 무서워서.”

『역시 무서워하고 있었군요.』

"아니라니까. 밤중이라서 무서웠던 거라고."

기억을 의지하여 통로를 나아갔다.

때때로 전투 소리가 들려왔다. 누군가가 몬스터와 조우한 것이리라.

모두가 몬스터를 쓰러뜨려 준 덕분에 나는 편하게 던전을 나아갈 수 있었다.

그리고 막다른 벽이 가까워졌다.

『막다른 곳── 아니, 비밀 통로입니까.』

"그런 거다."

던전을 공략할 때 고생했던 것이 숨겨진 문의 존재였다.

금수의 고성에는 지하 던전이 여럿 있지만, 재보가 있는 던전은 다른 곳보다 미로가 복잡하게 만들어져 있다.

나도 플레이했을 때는 몇 번이나 같은 장소를 헤맸는데, 짜증이 나서 공략 사이트를 이용했더니 최악의 사실이 적혀 있었다.

입구 근처에 있는 숨겨진 문 안쪽에 재보가 있다, 라고.

끔찍하기 짝이 없는 사실에 당시에는 무심코 게임 패드를 침대에 냅다 던져 버렸다.

장치를 움직이자 막다른 벽이 슬라이드되어 통로가 출현했다.

『확실히 이 사실을 알고 있으면 서두를 필요는 없겠군요.』

"마리에 녀석은 그냥 가버렸지만 말이지. 그 녀석, 이 장치를 아예 몰랐던 것 아닐까?"

마리에는 그 여성향 게임 1탄을 플레이했었지만, 어중간한 상태에서 내팽개쳤다.

애초에 모험 파트에 관심이 없었을 테니까, 복잡한 이 던전의 비밀은 모를 가능성이 크다.

본인은 잊어버린 것뿐이라고 생각하고 있겠지만, 그 모습으로 보건대 모를 터다.

루크시온이 마리에의 대사를 떠올렸다.

『마리에가 불쌍해지기 시작하는군요. 아무리 노력해 봤자, 마스터의 승리는 정해져 있었던 꼴이 아닙니까.』

“그러게. 거기서 내 말을 들었더라면 재보가 있는 장소까지 데리고 가줬을 텐데.”

바보 같은 여동생이다.

그렇게 생각하며 비밀 통로로 들어가자, 뒤쪽에서 여러 명의 발소리가 가까이 다가왔다.

뒤돌아보니 율리우스 일행이 서 있었다.

“찾았다, 리온!”

다섯 바보가 전부 나타난 건 제아무리 나라도 놀랄 수밖에 없었다.

“너희, 어떻게 여기에?!”

크리스가 안경 위치를 검지로 조정하며 입가에 미소를 띠었다.

“지하로 들어가고 나서 잠시 후에 알아차린 게 있다. 어째서 너는 그렇게나 여유를 가지고 있었던 건가, 하고 말이지.”

그렉이 창을 걸머지며 웃었다.

"애초에 여기는 네가 발견한 장소잖아. 뭔가 알고 있어도 이상하지 않지."

어처구니없다는 표정을 지은 브래드가 이마에 손을 대며 날 보고 있었다.

"너는 정말 비겁하군. 정정당당하게 승부하는 모습을 보인 것도, 모든 건 비밀 통로의 존재를 알고 있었기 때문이지?"

내가 한 걸음 뒤로 물러나자, 질크가 미소를 띠며 다가왔다.

"저희도 처음에는 속을 뻔했습니다. 하지만 도중에 떠올린 겁니다. 리온 군이 그런 행동을 할까? 하고 말입니다. 어떻게 생각해도 수상하지 않습니까."

이 녀석들, 날 의심하고 있었던 건가?!

바보니까 쉽게 속을 줄 알았는데, 아무래도 아니었던 모양이다.

너무 많이 속인 탓에 나를 의심하게 되어버렸다.

"칫!"

곧바로 뒤돌아서 뛰기 시작하자, 율리우스 일행도 쫓아왔다.

"놓치지 마라!"

다섯 바보한테 쫓기는 나한테 루크시온이 유쾌하다는 듯이 전자 음성으로 말을 걸었다.

『안젤리카나 리비아, 노엘보다도 율리우스 일행 쪽이 마스터를 잘 이해하고 있었군요.』

이 자식, 이 상황을 즐기고 있는 건가?

“나는 안제랑 리비아, 노엘을 속이려던 생각은 없었다고!”

『이 상황에서 잘도 말하는군요. 그리고, 비밀 통로 건은 너무 심했기에 크레아레한테 알려 뒀습니다. 안젤리카 일행도 이쪽으로 향하고 있습니다.』

“뭐?!”

달리면서 들은 사실에 나는 식은땀이 나오기 시작했다.

이 상황은 곤란하다.

『크레아레한테서 안젤리카의 전언을 맡아 두었습니다. ‘잘도 속였구나’라는 것 같습니다. 재보를 회수한 뒤가 기대되는군요.』

“나는 전혀 즐겁지 않아!”

다섯 바보한테 따라잡히지 않도록 달리고 있자, 비밀 통로를 배회하던 몬스터들이 나타났다.

나는 곧바로 라이플에서 권총으로 바꿔 들고, 몬스터들을 쏴서 연기로 바꾸었다.

하지만 쓸데없는 움직임으로 인해 속도가 떨어져 결국 율리우스와 나란히 달리는 신세가 되었다.

“따라잡았다, 리온!”

“너희, 매복해서 날 기다리다니, 야비하다고!”

“네가 할 소리냐!”

필사적으로 달렸지만 뿌리칠 수는 없었다.

그리고 그리운 트랩이 보이기 시작했다.

타일을 밟으면 함정이 작동하여 벽에서 창이 튀어나오는 장치다.

게임에서는 HP가 깎이는 것만으로 그쳤지만, 현실이라면 최악의 경우 죽는다.

그런 함정을 밟은 건 날 신경 쓰느라 주의력이 산만해진 율리우스였다.

"이 멍청이가!"

율리우스가 타일을 밟는 걸 본 나는 황급히 율리우스의 목덜미를 붙잡아서 같이 자빠졌다.

벽에서 수 자루의 창이 튀어나와 우리 바로 위를 통과했다.

자빠진 율리우스가 처음에 날 노려봤지만, 함정이 작동한 걸 보고 식은땀을 흘렸다.

"미안하다. 덕분에 살았군."

"됐으니까 일어서! 저 녀석들 먼저 갔다고!"

잡아당겨 일으켜 세우고는 앞을 보게 하자, 그 앞에는 율리우스의 젖형제── 어릴 적부터 함께 자라고, 형제 같은 가신으로서 자란 가장 신뢰해야만 할 존재의 뒷모습이 보였다.

"전하, 먼저 실례하겠습니다."

율리우스가 그 뒷모습에 대고 노성을 퍼부었다.

"질크!! 너는 내 젖형제잖냐!"

"젖형제라 할지라도 재보 앞에서는 라이벌입니다!"

"죽을 뻔한 날 저버리고 먼저 가다니!"

"전하라면 극복하시리라 믿고 있었습니다."

변명하며 떠나가는 질크와 다른 녀석들을 쫓았다.

하지만 앞서 달리면 어떻게 해도 몬스터의 방해를 받아 속도가 떨어지기 때문에 따라잡기는 쉬웠다.

그렇게 해서 결국은 여섯 명이 함께 달리게 됐는데, 느닷없이 뒤에서 화살이 날아왔다.

빨간 렌즈를 뒤로 향하며 따라오는 루크시온이 적의 정보를 우리에게 알려줬다.

『활을 든 해골들이군요. 이대로 후방에 남겨 두는 건 위험합니다. 토벌을 권장합니다.』

뒤에서 노려지는 경우는 없애 두고 싶었지만, 그러려면 전원이 멈춰 서서 몬스터와 싸워야 한다.

하지만 지금은 한창 경쟁하는 와중이다.

누군가가 도망쳐 재보를 발견할지도 모른다고 생각하니, 도저히 멈춰 설 수가 없었다.

나는 이를 꽉 악물고는.

“미안. 용서해라, 율리우스.”

“어?!”

내가 율리우스를 넘어뜨렸지만, 나를 포함한 누구도 멈춰 서지 않고 계속 달렸다.

율리우스도 곧바로 일어섰지만, 몬스터들의 공격을 막아내느라 우리와 점점 멀어지기 시작했다.

율리우스가 방패를 들고 우리한테 등을 향하며 소리쳤다.

"너희들 내가 왕자라는 걸 잊은 건 아니겠지?! 여기서 왕자인 나를 미끼로 삼는 거냐?!"

나는 그런 율리우스에게 성원을 보내기로 했다.

"멍청한 자식! 사람 목숨에 왕자고 평민이고 없어!"

"날 미끼로 쓴 네가 할 말이냐!"

해골들을 상대로 싸우는 율리우스였지만, 문제없이 쓰러뜨릴 수 있을 것 같았다.

"율리우스, 네 희생은 헛되이 하지 않을게."

눈물을 닦으며 달리는 우리.

하지만 교차로에 접어들자 또다시 양쪽 옆에서 몬스터들이 나타났다.

이대로 달려 빠져나가면 그냥 넘길 수 있을 것 같지만, 쫓기게 되면 성가셔진다.

누군가 한 명 남아서 상대하면 좋겠지만, 아무도 그런 역할을 떠맡으려 하지 않았다.

정말로 제멋대로인 녀석들뿐이다.

결국 우리가 몬스터들을 그냥 지나친 순간이었다.

질크가 들고 있던 손수건을 일부러 떨어뜨리더니, 큰 목소리로 모두에게 들리도록 외쳤다.

"아앗! 마리에 씨한테서 방금 받은 참인 손수건을 떨어뜨리고 말았습니다! 마리에 씨가, 모두가 무사하기를 기도하며 맡겨 준 부적인데!"

질크가 속이 빤히 보이는 대사를 내뱉었다.

질크가 손수건을 일부러 떨어뜨리는 모습을 본 그렉과 크리스는 질크의 외침을 가볍게 무시했지만, 아무것도 모르는 브래드는 달랐다.

"뭘 하는 거야, 질크!"

마리에가 우리를 위해서라는 말에 낚인 브래드는 떨어지는 손수건을 헤드슬라이딩으로 캐치했다.

그리고 손수건을 본 브래드가 절규했다.

"이건 네놈 거잖아아아아!!"

손수건에 자수로 질크의 이름이라도 들어가 있었던 것이리라.

브레드는 뒤늦게 속았다는 걸 깨달았지만, 이미 몬스터들한테 따라잡힌 후였다.

후방에서 마법 폭발음과 함께, 브래드의 원한 가득한 목소리가 들려왔다.

"너희들 절대로 용서하지 않을 테다아아!!"

이렇게 두 명이 탈락하자, 그렉이 웃었다.

"너희 몫까지 대신 내가 재보를 가져가 주마!"

크리스도 던전 공략에 불타오르고 있었다.

"마지막에 이기는 건 나다!"

체력이 자랑인 두 사람이 나와 질크를 앞질러 갔다.

저 둘을 상대로 단순한 체력 승부로는 불리했다.

문득 질크가 날 봤다.

그 눈동자를 보고 무슨 말을 하고 싶은 것인지 눈치챈 나는 작게 고개를 끄덕였다.

"역시 그렉이랑 크리스는 발이 빠르군. 이대로라면 거리가 벌어지겠어."

"그러게 말입니다. 두 사람 다 마리에 씨를 지키는 믿음직한 전위답군요."

우리 목소리가 들은 두 사람이 귀를 기울이는 기색이 느껴졌다.

우리가 치켜세워 주니 기분이라도 좋아진 것이리라.

하지만, 여기서부터다!

"믿음직한 전위라. 그럼 둘 중에는 어느 쪽이 강하지? 역시 크리스인가? 검호의 칭호도 있고. 가장 의지가 되는 남자잖아?"

내가 크리스를 치켜세우자, 질크는 반대로 그렉을 치켜세웠다.

"무슨 말을 하는 겁니까? 그렉 군이야말로 제일입니다. 실전으로 단련된 그의 창 솜씨에 몇 번이나 도움을 받지 않았습니까."

"아니, 크리스잖아?"

"그렉 군입니다. 몬스터라도 나오면 금방 알 수 있을 텐데 말이죠."

우리가 달리면서 대화하는 걸 크리스와 그렉은 말이 없이 듣고 있었다.

달리면서 무리하여 대화했기에 호흡이 괴로웠다.

역시 너무 노골적이었나 하고 속으로 혀를 찬 순간, 눈앞에 몬스터 집단이 나타났다.

억지로 밀어제치고 앞으로 나아가는 수밖에 없을 것 같았다. 그러나.

"마리에를 지키는 최강의 기사는 나다아아아!"

갑자기 크리스가 몬스터들에게 달려들었다.

그걸 본 그렉도 무시하지 못하고 몬스터들에게 덤벼들었다.

"헛소리 지껄이지 말라고! 마리에가 가장 의지하는 건 이 나다! 그렇지, 너희들!"

창으로 몬스터를 한 번 찔러 쓰러뜨린 그렉이 우리의 의견을 구했다.

하지만 그때쯤에는 이미 우리는 앞서나가고 있었다.

나와 질크는 둘에게 손을 흔들어 줬다.

"힘내라고!"

"두 사람 모두, 다루기 쉬워서 큰 도움이 됐습니다."

몬스터에게 둘러싸여 움직이지 못하는 크리스와 그렉은 그제야 속았음을 깨닫고 절규했다.

"우리를 속였구나아아아!!"

"절대로 용서하지 않겠다!!"

이리하여 남은 건 나와 질크 둘이다.

질크가 내게 미소 지었다.

"리온 군, 이대로 저희가 경쟁해 봤자 무의미합니다. 차라리 협력하여 재보를 손에 넣지 않겠습니까? 공동 1위라는 것으로."

질크의 제안에 나는 응하기로 했다.

“여기까지 와서 경쟁해 봤자 좋을 게 없긴 하지. 어이쿠, 이 앞은 갈림길이다. 루크시온, 재보가 있는 쪽은 어디지?”

『――곧바로 표시하겠습니다.』

달리면서 루크시온에게 묻자, 우리 눈앞에 공중에 투영된 화살표가 출현했다.

그 화살표가 가리키는 방향은 Y자로 된 통로의 왼쪽이었다.

그걸 확인한 질크가 달리는 속도를 높이더니, 들고 있던 도구를 던졌다.

도구가 파열되고 거기서 왼쪽 통로를 막는 것처럼 얼음이 출현했다.

투명한 얼음벽에 막혀, 나는 이 이상 앞으로 나아갈 수 없었다.

“빙결계 마도구인가?!”

통로가 막히고, 그 안쪽에 있던 질크는 이쪽을 보며 손을 흔들었다.

“일부러 알려주셔서 감사했습니다. 재보는 제가 먼저 확보해 두겠으니, 모두와 같이 나중에, 나중에! 오십시오. 기다리고 있지요.”

그렇게 말하고 크게 웃으며 안쪽으로 떠나갔다.

그 모습을 바라보던 루크시온은 표시했던 화살표를 회전시켜 오른쪽을 가리키게 했다.

그렇다. 즉, 왼쪽에 재보가 있다는 건 거짓말이다.

단순히 막다른 곳이다.

"잘했다, 루크시온."

『일부러 저한테 묻지 않더라도, 마스터는 이 던전을 기억하고 계셨으니까 말이지요. 반대쪽 길을 알려주도록 유도하고 싶은 거라고 판단했습니다. 그것보다도, 처음부터 질크가 배신할 걸 의심하신 겁니까?』

의심해? 그건 아니다.

"아니, 그건 아니야. 나는 저 녀석을 믿고 있었어. ──반드시 배신할 거라고 말이지."

질크라면 중요한 국면에서 반드시 배신하리란 믿음이 있었기에, 일부러 루크시온과 한바탕 연극을 벌인 것이다.

하지만 사전에 상의하지 않았음에도 불구하고 루크시온도 잘 대응해 주었다.

『끔찍한 믿음이군요.』

"진짜로 말이다. 인간, 저렇게는 되고 싶지 않네."

남을 배신하다니 최악이다.

내가 질크의 행동에 기막혀하며 어깨를 으쓱이는 모습을 루크시온이 빨간 외눈으로 물끄러미 쳐다봤다.

『──마스터한테도 적용되는 말입니다만? 여기까지 계속 배신해 왔었지요?』

"나는 오해받기 쉬운 남자란 말이지. 이렇게나 성실한데도."

농담하며 걷기 시작하자 루크시온도 따라왔다.

『확실히 마스터는 자신의 이익에만 성실하지요. 타인에게도 좀 더 성실해져야 하지 않겠습니까?』

“나는 너한테까지 오해받아서 슬퍼.”

『웃으면서 그런 말을 한들 설득력이 없군요.』

그렇게 정답인 오른쪽으로 나아가자, 재보가 있는 방이 보이기 시작했다.

그런데, 분위기가 이상했다.

무언가가 문 너머에 존재하는 듯한 기척이 있다.

낮은 신음 같은 것이 들려오고 있었다.

『——마스터, 성가신 적 몬스터의 반응을 확인했습니다. 재보를 지키는 보스가 있다고는 듣지 못했습니다만, 잊고 계셨던 겁니까?』

나는 천천히 고개를 가로저었다.

“아니, 게임에 그런 건 없었어. 매번 재보를 회수하고 그걸로 끝이었으니까.”

『마스터가 잘못 기억하고 있는 것 아닌지?』

“그건 아니야. 분명히 없었어. 애초에—— 아니, 잠깐 기다려 봐. 지금 몇 시지?”

『벌써 19시가 지났군요. 바깥은 해가 저물어 어두워졌을 터입니다.』

나는 문으로 시선을 향하고, 들고 있던 라이플이나 권총의 잔탄을 확인했다.

“밤이 되면 언데드의 활동이 활발해진다고 했던가?”

게임에서는 매번 주간에 공략했었으니까, 밤에 금수의 고성이 어떻게 되어 있는지를 알 수는 없었다.

단순히 그 여성향 게임과는 다른 건지, 그게 아니면 밤에만 나타나는 건가?

어느 쪽이건, 싸우는 것에 변함은 없다.

루크시온이 내 행동을 보고 의외라는 듯이 말했다.

『싸우실 겁니까? 율리우스 일행이 도착하기를 기다려 도전하는 편이 안전하게 승리할 수 있을 겁니다.』

"기껏 따돌리고 왔는데, 마지막에 따라잡히면 분하잖아?"

『정말로 자신의 감정에는 성실한 분이로군요.』

"자기 마음에는 거짓말을 하지 않겠다고 정했으니까 말이지."

멋있는 대사를 말해 버렸군.

하지만 루크시온은 납득하지 않았다.

『이전에는 '어른은 자기 마음에 거짓말하는 게 능숙하다. 그러니 나는 어른'이라고 말했었지요. 어라? 저번과는 거꾸로군요.』

"인공지능은 임기응변이 부족한 게 문제구만. ――자, 그럼 슬슬 갈까."

준비를 끝낸 나는 문으로 가까이 다가가 왼손으로 문을 밀고 안으로 들어갔다.

제08화 「고성의 주인」

안제 일행은 크레아레의 인도를 받아 지하 던전 통로를 달리고 있었다.

크레아레는 파란 렌즈를 점멸시키더니, 재보가 있는 곳까지의 최단 루트를 산출해 냈다.

『이쪽이야!』

몇 번이나 멀리 돌아서 가는 코스였으나, 그 덕분에 쓸데없는 전투를 피할 수 있었다.

안제가 뒤쪽으로 힐끔 시선을 향하자, 계속 달려서 숨이 찼는지 노엘이 상당히 괴로워하고 있었다.

재활 훈련이 끝나고 어느 정도 시간이 흘렀지만, 체력이 완전히 회복되지는 않았다.

또한 안제와 같은 왕국 귀족에 비하면 아무래도 기초 체력이 부족할 수밖에 없었다.

어릴 적부터 단련해 온 안제와 차이가 나는 게 당연했다.

그리고 또 하나 문제가 있으니, 바로 리비아였다.

"더, 더는 무리예요."

리비아는 노엘보다도 호흡이 흐트러져, 괴로워하고 있었다.

안제는 속도를 낮춰 걷기 시작했다.

'이대로는 둘이 낙오하겠군.'

자기 혼자라면 아직 달릴 수 있지만, 두 사람은 한계에 도달한 상태였다.

"휴식이다. 크레아레, 어딘가 쉴 수 있는 장소가 있나?"

안제가 휴식하자고 제안하자, 리비아와 노엘이 휘청휘청하며 벽에 다가가 몸을 기댔다.

그 모습을 보고 있던 크레아레는 귀찮다는 듯이 말했다.

『여기면 괜찮아. 가까이에 적은 없고, 함정도 없어. 그래도 시간을 낭비했으니까 또 경로를 재계산해야만 하겠네. 그리고, 노엘이야 어쨌건 리비아는 체력이 너무 없는 거 아니야?』

흐트러진 호흡을 가다듬는 리비아는 괴로워 보이는 표정으로 변명했다.

"저, 저는 인도어—— 파, 라서."

그럴 마음이 들면 몇 시간이든 집중해서 공부할 수 있지만, 밖에서 뛰어다니는 건 힘들었다.

안제가 이마에 손을 올리고 난처한 듯이 웃었다.

"그러니까 단련해 두라고 말한 거다. 체력은 모험의 기본이라고."

이 정도는 당연하다고 말하는 안제에게, 땀범벅인 노엘이 반론했다.

"나도 공화국에서는 체력이 있는 편이었지만, 왕국 사람들은 이상해. 벌써 몇 킬로미터나 달렸는데, 전혀 지친 기색이 없어."

이게 단순히 달리기만 할 뿐이라면 노엘이나 리비아도 더 달릴 수 있었을 것이다.

하지만 지금은 몸을 지키기 위한 방어구를 착용하고, 무기도 들고 있었다.

던전 탐사에 필요한 도구도 더하면 상당한 중량이 된다.

노엘은 무게추를 짊어지고 몇 킬로미터나 달리고도 지친 기색이 없는 안제가 믿기지 않았다.

숨을 헐떡이며 괴로워하는 듯한 둘을 보고 안제는 의아하다는 듯이 말했다.

"이 정도로 지쳐서야, 모험가는 할 수 없다."

"분명 이상하대도!"

둘의 호흡이 안정되자 안제는 걸으면서 이동하기 시작했다.

세 사람은 자연스럽게 리온의 불평을 늘어놓기 시작했다.

안제는 여전히 웃는 얼굴이었지만, 비밀 통로 건으로 화내고 있었다.

"정말로 곤란한 녀석이군. 겉으로는 정정당당하게 겨루는 척하면서 뒤로 승리를 갈취하려 들다니. 정말 감쪽같이 속았다."

리비아도 마찬가지로 불만을 늘어놓았다.

"덕분에 안쪽까지 헛걸음한 것도 모자라, 비밀 통로가 있다는 말을 듣고 길을 되돌아오는 꼴이 되었잖아요."

운동이 서툰 리비아는 쓸데없이 달리게 된 게 불만이었다.

노엘도 리비아와 비슷한 심정이었지만, 헛걸음보다는 리온의 태도가 더 불만이었다.

“그렇게 정정당당하게 겨룰 것처럼 굴더니 다 거짓말이었잖아! 우리한테 핸디캡을 주겠다는 듯 여유까지 보여줬으면서! 그런데 비밀 통로라니, 뭐야 그게?!”

그러자 떠드는 세 사람이 재미있다는 듯 보고 있던 크레아레가 대화에 끼어들었다.

『마스터는 약혼자가 상대라도 봐주질 않네.』

안제는 그 말에 부드럽게 웃으며 말했다.

“아무래도 내가 그 녀석의 진심을 얕본 것 같다.”

이런 상황에 안제가 웃으며 말하는 게 이상했는지 크레아레가 의아하다는 듯이 물었다.

『속은 것 치고는 기뻐 보이는데? 왜 웃는 거야?』

“녀석이 진심이기 때문이다.”

뻔뻔하게 비밀 통로의 존재를 숨기고 있던 게 황당할 뿐이지, 엄연히 승부에서 이기려고 짠 책략이다.

이건 그만큼 리온이 이 대결에 진지하다는 의미이다. 안제는 그 사실이 기뻤다.

“리온은 항상 날 감싸며, 마치 공주님처럼 곱게 다루려고 했다.”

『그게 싫었던 거야?』

“글쎄, 어떠려나? 그것도 기쁘기는 했다. 하지만 중요한 상황에서 보고만 있자니 나는 정말 리온에게 필요한 건지 의심이 들었다. 오히려 내가 없는 편이 평온하게 살 수 있는 게 아닐까 싶을 때도 있었지."

뒤따라오던 리비아가 마음이 약해진 안제를 야단쳤다.

"그렇지 않아요! 안제는 혼자서 너무 끌어안고 있어요. 리온 씨가 평온하게 살 수 없는 건──."

리온이 평온하게 살 수 없는 이유를 아는 리비아는 마지막 부분을 말하는 것을 주저했다.

두 사람이 입을 다물어 버리자 침묵이 계속되었고, 그에 견디다 못한 노엘이 뒤이어 이야기했다.

"뭐, 리온은 참견쟁이니까. 그 참견 덕에 나도 여기 있는 거지만."

리온이 평온하게 살지 못하는 건 본인이 참견쟁이기 때문이다.

만약 남을 무시하고 오로지 자신의 안전만을 추구했다면 영웅이 되지는 않았을 것이다.

하지만 리온이 그런 사람이었다면 여기 세 사람을 비롯해 그 많은 이들과 친해질 일은 없었으리라.

안제는 본심을 토로했다.

"나는 그 녀석을 방해하고 싶지 않다. 그저 행복하길 바랄 뿐인데, 내가 곁에 있으면 계속 무의미한 싸움에 말려든다."

리온은 자기 입으로 늘 그런 싸움에 엮이고 싶지 않다고 말했다. 안제는 이걸 존중해주고 싶었다.

더구나 지금 리온은 정신적으로 막다른 곳에 몰려 있었다.

노엘이 리비아에게 시선을 향했다.

“——약, 안 줄였지?”

리비아가 작게 고개를 끄덕이고는 크레아레 쪽을 봤다.

“유학에서 돌아왔을 때부터 변하지 않았어요. 그렇지, 아레아?”

하지만 크레아레는 대답하지 않았다.

『그 질문에 대한 회답은 마스터가 금지했어.』

조금 전까지의 까불거리는 태도와 다르게, 몹시 담담한 어조였다.

크레아레의 마스터는 리온이기에 그의 지시를 우선하는 게 당연했다.

세 사람이 한동안 말이 없었다.

크레아레한테 인도를 받으며 나아가자 어느샌가 비밀 통로로 들어왔는지 율리우스 일행의 전투 소리가 들려왔다.

안제가 라이플을 손에 들었다.

“아군끼리 쏘는 사태는 피해야 해. 만에 하나라도 당황해서 공격하지는 마라.”

어둑어둑한 통로를 나아가고 있기에 총을 쏘면 아군이 맞을 위험이 있다.

리비아와 노엘이 고개를 끄덕이자, 크레아레의 파란 렌즈가 점멸했다.

『——우회해서 안쪽으로 가는 경로가 있어. 따라와.』

앞서 나아가는 크레아레를 따라가는 세 사람.

이따금 전투 소리에 섞여 남자들이 외치는 소리가 들려왔다.

때때로 "그 자식들 절대로 용서하지 않겠어!"라는 목소리가 들려왔다.

안제 일행이 그대로 나아가자 얼음으로 막힌 통로를 발견했다.

리비아가 얼음에 가까이 다가갔다.

"이거, 무슨 장치 같은 걸까요? 이 너머에 재보가 있다든가?"

봉쇄된 통로가 신경 쓰이는 리비아한테 크레아레가 무시하라고 말했다.

『아, 그건 그냥 질크가 막은 거야. 신경 쓰지 말고 전진하자.』

질크의 이름이 나오자 노엘이 고개를 갸웃했다.

"질크 씨가? 왜?"

노엘이 고개를 갸웃하자, 안제가 어이없다는 얼굴로 대신 대답했다.

"보나 마나 여기에 재보가 있다고 착각해서 저질렀겠지. 녀석은 교활한 구석이 있으니."

리비아도 비슷한 의견이었다.

"1학년 때부터 변하질 않네요."

성큼성큼 앞을 나아가는 두 사람 뒤를 노엘이 따라갔다.

"평범한 사람 같지는 않았지만…… 그 정도야?"

노엘이 묻자 리비아가 무표정한 얼굴로 질크의 악행을 이야기하기 시작했다.

"결투를 앞두고 태연하게 상대 갑옷에 몰래 폭탄을 설치하는 사람이에요. 그 이외에도 일방적으로 약혼을 파기하고 만나주지 않는다든가, 잔뜩 있어요."

"……생각보다 지독한 사람이었네."

노엘도 공화국에서 마리에를 곤란하게 만드는 질크의 모습을 본 적이 있지만, 리비아에게 들은 이야기는 그 이상이었다. 노엘은 완전히 질색했다.

안제도 무표정한 얼굴로 질크를 평가했다.

"다섯 명 모두 문제아지만, 그 녀석만은 웃어넘길 수 없는 쓰레기인 게 분명하다."

질크의 화제가 끝날 무렵 세 사람은 수상한 문 앞에 도착했다.

문이 이미 열려 있어서 세 사람은 안쪽을 엿볼 수 있었다.

전체적으로 어둑한 지하인데도 그 방은 황금으로 뒤덮여 반짝반짝 빛나고 있었다.

방 그 자체가 이미 재보나 마찬가지였다.

그러나 세 사람은 기뻐할 상황이 아니었다.

안제가 놀라 소리쳤다.

"리온, 괜찮나?!"

세 사람과 크레아레는 급히 방 안으로 뛰어들었다.

리온은 방 안쪽에서 언데드 계열 몬스터를 상대하고 있었다.

동물의 두개골 같은 머리에 검은 로브를 걸쳤고, 몸통과 비교해 손이 크고 길었으며 특이하게도 금색으로 물들어 있었다. 하반신은 없었고 상체만 허공에 떠 있었지만, 그것만으로도 크기가 3m는 되어 보였다.

적은 넓은 방을 이리저리 날아다니고 있었다.

안제 일행이 도착한 걸 알아차린 리온은 몹시 미묘한 표정을 지었다.

◇

재보를 지키는 보스 몬스터를 상대하고 있자, 다섯 바보보다도 먼저 안제 일행이 들어왔다.

안제의 얼굴을 본 순간, 시간을 너무 끌었다는 생각과 동시에 비밀 통로를 속인 걸 혼나지 않을까 하는 불안이 뒤섞였다.

라이플을 든 안제가 즉각 날아다니는 보스 몬스터를 향해 방아쇠를 당겼다.

보스 몬스터는 탄환을 피해 기둥 뒤로 몸을 감추었다.

모든 것이 황금으로 만들어진 이 방 한가운데에는 옥좌가 놓여 있었다.

지하실에 옥좌를 두는 의미가 있나 싶지만, 어쨌든 저 옥좌가 이곳이 내가 찾던 장소라는 것을 증명하고 있었다.

다만 게임 속 풍경은 다른 통로와 마찬가지로 어둑어둑한 느낌이었다. 이렇게나 금으로 번쩍이는 장소가 아니었다.

내가 그런 생각을 하고 있으니 리비아가 내게 다가왔다.

"리온 씨, 다치신 데는 없으신가요?!"

"문제없어."

노엘도 내 곁에 오더니, 기둥에 달라붙은 채 숨어서 이쪽 상황을 살피는 보스 몬스터를 올려다봤다.

"어째 강해 보이네. 쓰러뜨릴 수 있어?"

혼자서 재빠르게 쓰러뜨렸으면 좋았겠지만, 유감스럽게도 나 혼자서는 쓰러뜨릴 수 없었다.

그다지 불리한 상황은 아니었지만, 녀석을 상대할만한 장비를 가져오지 않으면 진전이 없을 것 같았다.

"이대로는 조금 어려우려나? 이럴 줄 알았으면 샷건을 들고 올걸 그랬군."

그러자 루크시온이 '그거 봐라!' 하듯이 추근추근 날 타박했다.

『어떤 무기를 가져갈지 물었을 때, 저는 분명 샷건을 권장했습니다만.』

"그때는 필요 없을 줄 알았지!"

그 여성향 게임에서 이곳을 공략할 때도 샷건은 그다지 사용하지 않았다.

루크시온과 옥신각신하고 있자, 보스 몬스터가 기둥에서 뛰쳐나와 우리를 덮쳤다.

안제가 다시 라이플로 대응했지만 한두 발 정도로는 끄떡하지 않는지, 총알이 명중한 곳에서 연기가 조금 날 뿐이었다.

"칫!"

가지고 있던 수류탄형 마도구를 지면에 던지자, 안에 들어있던 정화된 성수(聖水)가 수증기로 변해 주변으로 퍼졌다.

그걸 본 보스 몬스터는 우리한테서 거리를 벌렸다.

안제는 내게 다가오며 익숙한 움직임으로 탄환을 재장전했다.

"성수인가? 몇 개나 남았지?"

벨트를 만져 남은 수를 확인해 보니 하나밖에 남아 있지 않았다.

"앞으로 하나."

안제는 보스 몬스터한테서 시선을 떼지 않은 채, 내게 쓰러뜨릴 방법을 상담했다.

"흩어져서 계속 공격할까?"

"남은 탄환이 별로 없어. 애초에 리비아와 노엘은 사격이 서툴고."

리비아와 노엘은 사격술이 뛰어나다고 할 수는 없었다.

억지 부려 강행하는 건 미련한 짓 같아서 퇴각을 생각하고 있자니 노엘이 내 등을 가볍게 두드렸다.

"나한테는 이게 있어."

고개를 돌리자, 노엘이 손에 든 나뭇가지와 나뭇잎을 보여주었다.

이게 뭔지는 물어볼 필요도 없었다.

노엘이 가지고 있었으니 보나 마나 성수(聖樹)와 관련된 물건일 거다.

"설마, 묘목에서 뜯었어?"

"아니야! 떨어져 있던 나뭇가지를 주운 거라고! 잎은 유메리아 씨한테 부탁해서 떼어 달라고 했지만."

유메리아 씨가 잎을 떼서, 카일을 통해 노엘에게 전달한 모양이다.

"그런 것도 쓸 수 있어?"

"물론, 이래 보여도 무녀니까! 그보다 리온도 쓸 수 있지 않아? 너, 자기가 수호자라는 걸 잊고 지내는 건 아니지?"

수호자라고 한들 대단한 이점도 없고, 난 솔직히 오른손에 이상한 멍이 생겼을 뿐이라고 생각했다.

"사실, 쓰는 방법을 모른단 말이지."

"네가 수호자가 될 수 있었던 게 정말이지 신기하네."

일단 노엘은 공격 수단을 가지고 있는 모양이다.

마지막으로 남은 한 명…… 리비아 쪽을 힐끔 보니 뺨을 부풀리고 있다.

"저도 문제없어요! 리온 씨는 제 특기가 마법이란 걸 잊고 계시지 않나요?"

"그랬었지요……."

이야기가 정리되자 안제가 지시를 내렸다.

"그러면 사방으로 흩어져서 공격한다. 위험해지면 곧바로 누군가와 합류해라."

전원이 고개를 끄덕였고, 우리는 흩어져서 공격을 개시했다.

가장 먼저 움직인 건 노엘이었다.

"성수, 힘을 빌려줘!"

노엘이 가지고 있던 나뭇가지를 던지자 공중에서 부풀어 순식간에 거대한 넝쿨처럼 변하더니 꾸불거리며 움직여 보스 몬스터를 휘감았다.

"좋아!"

노엘이 주먹을 꽉 쥐며 좋아하기를 잠시, 보스 몬스터가 거대한 나뭇가지를 만지자 나뭇가지가 순식간에 금색으로 물들기 시작했다.

"그건 반칙이잖아!"

노엘의 절규와 동시에 나뭇가지가 금덩어리로 변해 산산이 조각났다.

결국 대단한 활약은 없었지만, 그래도 시간 벌이로서는 충분했다.

"됐어요!"

노엘과 떨어진 곳에서 리비아는 적을 향해 마법진을 두 개 만들더니, 한쪽에서는 불꽃을, 다른 한쪽에서는 바람을 뿜어냈다. 불꽃은 바람을 타고 보스 몬스터를 집어삼켰다.

"저런 마법이 있었던가? 난 모르는데?"

내가 그런 소리를 하자 곁에 있던 루크시온이 해설해 주었다.

『특수한 마법을 쓴 게 아니라 두 마법을 조합한 것 같습니다. 마력 소비를 아끼면서 위력을 높인 고등 기술이군요.』

와~, 굉장해.

나는 감탄하면서 보스 몬스터를 향해 라이플의 방아쇠를 당겼다.

화염에 뒤덮인 보스 몬스터는 천장을 향해 입을 크게 벌리고 기분 나쁜 비명을 지르며 몸부림쳤다.

결국 화염에서 벗어나고 싶었는지, 보스 몬스터가 공격을 피해 추락하듯 바닥으로 내려와 나자빠졌다.

"놓치지 않는다!"

안제가 왼손을 앞으로 내밀고 벌렸던 손을 꽉 쥐며 소리쳤다.

그 순간 보스 몬스터가 자빠진 바닥이 붉게 빛나며 거대하고 복잡한 마법진이 나타나더니 천장까지 닿는 화염 기둥을 토해냈다.

보스 몬스터는 바닥에서 치솟는 화염에 밀려 올라가, 천장에 충돌했다.

안제는 보스 몬스터를 보며 말했다.

"업화의 기둥이다. 언데드인 너한테는 치명적일 테지?"

대답은 돌아오지 않지만, 안제도 대답을 바라지는 않았다.

화염 기둥이 사라지자 보스 몬스터가 바닥에 떨어졌다.

보스 몬스터가 바닥에 손을 짚고 일어서려 했다.

안제가 곧바로 라이플을 들어 방아쇠를 당겼지만, 보스 몬스터는 총을 맞고도 여전히 사라질 낌새가 없었다.

그 모습을 보고 안제가 중얼거렸다.

"끈질기군."

리비아도 다시 마법을 준비하기 시작했고, 노엘도 성수의 잎을 들고 뭔가를 준비하고 있었다.

내가 그 광경을 쳐다보고만 있자, 루크시온이 어이없다는 듯이 말했다.

『왜 그냥 보고만 있는 겁니까?』

"아니── 다들 강하구나 싶어서."

나는 아직 마음속 어딘가에서 안제와 리비아, 노엘을 지켜야 할 연약한 존재라고 생각했던 걸까.

이렇게 씩씩한, 용맹한 모습을 보니 내가 지키려 나서는 게 오지랖으로 느껴졌다.

이 세 사람은 나 같은 게 없어도──.

『마스터.』

──생각에 잠겨 있던 중 이름을 부르는 소리에, 퍼뜩 고개를 들었다.

나는 고개를 저어 생각을 쓸데없는 털어내고 의식을 보스 몬스터로 향했다.

"미안하지만 여기서 쓰러트리겠다."

다시 날아오르려는 보스 몬스터에게 성수 폭탄을 던지자 폭탄이 파열하며 안개가 퍼졌다. 안개로 변한 성수가 보스 몬스터의 표면을 침식했다.

나는 라이플을 바닥에 두고 적을 향해 달리면서 허리에 찬 검을 뽑았다.

루크시온이 날 위해서 다른 녀석들에게 나눠준 것보다 세심하게 만든 검이었다. 물론 위력도 그만큼 더 뛰어났다.

내가 보스 몬스터에 접근하자 놈이 금색 손을 뻗쳐 왔다.

그러자 노엘이 들고 있던 잎을 던져 날 지원했다.

“그렇겐 안 되지!”

나뭇잎은 노엘의 의사에 따라 보스 몬스터를 향해 날아가더니, 나뭇잎이 몬스터에 닿은 순간 나무뿌리나 넝쿨이 나타나 보스 몬스터를 휘감았다.

보스 몬스터는 곧장 넝쿨을 뜯어냈지만, 그 탓에 빈틈을 보이고 말았다.

“고마워!”

나는 노엘에게 감사하며 곧장 보스 몬스터를 밟고 올라타 녀석의 머리에 검을 꽂았다.

제아무리 보스 몬스터라도 이 검은 버틸 수 없었는지, 검이 박힌 부분에서 연기를 뿜어냈다.

이윽고 몬스터의 몸이 차츰 허물어지더니, 끝에는 연기가 되어 사라졌다.

“휴~, 겨우 쓰러트렸네.”

내가 안도의 한숨을 내쉬고 있자 뒤에서 안제의 목소리가 들려왔다.

“어이, 뭔가 이상하다!”

안제의 말대로였다.

눈부시게 반짝이던 방과 옥좌가 고성의 주인이 쓰러지자마자 지하 통로처럼 칙칙한 색으로 바뀌었다.

내가 게임에서 봤던 바로 그 광경이었다.

그 광경에 안제가 실망했다.

"겉보기로만 그럴듯하게 꾸며놨다는 건가? 이 무슨……."

커다란 방 하나가 정말로 금덩어리로 되어 있다면, 가치가 상당했을 것이다.

하지만 아쉽게도 보스 몬스터와 함께 모든 것이 사라지고 말았다.

어깨를 푹 떨구며 아쉬워하는 안제에게 노엘이 다가가 말을 걸었다.

"다들 상처 없이 무사하니까, 좋게 생각하자."

"재보를 갖고 싶었는데……."

의기소침한 안제와는 반대로 리비아 쪽은 흥미가 생겼는지 흥분한 상태였다.

"몬스터가 이 방을 금으로 바꿨던 걸까요? 만약 그렇다면 굉장하네요. 지금까지 들어본 적도 없어요."

나는 세 사람을 내버려 두고 옥좌 뒤쪽으로 향했다.

게임에서는 이곳에 보물상자가 있었는데…….

"관……?"

어째서인지 옥좌 뒤에는 상자 대신 관이 놓여있었다.

내가 당혹스러워하자, 안제와 리비아, 노엘이 다가왔다.

"이 던전에 어울리는 보물상자로군. 열어 볼까."

"어?! 이걸 열려고?! 안 무서워?!"

내가 허둥대자 리비아가 턱에 손을 대며 말했다.

"뭐가 나올지 모르는 건 무섭지만, 만약 누군가의 유해가 있다면 실례가 아닐까요?"

그러자 노엘이 크레아레한테 시선을 향했다.

"안에 뭐가 있는지 알 수 있어?"

『반응으로 보건대 귀금속이네.』

그 말을 듣고 안제는 관에 손을 댔다.

"그럼 연다."

역시 안제는 거침이 없었다. 나는 천벌을 받을 것 같아 꺼려지는데 말이지.

열린 관 안에 든 내용물을 보고, 나는 눈이 휘둥그레졌다.

"이거, 진짜 사람은 아니겠지?"

관 안에는 기도하는 것처럼 배 위에서 손깍지를 끼고 눈을 감은 여성의 모습을 한 황금 조각상이 들어있었다. 마치 당장이라도 눈을 뜰 것만 같은 정교함이었다.

조각상 주위는 금과 은, 보석으로 만든 꽃이나 장식으로 꾸며져 있었다.

마치 정말로 아름다운 여성이 잠들어 있는 듯했다.

루크시온이 빨간 렌즈를 점멸시키며 조각상을 해석했다.

『황금입니다. 사람이 아닙니다.』

"그 보스 몬스터의 손에 닿아서 황금으로 변해 버린 걸지도 모르잖아."

『그렇다면 몬스터를 쓰러트렸을 때 원래대로 돌아왔을 겁니다.』

"아니, 그야 그렇겠지만 생긴 게 너무 진짜 같아서……. 그 말 두개골 보스는 혹시 이걸 지키고 있었던 건가?"

『몬스터에 그러한 습성이 있다고 보기는 어렵습니다. 또한 그 머리뼈는 말이 아니라 당나귀입니다.』

"당나귀?!"

철석같이 말인가 뭔가라고 생각하고 있었는데.

내가 혼자서 무서워하고 있자, 안제 일행 세 명에 더해 크레아레의 시선이 내게 향했다.

안제가 허리에 손을 대고는 날 보며 웃었다.

"의외로군. 전부터 그렇지 않을까 하고 의심은 했다만, 리온에게도 무서운 것이 있는 모양이다."

리비아가 손바닥을 맞대며 날 보고 미소 짓고 있다.

"리온 씨도 귀여운 면이 있네요."

노엘도 의외라는 듯 웃으면서 날 놀려 댔다.

"몬스터는 팍팍 쓰러뜨리는데 말이지. 무서우면 오늘 밤에 같이 자 줄까?"

세 사람 다 나한테 가차 없어지지 않았나?

"세 사람 모두 내게 너무하지 않아?"

어째서 이렇게나 오늘은 나한테 가차가 없는 거지?

그 답을 알려준 건 크레아레였다.

『숨겨진 문이나 비밀 통로로 속으면 그야 화가 나겠지. 오히려 이 정도로 용서받았으니, 마스터는 사랑받고 있는 거야!』

인공지능까지 날 놀리는 건가?

내가 모두한테서 고개를 돌리자, 문 쪽에서 사람이 다가왔다.

너덜너덜해진 율리우스 일행이었다.

"——리온, 나한테 하고 싶은 말은 없나?"

인상을 쓰며 나타난 율리우스를 비롯한 다섯 바보는 나한테 몹시 큰 원한을 품은 것처럼 보였다.

아무래도 화내고 있는 듯하다.

"하고 싶은 말? 아아, 그런가."

다섯 명에게 무슨 말을 해주면 좋을지 떠올라, 나는 손을 모으고 귀엽게 혀를 내밀었다.

"너희들이 미끼가 된 덕분에 이렇게 재보를 손에 넣었어. 고맙다."

그러자 머리카락이 흐트러진 질크가 날 손가락질했다.

"이 비겁자! 절 속였군요!"

"먼저 배신한 건 너잖아."

정론을 말하자 다섯 바보 중 질크를 제외한 네 명이 질크를 에워쌌다.

질크가 시치미를 뗐다.

"왜 그러시죠? 절 속인 리온 군에게 다 같이 철퇴를—— 크헥?!"

브래드의 주먹이 질크의 얼굴에 박혔다.

옷 일부가 찢어진 브래드는 쓰러진 질크의 얼굴에 너덜너덜한 손수건을 떨어뜨렸다.

"질크, 네가 우리한테 무슨 짓을 했는지 잊었냐? 리온도 괘씸하지만, 너도 배신자인 건 마찬가지야."

손가락을 뚝뚝 꺾는 그렉의 눈썹 끝은 파르르 떨리고 있었다.

"우리를 속여서 경쟁시켰겠다?"

크리스는 깨진 안경을 벗고 몹시 차가운 시선으로 질크를 쳐다봤다.

"리온도 용서할 수 없지만, 나는 너도 용서할 수 없다."

다들 질크의 배신에 화를 냈다.

이 녀석 때문에 큰 위업을 놓쳤으니까.

그리고 배알이 뒤틀리는 심정을 겪은 남자가 한 명.

"너희 모두, 가장 먼저 날 배신한 걸 잊었나?"

율리우스가 무시무시하게 낮은 목소리로 말하며 우리를 봤다.

가장 먼저 미끼가 된 율리우스가 보기엔 우리 전부가 적일 것이다.

그래서 나는 말했다.

"너희의 우정도 재보 앞에서는 덧없구만. 동료끼리 싸우다니, 추하네~."

내가 낄낄 웃자, 다섯 명이 무기를 손에 들고 내게 다가왔다.

율리우스가 대표해서 입을 열었다.

"그렇군. 그러면 우선 널 너덜너덜하게 두들겨 팬 뒤에 우리끼리 싸우도록 하지."

다가오는 율리우스를 앞에 두고, 나는 어깨를 으쓱였다.

"바보 자식. 이쪽에는 안제하고 리비아, 노엘이 있다고. 다들, 도와줘!"

내가 뒤돌아서 도움을 요청했지만, 안제는 내 목소리가 들리지 않는다는 듯 루크시온과 대화를 이어갔다.

"조금 아깝다는 생각이 든다만, 녹이지 않으면 쓸 수 없겠는데."

『예술적인 가치 외에도 고대 유산으로서의 가치도 높습니다. 원형을 남겨 두는 편이 후세를 위한 일이 되지 않을까 합니다.』

"그건 그것대로 괜찮군. 장식하면 공적이 평생 남을 듯하다."

리비아와 노엘도 크레아레와 이야기하는 중이었다.

"저는 이대로 보관했으면 해요. 뭔가 비밀이 있을지도 모르잖아요?"

리비아는 이대로 조사해야 한다고 주장했다.

노엘은 그걸 흥미 없다는 듯이 듣고 있다.

"그야 굉장해 보이기는 하는데……. 크레아레, 이게 그렇게 대단한 물건이야?"

『노엘이 알아듣게 설명하는 건 어려운데. 그냥 대단한 물건이라고 생각하면 돼. 상세하게 가르쳐 줘도 어차피 가치를 이해할 수 없을 테고.』

"내 취급이 너무 가볍지 않아?!"

『하지만 노엘은 이런 거에 흥미 없잖아?』

즐거운 듯이 대화하는 안제 일행을 보고, 나는 손을 뻗었다.

"어? 다들, 안 도와줄 거야?"

도움을 요청했지만, 안제 일행의 반응은 차가웠다.

안제가 팔짱을 끼더니 눈을 가늘게 떴다.

"자업자득이다. 조금은 반성해라."

항상 내 편이어야 하는 루크시온조차 안제를 거들었다.

『남을 속인 대가입니다. 마스터한테 딱 걸맞은 결말이군요.』

나는 부들부들 떨었다.

"안제나 리비아, 노엘은 그렇다 쳐도, 최소한 너는 날 도우라고, 루크시온!"

『거부합니다. 그리고 뒤에서 친구분들이 기다리고 있습니다.』

"어?"

내가 무심코 뒤돌아보자 율리우스가 내 어깨에 손을 올려놓았다.

율리우스는 꾸욱꾸욱 소리가 날 정도로 강하게 어깨를 쥐며, 어두운 미소로 말했다.

"우리와 이야기를 하지 않겠나. 주먹을 섞어서 말이지."

다섯 바보가 날 너덜너덜하게 두들겨 패겠다는 듯 무서운 미소를 지었다.

너무나도 두려운 상황에 소심한 나는 몸이 덜덜 떨리고 말았다.

그리고 작게 한숨을 내쉬었다.

"속은 쪽이 나쁜 거잖냐? 유감이지만 너희가 노리고 있던 재보는 우리 거다. 패배자들아, 지금의 심정을 들려 달라고."

미소를 띠고 도발한 순간 율리우스의 주먹이 날아오기에 나도 즉시 반격했다.

크로스 카운터로 서로의 뺨을 때리자, 다른 녀석들도 난입했다.

나는 율리우스한테 두 방째를 먹였다.

"데려와 준 것만으로도 고마워하라고, 짜샤!"

"뭐가 경쟁이냐! 처음부터 혼자 이길 생각이었으면서!"

그대로 여섯이서 싸우기 시작하자, 뒤에서 안제와 루크시온의 목소리가 들려왔다.

"정말로 추한 싸움이로군."

『마스터의 부메랑 재주에는 저도 당해낼 수 없군요.』

루크시온, 너 두고 봐라?!

제09화 「이별」

다음 날 아침.

아인호른 선창에는 금수의 고성에서 손에 넣은 갖가지 재보가 쌓여 있었다.

금은재보는 물론, 항아리 등 다양한 물건이 있었다.

던전 공략 성과로는 대성공이라 할만했다.

성에 흩어져 있던 재보를 모은 결과, 환금하면 상당한 금액이 된다는 게 판명되었다.

그리고 지금, 한 명의 여자가 재보 앞에서 주저앉아 울고 있었다.

"마리에 님, 정신 똑바로 차리세요!"

"주인님, 그만 우세요."

카라와 카일이 위로했지만, 마리에는 오열을 멈추지 않았다.

"그치만, 그치만! 이건 너무하다구. 그렇게나 필사적으로 찾아다녔는데, 숨겨진 문이 있다니, 난 그런 거 몰랐단 말이야!"

크레아레가 없었기 때문에 마리에나 제이크 일행은 숨겨진 문의 정보를 알 수 없었다.

그로 인해 마리에 일행은 고생한 것에 비해 성과가 적었다.

카라가 필사적으로 마리에를 위로했다.

"그래도, 그 왜, 그거예요! 그거! 모험가로서 던전을 공략하셨잖아요! 이건 대단한 공적이에요! 평생 자랑할 수 있어요!"

"자랑거리 같은 건 필요 없단 말이야! 나는 재보가 더 좋다구!"

이번 같은 공략은 사실, 인생에서 한 번이라도 있으면 평생 자랑할 수 있는 이야깃거리가 된다.

실제로 왕국 내에서 인정받는 업적이 되니까 참가한 것만으로도 상당한 의미가 있다.

하지만 마리에가 노리고 있었던 건 명예가 아니라 재보였다.

슬프게도, 의욕이 헛돌아 버렸지만 말이지.

카일이 질색한 표정으로 날 쳐다봤다.

"공작님도 정말 지독하시네요. 실은 사람과 다른 피가 흐르고 있는 거 아닌가요?"

"나만큼 다정한 사람이 어디 있냐. 마리에가 그때 내 충고를 들었더라면 순순히 데려가서 재보도 나눠줄 생각이었다고."

"그걸 이 타이밍에 말해?"

카일이 새파래진 얼굴로 뒤돌아보자, 울음을 그친 마리에가 퉁퉁 부은 눈으로 날 보고 있었다.

눈동자에 광채가 사라져 무서웠다. 귀신이나 유령만큼이나 무서웠다.

"힉?!"

무심코 뒷걸음치자, 마리에가 바닥에 손을 짚고 기어서 나한테 재빠르게 다가왔다.

그 움직임도 기분 나쁘다고 할지, 몹시 무서웠다.

그대로 내 다리에 매달리더니 무표정한 얼굴로 올려다봤다.

탁한 눈동자가 무언가 어둠을 느끼게 했다.

"즐거워? 응? 즐겁냐구? 그렇게 남을 후회시켜서 즐거워? 그때 그렇게 했더라면~ 하고 생각하게 해서 더욱 뒷맛을 씁쓸하게 만들고 싶은 거지? 어차피 내가 납득했어도 그때 안 도와줬을 거잖아? 그렇지? 응?!"

날 잡고 흔드는 마리에의 목소리는 감정이 사라져서 무미건조했다.

하지만 그게 괜히 더 무섭다.

"죄, 죄송합니다. 도, 돈이라면 건네줄 테니……."

"그래서는 의미가 없다고 말했잖아!"

"넵!!"

갑자기 마리에가 큰소리를 질렀기에 무서워서 등을 쭉 펴고 대답하고 말았다.

마리에가 내 다리에 매달리며 울기 시작했다.

"재보를 발견해서 자립하고 싶었는데."

평소에 나라면 '일확천금의 재보를 노리기보다 평범하게 일하지 그러냐?' 하고 말했겠지만, 이 자리에서 그런 말을 할 용기는 없었다.

그래서 나를 향한 원망을 다른 곳으로 돌리기 위해, 에리카 화제를 꺼냈다.

“그, 그것보다도, 에리카 님의 용태가 안정됐다더라. 크레아레가 이제 면회해도 문제없다던데.”

마리에는 의무실에서 치료받는 에리카를 신경 쓰고 있었는지 내 이야기를 듣자마자 곧바로 격납고를 뛰쳐나갔다.

◇

“에리카아!!”

아인호른 의무실에는 침대 위에서 상반신을 일으킨 에리카한테 매달려 우는 마리에의 모습이 있었다.

에리카는 그런 마리에의 모습에 곤혹스러워하면서도, 미소 지으며 다정하게 말을 건넸다.

“괜찮아, 엄마.”

방에는 둘뿐.

누구에게도 사양하지 않고 전생의 관계로 이야기할 수 있는 상태였다.

‘삼촌이 신경을 써 준 걸까?’

에리카는 둘만 있도록 배려하는 리온의 모습을 생각했다.

역시 리온은 전생에서 들었던 이야기와 다르지 않았다.

마리에가 울면서 에리카의 몸 상태를 걱정했다.

“에리카가 무사해서 다행이야아.”

“지나친 걱정이야. 조금 몸 상태가 안 좋았던 것뿐인걸.”

"무리하니까 그렇지! 아인호른에 남아 있어도 됐는데."

"내가 따라가겠다고 했는걸. 그것보다 던전은 어땠어??"

지병을 앓는 에리카를 걱정하는 마리에의 모습은 그야말로 딸을 대하는 태도였다.

육체 나이는 두 살밖에 차이 나지 않고, 전생의 경험은 오히려 에리카가 몇십 년이나 많지만, 그래도 마리에에게 에리카는 자기 딸이었다.

에리카가 마리에의 등에 손을 올리고 어루만졌다.

마리에는 이번 던전 공략에서 리온한테 속은 이야기를 했다.

"오빠 혼자서 다 가졌어! 치사해. 비밀 통로가 있다는 걸 알면서 아무 말 안 하고 있었다구?! 자기 약혼자들까지 속여서 이기려 했다니까? 그 인간, 진짜로 어떻게 됐어."

리온이 얼마나 교활한지를 설명하는 마리에는 감정적이며 표정이 풍부했다.

그 모습을 보고 있던 에리카는 무심코 웃고 말았다.

기품 있게 쿡쿡 웃는 에리카를 보고, 마리에가 고개를 갸웃했다.

"왜 그래?"

"조금 재미있어서. 엄마는 전생 전과 변한 게 없다는 생각이 들었거든. 엄마는 그때도 자주 삼촌의 이야기를 했으니까."

그러자 마리에는 횡설수설하면서 옛 기억을 더듬었다.

하지만 아무래도 딸한테 리온 이야기를 들려준 기억은 떠오르지 않는 듯했다.

"그, 그랬던가? 엄마는 잘 기억이 안 나는데. 내가 오빠의 이야기를 해줬던가?"

"했어. 취해서 돌아온 날에는 자주. 오빠가 살아있었다면~ 이라든가, 똥 같은 오빠 자식, 이라든가 하면서. 그래도 마지막엔 항상——."

——오빠야랑 다시 만나고 싶어.

에리카는 그렇게 말하며 술에 취해 곤드레만드레 잠드는 엄마의 모습을 기억하고 있었다.

마리에는 생각도 못 한 창피한 이야기에 얼굴이 빨개지고 매우 당황했다.

"그, 그그그, 그건 저거야, 저거!! 다시 만나서 부려먹자고 생각했었던 거라구. 그러니까, 딱히, 그런 이야기가 아니야!"

필사적으로 부정하는 마리에는 마치 어린아이처럼 보였다.

에리카는 그런 마리에를 흐뭇한 미소를 지으며 바라보고 있었다.

"삼촌이랑 다시 만날 수 있어서 다행이네, 엄마."

에리카가 기뻐하자 마리에는 복잡해 보이는 표정이 되었다.

생각과 다르게 마리에가 침울해하자 에리카는 당황했다.

아무래도 마리에도 리온에 대한 마음의 빚이 있는 모양이었다.

"오빠는…… 나랑 만나고 싶지 않았을지도 몰라."

"정말 그럴까? 삼촌은 늘 즐거운 것처럼 보이는데?"

"오빠는 항상 실실 웃으면서 본심을 말하지 않는 귀찮은 구석이 있으니까. 에리카는 저런 남자랑 결혼하면 안…… 앗!"

결혼 이야기가 나오자 마리에는 아차! 하는 표정을 지으며 또 침울해졌다.

에리카의 약혼 이야기가 생각난 모양이다.

"나는 신경 안 써."

마리에가 일어서서 언성을 높였다.

"그럴 리 없어! 자기가 좋아하는 사람이랑 결혼하는 게 아니잖아! 왜 그렇게 태연한 거야?! 게다가 프레이저 가문은……!"

마리에는 어설프게나마 그 여성향 게임 3탄의 내용을 알고 있다.

그래서 에리카의 결혼 상대인 엘리야 라파 프레이저의 이름을 듣고 절망할 수밖에 없었다.

"엄마가 걱정하는 이유는 이해하지만, 엘리야는 그렇게 나쁜 사람이 아니야. 그 여성향 게임과는 달라."

"거짓말! 걔는 게임에서도 항상 자기보다 높은 사람 뒤에만 붙어 다니는 추남이었는데── 어? 에리카 너, 그 게임을 알아?"

에리카가 그 여성향 게임을 알고 있다는 사실에 마리에는 곤혹스러웠다.

"그야 나도 해봤으니까. 엄마가 내버려 둔 걸 한가한 시간에 조금씩 꾸준히 플레이했었어. 재미있던데?"

"그, 그랬구나. 아니, 그러면 너도 알고 있을 거 아니야!"

마리에가 여전히 물고 늘어지려 했기에, 에리카는 고개를 내젓고 진지한 표정을 지었다.

"——엄마, 그게 왕녀로 전생한 나의 책임이야."

"책임이라니……."

"전생이라기보다 빙의인 걸까? 잘은 모르겠지만, 나는 호르파트 왕국의 왕녀로 태어났고, 왕녀에게는 왕녀의 책임이 있어."

에리카는 자기 처지를 잘 이해하고 있었다. 이 세계의 결혼 또한 같은 맥락이다.

"이곳의 결혼은 우리가 알던 결혼과 달리 정략결혼이니까. 우리가 결혼하면 그걸로 안심하는 사람이 있어."

"다른 사람들은 아무래도 상관없잖아!"

"내가 일반인이었다면 그럴지도 몰라. 하지만 나는 이 나라의 왕족이야. 백성과 나라를 지켜야 해."

"하지만, 그래도……."

에리카는 마리에를 안심시키려는 듯 미소를 지었다.

"나는 괜찮아, 엄마. 엘리야는 다정하니까."

"걔가 다정하다고?"

"엄마는 성격 나쁜 추남이라는 설정으로 기억하겠지만, 엘리야는 날 위해 살을 빼고 있는걸. 지금은 통통한 체형이라 귀여워."

"——에리카한테는 미남이 어울리는데."

"엄마는 정말로 얼굴이 최우선이구나. 나이를 먹으면 누구든 늙기 마련이니까, 정말 중요한 건 성격이랑 능력이야."

할머니가 될 때까지 살았던 에리카가 이야기하니 마리에도 설득력을 느낄 수밖에 없었다.

그러나 곧 자신의 장래를 떠올려 불안해졌는지 머리를 감싸쥐었다.

"확실히 나이를 먹으면 누구든 늙지만── 그 녀석들한테 능력이라 부를 게 있어? 성격 쪽도 불안 요소를 품고 있는데? 이대로라면 내 노후는……."

장래에 대한 불안이 마리에를 무겁게 짓눌러 온다.

그런 마리에의 모습을 보고 있을 수 없어서 에리카가 위로했다.

"괘, 괜찮아. 이번 생의 오라버니도, 다른 사람들도 나쁜 사람들은 아니고."

그러자 마리에가 고개를 들고 진지한 표정으로 에리카를 봤다.

"질크는?"

"미, 미안해. 뭐라고 말하면 좋을지 모르겠어."

에리카도 질크의 성격에 문제가 있다는 걸 아는 모양이었다.

두 사람이 의기소침해하자, 이 자리의 분위기를 나쁘게 만들었다는 걸 헤아린 마리에가 허리에 손을 댔다.

"뭐, 뭐어, 에리카가 괜찮다고 한다면 괜찮겠지. 너는 옛날부터 나보다 착실하게 잘 해내는 아이였으니까. 내 쪽이, 글러 먹어서── 이번에도 오빠한테서 자립하지 못했고."

슬픈 듯이 웃는 마리에는 자기가 어찌할 도리 없는 인간이라고 생각하는 모양이다.

그대로 울 것 같은 표정을 지었다.

에리카는 마리에를 부둥켜안았다.

"그렇지 않아. 엄마를 만날 수 있어서, 나는 행복하니까. ──날 위해 무리하게 해서, 미안해."

"나, 나느으으은!! 이제야 겨우 엄마다운 일을 해주려고! 그래서, 그래서!"

마리에가 에리카를 꽉 끌어안았고, 그대로 엉엉 울기 시작했다.

◇

『마스터, 어째서 마리에는 재보를 노린 것일까요?』

"응?"

마리에한테서 도망쳐서 자기 방에 틀어박힌 내게 루크시온이 의문을 제기했다.

『아뇨, 마리에는 현재 상황상 무리할 필요가 없습니다. 마스터라는 보호자를 얻음으로써 경제적으로는 아무런 문제도 없을 터입니다. 그런데도 명예를 바라지 않고 재보를 노리는 게 신경 쓰였습니다. 마리에의 바람은 무엇이었던 걸까요?』

마리에가 무리해서 재보를 손에 넣을 필요는 없다.

루크시온의 말대로다.

나는 몸을 돌려 루크시온 쪽을 보고는 마리에의 마음을 대변했다.

"에리카가 딸이었기 때문이야."

『답이 안 되고 있습니다만?』

"답이야. 전생의 딸이 나타난 거라고. 딸 앞에서 자랑스러운 모습이 되고 싶은 건 이상하지 않아."

루크시온은 내 설명에 회의적인지, 납득하지 않은 듯한 목소리로 말했다.

『그것이 자립을 목표로 했던 이유라는 겁니까? 저로서는 이해되지 않습니다. 마스터의 보호 아래 있는 쪽이 오히려 생활에 유리할 터입니다.』

마리에가 보물찾기에 의욕적이었던 건 내게서 자립하고 싶었으니까.

하지만 루크시온은 마리에의 마음을 이해하지 못한다.

『마리에의 성격으로 보건대 마스터한테서 지원이 끊기는 건 피하고 싶을 터 아닌지?』

"너, 그 녀석의 심정은 고려하고 있지 않지?"

『심정? 항상 마스터의 지원에 의지하는 것이 마리에 아닙니까?』

"틀리지는 않지만 말이야."

나는 루크시온에게 얼마 전의 마리에에 관해 이야기했다.

"걔는 이 세계에 전생의 딸이 있다는 걸 모르고 그 여성향 게임의 공략 대상들을 농락했잖냐. 거기에 성녀의 자리를 노리다가 어중간한 게임 지식 탓에 가짜 성녀가 되기까지 했지."

『단락한 사고는 마스터와 닮았군요. 역시나 전생의 남매입니다.』

"나는 마리에보다도 이것저것 여러 가지로 깊이 생각하고 있어."

『스스로 그렇게 생각하고 있을 뿐인 것 아닙니까?』

"시끄러워! ——여하튼, 마리에는 제멋대로 행동한 대가를 치르면서 나한테 부양받고 있어. 그런 모습을 전생의 딸한테 보여주고 싶지 않은 거라고."

마리에는 에리카 앞에서 엄마다운 모습을 보여주고 싶었던 것이리라.

여하간, 전생에서는 한심한 모습을 보여주고 있었으니까.

인생을 사는 데 실패하여 엄마다운 일을 해주지 못했던 후회이리라.

"전생의 후회야. 에리카 앞에서는 훌륭한 엄마로 있고 싶은 거겠지."

『그걸 알면서도, 숨겨진 문에 관해 입 다물고 계셨던 겁니까?』

"그건 그거고 이건 이거잖냐?"

『인정사정없는 마스터로군요.』

재보를 발견하고 자립하여 에리카 앞에서 이상적인 엄마로 있으려 했다.

하지만, 생각해 보라.

걔는 이미 남자 다섯을 농락한 전과가 있다.

이 정도 노력으로는 지금까지 쌓아 온 마이너스를 상쇄할 수 없다.

제로로도 돌아가지 않는다.

"그 녀석은 너무 허세를 부리지 않는 정도가 딱 좋아."

내가 마리에의 마음을 가르쳐 주자, 루크시온이 그 지리에서 시계 방향으로 한 번 회전했다.

무슨 의미가 있는 것일까?

『마리에의 목적은 이해했습니다. 동시에 이해할 수 없는 것이 하나 늘었습니다.』

"뭔데?"

『그만큼 마리에의 심정을 자세히 알면서, 어째서 자기 약혼자들의 마음은 알아차리지 못하는 겁니까? 농담이 아니라 진짜로 의문입니다.』

아픈 곳을 찔러 오는 루크시온을 보고 나는 복잡한 표정을 짓고 말았다.

"여자 마음이 이해됐다면, 나도 더 요령 좋게 살 수 있었겠지."

『마스터는 둔감하니까 말입니다.』

"왜 너는 그렇게나 입이 험하냐?"

"마스터의 험한 말을 너무 많이 학습한 탓입니다."

자기 입이 험한 게 내 탓이라고?

처음 만났을 때부터 제법 입이 험했던 거 같은데?

"애초에 나한테 마리에는 여자가 아니야. 여동생이지."

얄미우며 가장 가까운 적이다.

어릴 적부터 알고 있기에 마리에의 생각은 손에 잡힐 듯이——까지는 아니지만, 조금은 이해할 수 있다.

특히 오늘처럼 안달을 내고 있을 때는 더욱 알기 쉽다.

"안제나 리비아, 노엘은 마리에랑 다르게 멋진 여성이니까 말이지. 똑같이 취급하는 건 실례잖냐."

『마리에가 들었다간 격노할 것 같군요.』

미친 듯이 화내는 마리에의 모습이 떠오른 나는 몸을 돌려 루크시온에게 등을 향했다.

그대로 루크시온에게 에리카의 몸 상태에 관해 물었다.

"그래서, 에리카의 상태는?"

『문제없습니다. 정밀 검사를 하면 더 자세한 내용이 판명될 겁니다. 다만, 현재 상황에서는 그럴 시간을 확보할 수 없습니다.』

정밀 검사는 시간이 걸리기에, 아직 제대로 검사하지 않았다.

미아도 마찬가지다.

오랫동안 붙들어 두어야 하기에 현재 상황에서는 간이 검사밖에 하지 않았다.

"여름방학에 들어가면 곧바로 정밀 검사해. 밀렌 씨의 허가도 이미 받았어. 그래서, 결과는 언제쯤 나오지?"

『결과가 나오는 건 해석하는 크레아레 하기 나름입니다.』

에리카와 미아가 가진 병의 수수께끼가 판명되어 치료할 수 있다면 좋겠다만.

루크시온과 크레아레한테 맡기면 문제없으리라.

이대로 잠들어 버릴까 생각하고 있자, 루크시온이 날 깨웠다.

『마스터, 수상한 비행선이 아인호른에 접근하고 있습니다. ――아무래도 무인인 것 같군요.』

"――뭐?"

제10화 「유령비행선」

서둘러 갑판으로 나가자 사복 차림인 안제가 먼저 와 있었다.

난간을 붙잡은 안제의 시선 끝에는 꺼림칙한 분위기를 풍기는 비행선이 떠 있다.

자괴(自壞)하지 않는 게 신기할 정도로 너덜너덜했지만, 그보다 눈을 이끄는 점은 이 배의 형태였다.

범선.

돛을 펴서 바람의 힘으로 나아가는 비행선은 지금 시대에도 드물지 않다.

하지만 이 배에는 현대 비행선의 특징이 보이지 않았다.

디자인도 현대 유행과는 한참 멀었다. 유선형이 아니라 각진 형태를 하고 있었다.

"어느 시대의 비행선이지?"

『수백 년 전의 비행선이라고 추측합니다. 상세하게 알아보고 싶다면 올라타고 들어가서 조사할 필요가 있겠군요.』

"저기에 올라탄다니, 좀 봐달라고. 겉모습이 영락없는 유령선이잖아."

군데군데 부서지고, 움직일 때마다 목조 선체가 삐걱거려 섬뜩한 소리를 냈다.

심지어 밤으로 바뀌어 가는 하늘에서도 확실하게 보일 만큼 검은 구름을 두르고 있었다.

마치 몬스터가 사라질 때 발생하는 검은 안개 같았다.

정말로 유령이 나올 것 같은 비행선의 등장에 나는 마음속으로 좀 봐달라고, 라며 푸념했다.

난간까지 다가가자 날 알아차린 안제가 내게 말을 걸었다.

"리온, 저 비행선을 어떻게 보지?"

어째서 이런 장소에 유령선이 떠돌고 있는 것인가? 라고 묻는 안제에게, 나는 떠오른 예상을 깊이 생각하지 않고 이야기했다.

"옛날에 조난된 비행선 아닐까? 이거, 방치해도 되던가?"

"가능하면 회수하는 편이 좋지만, 옮기는 것만으로도 부서질 것 같군. 그것보다 저 타입의 비행선이 움직이는 걸 볼 수 있을 줄이야."

"어? 안제는 저게 뭔지 알아?"

"그래, 우리 집에 모형이 있으니까 말이지."

레드글레이브 가문에서는 오래된 형태의 비행선을 모형으로 만들어 장식하고 있는 듯하다.

부자의 취미라는 것일까?

"약간 의외인데. 형태가 괜찮다든가?"

"아니, 저건 당시에 싸게 대량으로 건조했던 비행선이다. 승선감도 나쁘고 폭풍이 불면 쉽게 침몰했다고 들었다."

"최악이잖아."

뭐 그런 형편없는 비행선이 다 있지?

하지만 그런 비행선이 무인인 채로 지금까지 남아 있는 건 기적이다.

외관이 으스스하지 않았더라면 감동했을지도 모른다.

다만 안제가 품은 감상은 나와는 달랐다.

"오늘은 기쁜 일이 잇따라 일어나는군. 설마 우리들의 선조가 탔던 비행선을 이 눈으로 볼 수 있으리라고는 생각지 않았다."

"선조? 어? 저거에 안제의 선조님이 타고 계셨어?"

안제의 말을 이해하지 못한 내게 안제가 난감한 표정으로 설명했다.

"정말 모르는 거냐? 선조들이 지금의 왕국 땅으로 처음 건너왔을 때 사용한 게 바로 저 비행선이다."

"뭐?!"

안제는 아무것도 모르는 나한테 친절하게 당시의 이야기를 해줬다.

"왕국이 건국되기 전, 대륙은 신천지로서 다양한 자들이 몰려들었다고 들었다. 그때 활약한 게, 싼 가격에 대량의 짐을 옮길 수 있던 저 비행선이다. 설마 이 눈으로 하늘을 나는 모습을 볼 수 있을 거라고는 생각지 않았다."

재차 유령선으로 시선을 향했지만, 내가 보기에는 꺼림칙해서 가까이 다가가고 싶지 않은 외관이었다.

차마 선조님들은 저 배로 대륙으로 건너온 건가! 하고 감동할 수는 없었다.

루크시온이 빨간 렌즈를 빛내며 유령선을 해석하고 있었다.

『아무래도 몬스터들의 서식처가 된 것 같군요. 내부에서 몬스터의 반응이 확인됐습니다.』

안제가 혼자서 납득했다.

"그래서 오늘까지 남아 있었던 건가. 얄궂은 이야기로군. 몬스터한테 빼앗기지 않았더라면, 이렇게 눈으로 볼 기회도 없었던 것이니까."

나는 난간을 잡고 안제의 옆모습을 봤다.

"제법 기뻐 보이네."

말을 걸자, 안제가 돌아보며 슬픈 듯이 미소 지었다.

"분명 평생 잊을 수 없는 날이 될 테니까 말이다. 던전을 공략하고, 좀처럼 볼 수 없는 비행선까지 볼 수 있었다. 나는 오늘이라는 날을 잊을 수 없겠지."

그리고 안제는 내게 말했다.

"——리온, 나는 널 좋아한다."

"어? 으, 으응."

"그러니까, 너의 부담은 되고 싶지 않다."

"부담이라니."

내가 뭔가 말하려 하자, 안제는 이미 스스로 결론을 내렸는지 간결하게 말했다.

"여기까지다. 너와 함께 모험할 수 있어서 다행이었다. 이 추억이 있으면, 나는 앞으로도 살아갈 수 있어."

"아니, 왜?!"

갑작스러운 이야기에 곤혹스러워하고 있자, 유령선이 이쪽으로 접근해 왔다.

『——비행선 자체가 몬스터로 변해 있군요. 아인호른에 다가와 접촉하려 하고 있습니다. 마스터, 요격 허가를.』

"지금은 됐어! ——안제, 나는 딱히 널 부담이라고 생각한 적은 없어!"

루크시온의 이야기보다도 안제를 우선했다.

안제는 내 말을 듣고 기뻐하는 듯했지만, 결의는 굳은 모양이었다.

"앞으로는 부담이 될 거다. 내가 계속 곁에 있으면 네가 바라는 인생을 걸을 수 없을 거다. 아버님과 오라버니는 진심으로 너를 끌어들일 생각이다. 차츰 시간을 들여 루크시온의 힘을 레드글레이브 가의 것으로 삼으려 하겠지."

시간을 들여, 라는 부분은 분명 세대를 거듭한다는 의미일 것이다.

언젠가 나와 안제의 아이가 루크시온을 이어받고, 그리고 언젠가 레드글레이브 가문에 합류하여 루크시온의 힘을 독점할 생각이다.

지금이 아니라 장래를 향해, 빈스 씨와 길버트 씨는 움직이고 있었다.

루크시온이 어처구니없어했다.

『제가 마스터로 인정한 것은 한 명뿐입니다. 이후의 보증까지는 할 수 없습니다.』

“사실이 어떤지는 상관없다. 아버님과 오라버니가 끌어들일 수 있다고 생각하면 결과는 같을 테니. 그럼 리온에게 평온한 인생은 찾아오지 않는다. 차라리 내가 곁에 없는 편이 나을 테지.”

안제가 이렇게까지 날 생각하고 있을 줄은 몰랐다.

평소에도 더 평화로운 인생을 보내고 싶다는 말을 습관처럼 해왔지만, 그걸 이루기 위해 안제가 이렇게나 고생하고 있을 줄은 몰랐다.

아니, 나는 알려고도 하지 않았다.

“나, 나는——.”

손을 뻗자, 안제가 한 걸음 물러나 내게서 거리를 뒀다.

“너는 계속 자유를 추구해라. 다만, 리비아와—— 노엘은 부탁하마. 두 사람이 있으면 너도 외롭지 않겠지?”

장난꾸러기 같은 미소를 지으며 날 쳐다보자, 말이 나오지 않았다.

이 자리를 넘기기 위한 말은 얼마든지 할 수 있다.

변명은 나의 특기니까.

안제와 헤어지지 않기 위해서라면 ‘네가 필요해’, ‘절대로 놓지 않아’ 같은 창피한 대사도 얼마든지 토할 수 있다.

하지만 그런 말로는 안제의 마음에 닿을 수 없다.

나는 고개를 숙였고, 그제야 이해했다.

“하핫, 차였네.”

안제와의 관계가 끝났음을.

안제는 고개를 저었다.

“아니다. 약속을 깬 건 나다. 나쁜 건 나 하나. 그러니, 네게는 잘못이 없다.”

전부는 아닐지라도 안제를 여기까지 몰아넣은 건 결국 내 책임이다.

개인을 중시하는 나와 가문을 중시하는 안제 사이에 가치관 차이가 있었다.

그걸 이해하지 않고, 문제를 방치했던 대가가 지금 돌아온 거다.

——역시, 순리대로 흘러갔다.

안제라는 여성은 나한테는 어울리지 않았다.

“나는——.”

마지막으로 안제한테 뭔가를 말하려 하자, 아인호른이 심하게 흔들렸다.

눈앞에서 안제가 넘어질 뻔했기에 순간적으로 달려들어 끌어안았다.

“무슨 일이야?!”

곧바로 시선을 주위로 향하자, 어느샌가 유령선이 아인호른과 접촉해 있었다.

유령선 갑판 위에서는 언데드 계열 몬스터들이 공적 같은 차림을 하고서 이쪽을 보고 있었다.

떼거리로 이쪽을 향해 다가오고 있었다.

"이게 무슨?! 야, 루크시온!"

어째서 접근을 허용한 것인가? 그렇게 타박받으리라는 걸 눈치챈 루크시온이 곧바로 내 책임으로 떠넘겼다.

『요격 허가를 내리지 않았던 건 마스터입니다. 그것보다도, 이대로는 아인호른에 몬스터가 올라타겠군요.』

확실히 내가 무시하긴 했는데! 그렇다고 이걸!

"평소라면 어떻게든 했을 거잖냐! 젠장! 모두에게 무기를 들도록 지시를 내려!"

『선내에 경고는 발해 두었습니다.』

"좋아, 다음은 아인호른으로——."

『이 거리에서 요격은 무리입니다.』

"어?"

『무리입니다.』

아인호른의 포격으로 유령선을 날려버리려고 생각했지만, 이 거리에서는 공격할 수 없다고 루크시온이 말했기에 나는 난감해지고 말았다.

내 팔에 안긴 안제가 루크시온에게 이 상황을 타개할 방법을 물었다.

"어떻게 하면 되지?"

『두 분이 선내로 침입해 주십시오. 내부에서 비행선에 들러붙은 몬스터를 쓰러뜨리면, 이 상황을 극복할 수 있습니다.』

방에서 뛰쳐나온 상태라 무기가 없다.

나는 안제에게 말했다.

"알았어. 다섯 바보를 불러줘. 그리고 무기도——."

『상황이 급박하니 두 분이 처리 부탁드립니다. 무기는 드리겠습니다.』

선내에서 작업용 로봇들이 나타나더니 우리 장비를 들고 왔다.

과하게 준비가 좋은 루크시온이 어째서인지 수상하게 느껴졌다.

나와 안제가 일어서서 장비를 손에 들었다.

샷건이나 기관총. 그 외에는 권총이나 검 등이다.

『위험할 만큼 강한 몬스터는 확인되지 않았습니다. 두 분이 내부로 침입하여 비행선을 조종하는 몬스터를 쓰러뜨리면 끝입니다.』

무척 간단한 일처럼 말하는데, 나는 여기서 하나 알아차렸다.

"어? 둘이라니, 너는?"

『저한테는 일이 있기에 동행할 수 없습니다.』

"아니, 오라고. 일은 크레한테 맡기면 되잖냐."

『안 됩니다.』

이상하게 완고한 루크시온이 그 빨간 렌즈를 우리한테서 돌려, 아인호른에 올라타려 하는 몬스터들에게 향했다.

『벌써 적이 올라타고 있습니다. 서둘러 주십시오.』

샷건을 든 나는 루크시온에게 불만을 내뱉었다.

"뭐가 일이냐! 나중에 두고 보자, 너!"

안제가 기관총을 들더니 작게 한숨을 내쉬었다.

"그렇게 큰 비행선은 아니니 우리 둘로도 충분할 거다. 리온, 간다."

둘이서 달려가자, 루크시온이 의미심장하게 중얼거렸다.

『힘내고 오십시오. ——여러 가지로 말이죠.』

◇

리비아가 매우 서둘러 갑판으로 나오자, 그곳에 루크시온의 모습이 있었다.

주위에는 갑옷의 상반신뿐인 형태를 한 로봇들이 있었다.

아인호른에 올라타려는 몬스터들을 로봇들이 마치 작업을 하듯 잇따라 쓰러뜨렸다.

그 모습에 리비아는 약간 꺼림칙한 느낌이 들었다.

'안 돼. 지금은 리온 씨와 안제의 안전을 확인해야.'

"루크 군!"

용기를 내서 루크시온에게 말을 걸자, 빨간 렌즈가 리비아를 향했다.

『올리비아, 선내에서 대기하도록 지시를 내렸을 터입니다만?』

"리온 씨랑 안제가 어디에도 없어! 아무래도 무슨 일이 생긴 거 같은데, 아레는 아무 말도 안 해주고……."

유령선이 가까이 다가와 있어, 위험하니 신내에서 대기하도록 지시가 내려졌다.

모두는 불만스러워하면서도 지시된 넓은 선실에 모였다.

하지만 거기에 리온와 안제의 모습만이 없었다.

걱정된 리비아가 이렇게 갑판에 뛰쳐나온 것인데, 루크시온은 두 사람이 없다는 말을 듣고도 태연했다.

'――무서워.'

리비아는 꿈에서 루크시온이 대량 학살을 저지르는 광경을 봤다.

그때의 광경이 생생해서, 어떻게 해도 루크시온이 무섭게 보였다.

잊으려고 애써도, 공포심이 사라지지 않았다.

『두 분은 걱정하지 않아도 됩니다.』

"하지만!"

『――이건 두 분에게 필요한 일이니까요.』

그 이상, 루크시온은 아무 이야기도 하려고 하지 않았다.

아인호른 선내.

넓은 선실에 모이게 된 면면은 침착성이 없는 모습으로 바깥을 신경 쓰고 있었다.

무기를 손에 들고 창문으로 밖을 내다봤다.

제이크는 팔짱을 끼고는 이 상황에 짜증을 내고 있었다.

"유령선 정도야 대포로 날려버리면 끝일 텐데."

곁에 서 있는 아레가 그런 제이크를 달랬다.

"유령선에는 보물이 있다고 들었으니, 조사하고 있는 것 아닐까요?"

"그런 건가? 그렇다면 이번에야말로 우리의 차례로군."

보물이라는 말을 듣고 의욕을 보이는 제이크에게 오스칼이 뭔가 떠올린 것처럼 말을 건넸다.

"제이크 전하는 항상 투지가 강하시군요. 저는 유령선의 무서운 이야기도 들었기에 대포로 날려버리기보다 도망치는 것을 선택하겠습니다."

"내 젖형제면서 제법 겁쟁이로군."

"음? 설마 모르시는 겁니까? 그러면 제가 아는 유령선에 얽힌 괴담 이야기를——."

어째서인지 괴담 이야기를 하기 시작하는 1학년 그룹.

오스칼이 유령선에 얽힌 무서운 이야기를 하기 시작하자, 제이크의 얼굴이 서서히 파래져 갔다.

그 모습을 엄격한 시선으로 보고 있던 핀은 마음속으로 채점했다.

'제이크, 오스칼—— 역시 어느 쪽에도 미아를 맡길 수 없겠군. 이 상황에서 쓸데없는 이야기나 한다니, 글렀다. 애초에 다른 여성과 사이좋게 지내고 있는 시점에서 탈락이다.'

아레는 성별이 변했기에 고려할 가치도 없다.

공략 대상 세 명이 핀 안에서 순식간에 불합격 처리되었다.

아무것도 모르는 미아가 떨리는 목소리로 말했다.

"기사님, 유령선은 정말로 존재하는군요. 미아는 무서워요."

솔직하게 무섭다고 말하는 미아에게 핀은 따뜻한 시선을 보냈다.

"무서워할 것 없다. 내가 너를 지켜 주마. 걱정하지 마라. 저 정도 비행선이라면 나와 쿠로스케가 금방 침몰시켜 주지."

『맡기라고!』

핀은 무서워하는 미아 곁에 다가가, 부드럽게 손을 잡아 줬다.

미아의 얼굴이 붉어졌다.

"미아―― 감기인가? 어째서 몸 상태가 안 좋다고 말해 주지 않았어? 곧바로 약을 준비시킬 테니 기다리고 있어라. 쿠로스케, 소파랑 모포를 준비해 줘."

『……파트너는 이따금 바보가 되는군.』

얼굴이 붉은 걸 보고 곧바로 컨디션 불량이라고 판단한 핀의 모습에 브레이브는 복잡한 심경을 내비치듯 말했다.

미아는 양손을 내저어 필사적으로 감기가 아니라고 호소했다.

"아니에요! 아니니까, 진정하세요!"

"안 된다. 자각하지 못하고 있을 뿐일지도 모르지 않나? 방에는 돌아갈 수 없지만, 소파에 누워 있어라."

너무 과보호인 핀을 보고 미아의 심경도 복잡해졌다.

“기, 기쁘지만, 기사님은 조, 좀 더.”

“뭐지? 뭐든 말해 다오.”

“우으으으. ——바보.”

미아가 고개를 숙이며 작은 내뱉은 작은 소리에 핀은 쇼크를 받았다.

마치 벼락을 맞는 것 같은 충격에, 혼자서 굳어 버리고 말았다.

‘미아한테 미움받았다고오오오?! 대체 뭘 잘못한 거지?!’

◇

유령선 안으로 돌격한 나와 안제.

하지만 여기서 큰 문제가 발생했다.

“더는 한 걸음도 못 걷겠어.”

안제가 주저앉은 날 보고 어처구니없다는 표정을 지었다.

양손으로 기관총을 든 안제는 깊은 한숨을 내쉬더니 바닥에 쓰러진 무언가를 가리켰다.

조금 전에 쓰러뜨린 몬스터가 연기를 내며 사라지고 있었다.

“리온, 조금 전의 몬스터는 물리 공격이 통하지 않는 유체(幽體) 타입지만, 마법을 쓰면 쉽게 쓰러뜨릴 수 있다. 걱정할 필요 없다.”

선내로 들어가고 얼마 지나자 유령 같은 적이 우리를 습격해 왔다.

무서워져서 샷건으로 공격했지만, 탄환은 적의 몸을 그냥 통과했고 적은 그대로 덮쳐들었다.

순간적으로 안제가 마법으로 불태워 주었지만, 이미 내 마음은 꺾인 상태였다.

"——무리야. 허릿심이 빠졌어."

"어이?! 그 흉악한 몬스터의 숨통을 끊었던 너는 어디로 간 거냐?!"

내가 무서워하여 움직이지 못한다는 걸 알자, 안제는 몹시 놀랐다.

조금 전의 녀석이 몬스터라는 건 나도 알고 있다.

알고 있지만, 진짜 유령 같아서 무서웠다고.

아니, 그렇다기보다 진짜랑 다를 게 없잖아? 게다가 살의도 강하고, 기분 나쁜 공격을 펼친다고.

게임에서는 데포르메 되어 있었지만, 현실로 보니 견딜 수 없었다.

"나는 공격이 통하지 않는 적은 무섭다고! 유령이라든가 딱 질색이란 말이야!!"

마침내 본심을 외쳐 버리자, 안제가 뺨을 씰룩였다.

"언데드 계열 몬스터를 껄끄러워한다는 건 알고 있었다만, 이 정도일 줄은 생각지 않았다."

전생에서도 무서운 이야기 특집 동영상, 사진, 기사 등은 가능한 한 무시하고 보지 않았다.

무서운 이야기를 하는 사람이 있으면 최대한 가까이 가지 않았다.

담력 시험? 의미불명이다.

가능한 한 참가하지 않고 넘겨 왔다.

때때로 학교 행사에서 억지로 하게 된 추억이 있지만, 마음속으로 유령이 나오는 장소에 담력 시험을 보내는 녀석들을 '천벌 받을 자식들!'이라며 욕했다.

"——더는 혼자 못 걷겠어."

움직이지 못하는 이유를 이야기하자, 안제가 이마를 손으로 눌렀다.

"알았다. 내가 몬스터를 처치하지. 너는 여기 남아서——."

"날 혼자 두고 가려는 거야?!"

"어, 어이, 이거 놔라. 리온, 부탁이니까 다리에 매달리지 말아 다오."

필사적으로 안제의 다리에 매달렸다.

안제는 난처한 듯한, 그러면서도 기뻐 보이는 표정을 짓고 있었다.

"너한테도 어려운 것이 있었군."

"부탁이니까 두고 가지 마."

매달려서 부탁하자, 안제가 내 머리를 쓰다듬었다.

아무래도 날 이대로 방치할 수 없다고 생각한 모양이다.

안심시키기 위해서인지 부드러운 어조로 날 진정시켰다.

"조금 쉬고 나서 같이 가자. 이번에는 내가 앞으로 나설 테니,

너는 뒤에서 따라와라."

"응."

이런 상황에서 의지가 되는 안제가 나한테는 눈부시게 보였다.

◇

유령선 선내는 외관과 마찬가지로 내부도 낡았다.

삐걱거리는 바닥은 쉽게 갈라지고, 문도 잡은 것만으로 산산이 부서진다.

몬스터들도 잔뜩 있었다.

하지만 몬스터들의 서식처가 되기 전. 사람이 사용했었을 무렵의 자취라고 할지, 짐 같은 것도 남아 있었다.

어떤 방에 도착한 우리는 책상 위에 놓인 오래된 책들을 발견했다.

책들은 너덜너덜해서 읽을 수 없었지만, 그중에 딱 한 권 가까스로 읽을 수 있는 책이 있었다.

"여긴 선원의 개인실이군."

나는 책을 읽고 있던 안제의 등에 달라붙은 채 주위를 신경 쓰고 있었다.

과거에 누군가 이 방에서 자고 머물렀다면 어떠한 사념 같은 것이 남았을 가능성이 있다.

요컨대, 귀신으로 변해 나오지 않을지 걱정하고 있었다.

"안제, 빨리 끝내고 돌아가자."

안제는 겁먹은 나를 보고 어이없어하며 책 페이지를 넘겼다.

종이가 쉽사리 바스러졌지만, 읽을 수 있는 페이지도 있었다.

"너, 정말로 이런 쪽은 전혀 못 버티는 건가? 지금까지도 여러 일이 있지 않았나."

"무서운 건 도저히 안 돼. 안제는 무섭지 않아?"

"살아있는 인간이 더 무섭다는 걸 알고 있으니까 말이지."

"아, 마리에도 그런 말을 했었어."

"누구라고? 여기서 그 여자의 이름을 꺼내다니, 혼자 남겨지고 싶은 모양이군."

안제를 화나게 만들어 버린 나는 필사적으로 매달렸다.

그러자 안제가 부끄러워했다.

"어, 어이, 농담이니까 안겨들지 마라. 이봐, 어딜 만지는 거냐!"

"용서해 줘! 무서운 건 무리야!"

애초에 루크시온이 없는 게 나쁘다.

그 녀석이 있으면 어떻게든 대처해 줬을 터다.

유령 같은 비과학적인 것은 존재하지 않아~라든가.

가벼운 농담을 주고받을 수 있는 상대가 없으니 무섭다.

애초에 그 녀석을 손에 넣기 위해 도전한 던전도 무서웠다.

아무렇지도 않게 해골이 있었다고.

자기 인생이 걸려 있지 않았더라면 적극적으로는 도전하지 않았을 것이다.

안제가 페이지를 넘겨 책의 내용을 내게 말해 줬다.

"이 배에 관해 알았다. 이 배는 대륙에 입식하려 했던 모험가들의 배인 듯하군."

"모험가?"

"신대륙에 꿈을 꾼 젊은이들이 타고 있었던 모양이다. 일기의 주인은 거칠고 난폭한 녀석들한테 화가 나 있었는지, 불만이 많이 적혀 있다."

"그런 배가 어째서 여기에?"

"버렸을 가능성이 있군. 뭔가 큰 보물을 발견했다고 적혀 있다. 이 일기를 쓴 사람은 여자겠지. 마지막 페이지에는 그 사람과 함께할 수 있다고 적혀 있다."

연인이라도 있었던 것일까?

안제는 책 표지를 바라보며 오른손으로 살짝 만졌다.

"결국 이 책의 주인 이름은 불명인 채로군. 배의 이름도 보이지 않는다. 일기의 상태가 더 좋았다면 조사할 수 있었을 텐데."

"어, 얼른 끝내고 돌아가자. 나중에 루크시온이나 크레아레한테 조사시킬 테니까 말이야."

"——너, 정말로 유령을 질색하는군. 왕국 제일의 영웅이 유령을 무서워해서 어쩌자는 거냐? 너를 동경하는 사람들이 슬퍼할 거다."

"무서운 건 무섭다고."

안제가 책을 내려놓고 방을 나섰다.

다른 선실 대다수는 부서져서 들어갈 수도 없는 상태였다.

너덜너덜한 통로를 걸으며 안쪽을 향하던 중, 안제의 발걸음이 멈췄다.

"여기로군. 리온."

안제가 왼손을 내밀기에 들고 있던 성수 폭탄을 건넸다. 지금의 나는 안제의 짐꾼이 되어 있었다.

나는 안제한테서 떨어져, 서포트를 맡기 위해 샷건을 들었다.

하지만 몸이 떨리고 있어서 적을 똑바로 노릴 수 있을지 불안했다.

성수 폭탄을 받아든 안제가 문을 걷어차 부수자, 비행선에 들러붙은 점액질 몬스터가 있었다.

하지만 가장 큰 문제는 그 주위에 있는 유령형 몬스터였다.

"나왔다아아아!!"

내가 소리 지르자, 안제가 폭탄을 던져 주위에 성수를 흩뿌렸다.

유령들이 몸부림치며 괴로워하다 사라졌고, 그리고 몇 마리가 우리한테 덮쳐 왔다.

겁에 질려 샷건을 사용했지만, 샷셸이 유령들을 그대로 통과했다.

안제는 점액질 몬스터에게 기관총 탄환을 마구 뿌리고 있었다.

"리온, 이쪽을 쓰러뜨리면 구해줄 테니까 기다려라!"

마법을 사용하기 위해 오른손을 뻗었지만, 겁에 질려 집중하지 못한 탓에 마력이 뭉치지 않아 마법이 나가지 않았다.

"안제, 살려줘!"

"그러니까 기다리고 말하지 않았나!"

공격이 그대로 빠져나가 내 옆으로 접근하는 유령형 몬스터들은 내 귓가에서 뭔가 무서운 말을 중얼거리고 있었다.

무슨 말을 하는 건지 알아들을 수 없지만, 일단 무섭다.

소름이 돋고, 불쾌한 땀이 솟구쳐 나온다.

"루크시온, 날 구해!"

위기 상황에서 외친 이름이 설마 얄미운 파트너인 루크시온일 거라고는 생각지 않았다.

지금은 엄마 살려줘! 라고 외치지 않은 자신을 칭찬해야 할까?

그러자 점액질 몬스터를 쓰러뜨린 안제가 화염을 조종하여 몬스터들을 불태웠다.

"얌전히 기다리고 있으라고 했건만."

몬스터를 일소한 안제가 총구에서 연기를 내는 기관총을 걸머지고, 화염을 등지며 나타나는 모습은 듬직했다.

안제가 날 끌어안았다.

"생각했던 것보다 불길이 빠르게 퍼지는군. 이대로 탈출할 테니, 꽉 붙잡아라."

"——응."

안제한테 공주님처럼 안겼다.

나는 안제의 목에 팔을 둘러 붙잡았다.

안제가 벽을 걷어차자, 거기에선 아인호른 갑판이 보였다.

"——상황이 너무 형편 좋게 돌아가는군. 나중에 루크시온 녀석을 추궁해야겠어."

안제가 날 끌어안고 뛰어 아인호른으로 옮겨탔다.

아인호른은 화염이 퍼지기 시작한 유령비행선에서 거리를 벌렸다.

나는 안제한테 안긴 채 그 광경을 보고 있었다.

"유령선과는 두 번 다시 마주치고 싶지 않아."

몬스터라는 걸 알고 있어도, 유령이 되어 나타나니 정말로 무서웠다.

안제가 동의했다.

"정말이지 그 말대로다. 네가 이렇게까지 도움이 안 될 줄은 몰랐다. 귀찮으니까 나도 두 번 다시 조우하고 싶지 않다."

"죄송합니다."

한심하게 사과하자, 리비아가 우리한테 달려왔다.

루크시온 녀석도 함께 있었다.

"리온 씨! 안제! ——어, 어째서, 안제가 리온 씨를 안고 있는 건가요?"

리비아는 우리 모습을 보고 곤혹스러워했지만, 루크시온 쪽은 평소대로였다.

『무슨 일이 있었는지 용이하게 상상할 수 있군요.』

나는 루크시온을 노려봤지만, 여전히 안제한테 안겨있었다.

안제가 멀어져 가는 유령선을 봤다.

화염에 휩싸여 불타면서 무너져 내리는 그 모습을 보며, 안제는 아쉬운 듯이 중얼거렸다.

“좀 더 자세히 조사해 보고 싶었다.”

◇

내 방.

나는 침대 위에서 무릎을 끌어안은 채 앉아 덜덜 떨고 있었다.

루크시온과 크레아레가 그런 내 모습이 흥미롭다는 듯이 관찰했다.

『몹시 무서워하고 있군요.』

『마스터도 참, 귀여워!』

나는 인공지능들을 노려봤다.

“입 다물어, 배신자 인공지능들이! 너희들, 어째서 유령선을 아인호른에 접근시켰어? 평소라면 멋대로 요격했을 거잖아? 아니면, 아예 접근을 허용하지 않거나!”

잘 생각해 보면 이상한 점뿐이었다.

처음에는 유령선이 아인호른에 접촉했다고만 생각했다.

하지만 평소의 루크시온이나 크레아레라면 미리 대처했을 일이었다.

나와 안제가 유령선에 올라타게 시킨 것도 수상하다.

다른 사람이 오는 것을 기다릴 수도 있었고, 뭣하면 루크시온과 크레아레한테 맡겨도 됐다.

나와 안제가 뛰어들 필요는 전혀 없었다.

안제도 도중에 그 점을 눈치챈 것 같았다. 나중에 추궁하겠다고 말했었으니까.

이 녀석들은 처음부터 뭔가 꾸미고 있었다고밖에 생각되지 않는다.

『이제야 알아챈 겁니까? 안젤리카와 둘만 있게 하는 작전이었습니다.』

"작전이라니 뭐야! 너, 내가 그런 쪽 놈들은 딱 질색하는 거 알고 있었지?!"

『그래서 효과가 있다고 예상했지요.』

"이 자식들, 오늘은 이대로 설교해 주겠어."

루크시온과 크레아레한테 설교하려 했더니, 둘 다 날 무시하고 방에서 나갔다.

구체 형상의 볼이 지나갈 수 있는 통로가 방에 마련되어 있어, 거길 통해 쉽게 드나들 수 있었다.

"야, 야, 잠깐 기다려 봐!"

붙잡아 세우려 하자, 크레아레가 뒤돌아보며 말했다.

『누군가 부를 생각이라면 포기해. 어째서인지는 모르겠지만, 지금은 선실에서 괴담 이야기로 들떠 올라 있어. 그쪽으로 가면 마스터가 아주 싫어하는 무서운 이야기를 잔뜩 듣게 될 거야.』

"그 녀석들, 내 배에서 뭐 하는 거야?!"

『리비아도 노엘도, 그쪽에 보냈어. 안제만은 이별 이야기를 마저 하기 위해 이 방에 오는 것 같지만 말이야.』

"그러고 보니, 이별 이야기를 하던 도중이었지……."

내 안에서는 이미 결별상태로 보고 있지만, 유령선 소동으로 이야기가 중단된 형태였다.

가능하면 이대로 유야무야 넘어가고 싶지만, 그건 너무 불성실한 짓이다.

모든 건 결국 순리대로 흘러간 결과다.

"――차였네. 나한테 어울리는 전개야."

고개를 숙이고 한숨을 쉬자, 크레아레가 날 바보 취급했다.

『폼 잡을 생각인 것 같은데, 그만큼 한심한 꼴을 보인 마스터가 무슨 말을 해 봤자 헛수고야.』

"야, 잠깐. 너희들 설마, 내 모습을 감시하고 있었냐?!"

『――마스터는 좀 더 안제한테 솔직한 마음을 부딪치는 편이 좋다고 생각해. 그 자리를 잠깐 모면하기 위한 평소의 얄팍한 말이 아니라, 마스터의 본심이 중요한 거야.』

내 추궁을 얼버무리는 것처럼 대답하는 크레아레의 태도에 감시 의혹이 더욱 커졌다.

"역시 날 감시하면서 웃고 있었지?! 분명하게 자백해!"

『마스터, 안제를 좋아한다고 자기 말로 전하도록 해.』

"좋은 이야기를 했다는 느낌으로 도망치지 마!"

크레아레까지 방에서 도망치자, 나는 혼자 남겨졌다.

그걸 깨닫고, 방 안에서 뭔가 소리가 나자 과민하게 반응했다.

또 무서워져서 떨리기 시작했다.

"진짜 유령이 나오다니, 반칙이잖아. 그런 걸 나더러 어떻게 하라고!"

밤중에 그런 녀석들이 나오면 나는 울 거다.

혼자 무릎을 끌어안은 채 떨고 있자 문을 노크하는 소리가 났다.

「리온, 나다.」

"네헷!"

갑작스러운 노크의 공포로 인해 목소리가 뒤집히고 말았다.

안제가 문을 열고 들어왔다. 샤워를 끝낸 후인지 머리카락이 젖어 있었다.

평소 땋아 올려서 정리하는 머리를 지금은 간단하게 올려 모아 놓았다.

러프한 차림을 한 안제는 내 모습을 보더니 뺨을 씰룩거렸다.

"아직도 무서워하고 있는 건가? 이미 다 쓰러뜨리고 끝났는데."

"오늘 꿈에 나올지도 모른다고 생각하니까 무서워서 잠들 수가 없어."

"너는 자신이 왕국의 영웅이라는 걸 자각해야 한다. 최소한 밖에서는 그런 모습은 보이지 마라. 내가 해주는 마지막 충고다."

그렇게 말하고 방 안으로 들어온 안제는 내 침대에 앉았다.

천장을 올려다보고, 후련한 표정으로── 아니, 눈 주위가 빨갰다.

샤워하면서 울고 있었던 것일까?

그래도 안제는 웃으면서 내게 말했다.

"우리는 이제 끝이군. 지금까지 즐거웠다."

이대로 우리 관계는 끝나는 것이리라.

남자답게, 미련 없고 깨끗하게 헤어지자는 내 안의 나를 두고 한심하게 울부짖는 또 한 명의 내가 호소했다.

——미련 없는 이별이나 깨끗한 마지막 따윈 아무래도 좋아. 나는 안제와 헤어지고 싶지 않아! 그리고 오늘은 쓸쓸하니까 같이 자 줬으면 좋겠어! 남자답게? 이미 유령선에서 한심한 모습이란 모습은 다 보였는데 그딴 게 무슨 소용이냐!

솔직히 나도 오늘은 이대로 안제가 곁에 있어 줬으면 좋겠다고 생각하고 있다.

하지만 남자다움을 호소하는 또 한 명의 내가 말한다.

——이 이상 그녀를 곤란하게 하는 건 안 돼. 안제하고는 순순히 헤어지고, 추억은 아름다운 채로 남겨 두고 서로 새로운 길을 가자고.

하지만 솔직히 지금 와서 새삼 폼을 잡아 봤자 창피할 뿐이다.

생각에 잠긴 나를 안제가 걱정스러운 듯이 봤다.

"왜 그러지? 가능하면, 너도 뭔가 말해 줬으면 한다만."

안제도 불안한지, 나의 말을 기다리고 있었다.

나는——.

"——나는 솔직히 집안이라든가 입장이라든가, 그다지 이해 못하고 있었어. 나는 안제와 약혼했다고 생각하고 있었으니까."

"그게 무슨 말이지?"

"내가 원했던 건, 레드글레이브 공작가가 아니라―― 안제야."

"너, 너……!"

안제를 원하는 거라고 말하자, 안제는 얼굴이 빨개져서 고개를 숙였다.

"말은 기쁘지만, 난 평범한 계집아이에 지나지 않는다. 본가의 힘을 쓸 수 없다면 나는 너의 곁에 있어도 도움이 되지 않아. 그렇다고 해서 내가 본가의 힘에 기대면 너한테 민폐가 된다."

"나한테는!"

어떻게 해도 가문의 존재가 강하게 영향을 주는 세상이다.

가문이 아니라 너를 원한다고 말해도, 통하지 않는다.

하지만, 그걸 알고 있어도 나는――.

"――나한테는 안제가 필요해. 귀족 사회에 관한 건 시골 귀족인 나한테는 짐이 무겁고."

"확실히 리비아와 노엘은 귀족 사회에 어둡지만, 왕비님이 보좌해 주실 거다. 그럴 마음이 들면 에리카 왕녀가 너의 아내가 되겠지. 그 왕녀님이라면 분명 너를――."

"무리. 절대로 무리야! 에리카만은 그럴 일 없어!"

"어째서지?!"

내가 단언하자 안제는 몹시 놀랐다.

평소 그렇게 사이좋은 모습을 보면 그야 착각할 수도 있나.

하지만 나와 에리카만큼은 안 된다.

전생의 조카와 결혼이라니 당치도 않다.

난 조카가 행복하기를 바라는 것이지, 내가 행복하게 하는 건 번지수가 잘못된 이야기다.

나는 안제에게 내 결의를 전했다.

"나는 레드글레이브 가문과 싸우게 되더라도 안제를 원해."

"나 한 명을 위해 왜 그런 짓을……."

"안 된다면 빼앗겠어."

"——바보 녀석이."

강경한 자세를 보이자, 안제는 기뻐하는 듯하면서도 고개를 내저었다.

안제의 눈에서 눈물이 넘쳐흐르고 있었다.

"네 마음은 기쁘지만, 그래서는 너의 평온한 인생이 멀어진다. 나는 네가 행복해졌으면 한다."

내 행복에 정말로 필요한 것이란 뭘까?

답은 나와 있다.

"내 행복에는 안제가 필요해."

"——리온?"

나는 안제한테 침대 위에서 안겨들었다.

안제는 내 등에 손을 돌리고, 그리고 알아차린 것이리라.

"너, 떨고 있는 건가? 혹시——."

"미안, 아직 무서워."

유령선의 공포가 채 가시지 않은 게 들통나자, 안제가 큰 목소리로 웃기 시작했다.

"너는 정말로 야무지게 마무리를 짓지 못하는 남자군. 이럴 때 정도는 멋있게 딱 폼을 잡아야 하는 게 아닌가?"

"그렇지만 무섭다고! 부탁이니까 같이 있어 줘."

루크시온과 크레아레한테 배신당한 나는 안제가 곁에 있어 줬으면 한다고 부탁했다.

그러자 안제가 내 귓가에서 속삭였다.

"이거, 무서우니까 하룻밤 같이 있어 달라고 날 꼬드긴 건가?"

"아, 아닙니다."

"화내지 않을 테니 솔직히 말해라. 자, 얼른."

안제가 내 귀에 숨을 불어 넣자, 나는 간지럼을 느끼면서 대답했다.

"조금은."

"——역시나."

진실을 알고 어처구니없다는 목소리를 낸 안제였으나, 내 등을 부드럽게 어루만져 주었다.

"이대로 널 내버려 두면, 영웅의 이름에 흠집이 나겠군."

"나는 그래도 괜찮아."

"그건 내가 싫다. 너는—— 나에게도 영웅이니까."

이번 일로 지금까지 이상으로 안제와의 거리가 가까워진 느낌이 든다.

서로 간에 긴장하고 있었던 부분이 사라져, 편안한 기분을 느꼈다.

안제가 내 가슴에 이마를 가져다 댔다.

"리온, 나는 본가와 연을 끊겠다."

"어?!"

갑작스러운 말에 놀라고 말았다.

여기는 가문의 의지가 개인의 의지보다 강한 세계다. 이 세계에서 연을 끊는다는 것은 매우 큰 문제다.

앞으로 안제는 레드글레이브 가문에 돌아갈 수 없다.

어디 그뿐이랴, 공작 영애라는 신분도 사라진다.

"어차피 널 붙들어 두지 못하면 본가는 단념하여 날 내쳤을 거다. 그러니 네가 마음에 두고 끙끙 앓을 건 없다."

"하지만……."

"내가 선택한 길이다. 너는 신경 쓸 필요는 없어. 오히려 내가 본가와의 연을 끊으면, 레드글레이브 공작가가 적으로 돌아설지도 모른다. 그 성가신 상황을 떠안을 각오는 있나?"

몇 초 생각하고 고개를 끄덕이자, 안제가 얼굴을 들어 진지한 눈으로 날 봤다.

"이제부터 여러모로 힘들어질 거다. 영주 귀족들은 대부분이 적이다. 개중에는 널 떠받드는 자들도 나올 거다. 지금의 왕국을 재건하려면, 바빠질 거야."

"그걸로 원만하게 끝낼 수 있다면."

"——알았다. 내가 널 받쳐주마. 그리고, 오늘은 하룻밤 같이 있어 주지. 무서워서 잠들지 못할 테니까 말이야."

장난꾸러기 같은 미소를 보이는 안제를 보고 나는 얼굴이 빨개지면서 말했다.

"그, 그렇지는 않——."

"그러면 나는 내 방으로 돌아가겠다만?"

"거짓말입니다!"

나는 그렇게 안제에게 사과했고, 안제가 나와 하룻밤 같이 자주게 되었다.

제11화 「절연」

다음 날 아침.

리비아와 노엘은 리온의 방을 찾아갔다.

이유는 어젯밤부터 안제가 보이지 않았다는 점과 둘의 관계가 어떻게 되었는지를 알기 위해서였다.

리비아는 불안한 표정이었다.

"결국, 둘 사이를 되돌리는 데는 실패했네요."

복도를 걷는 리비아와 노엘은 어두운 표정을 짓고 있었다.

노엘은 억지로 밝게 행동했다.

"그, 싫어져서 헤어지는 게 아니잖아. 피차 입장도 있고."

리비아는 주먹을 꽉 쥐었다.

"그렇지요."

화해는 성공했지만, 결국 리온과 안제를 둘러싼 상황이 둘이 이어지는 것을 용납하지 않았다.

리비아와 노엘은 리온의 방 앞에 오자, 조심스럽게 노크했다.

"리온 씨, 일어나 계신가요?"

리비아가 리온을 불렀지만, 반응이 없었다. 노엘이 조금 강하게 문을 두드렸다.

"리온, 일어나 봐. 어제부터 안젤리카 씨가 보이지 않아. 크레아레한테 물어봐도 계속 문제없다고 하며 둘러댈 뿐이야. 리온이 물어봐 주지 않을래?"

노엘의 목소리에 잠에서 깼는지, 문이 열렸다.

그러나 안에서 나온 건 리온이 아니라 머리카락을 내린 안제였다.

안제는 둘을 앞에 두고 살짝 뺨을 물들이며 쑥스러워했다. 그녀는 시선을 둘에게서 피하면서 어렵게 입을 열었다.

"——미안했다. 걱정을 끼쳐 버렸군."

리비아가 뺨을 씰룩거렸지만 일단 안제가 무사해서 안심했다.

"다행이에요! 그래서 안제, 어제는——."

"기다려다오. 내가 먼저 말하고 싶은 것이 있다."

안제가 진지한 표정을 보이자 리비아와 노엘도 입을 다물었다.

안제는 작게 숨을 들이쉰 뒤.

"나는 리온 곁에 있기로 했다. 대신, 본가와 연을 끊겠다."

그 말을 들은 리비아와 노엘이 경악했다.

◇

왕도에 있는 레드글레이브 공작가 저택.

아침부터 저택을 찾아온 안제를 앞에 두고, 빈스는 불쾌한 표정을 감추지도 않고 그녀를 노려보았다.

"귀여워했던 딸한테 손을 물릴 거라고는 생각지도 않았다."

빈스의 말에 안제는 당당한 태도로 대답했다.

"물릴 만한 행동을 하신 건 아버님입니다."

"그렇다고 해도, 설마 절연하리라고는 생각지 않았다. 그 모습을 보아하니, 발트파르트 공작을 설득하지 못한 것이더냐? 여자로서 왕녀 전하한테 진 모양이군."

리온을 설득하지 못해서 연을 끊냐는 말이었다. 안제는 엷은 미소를 띠었다.

"리온은 에리카 왕녀와 결혼할 생각이 없다고 단언했습니다. 그리고, 레드글레이브 공작가와 싸워서라도 절 원한다고 말했습니다."

리온이 레드글레이브 가문과 손을 잡지 않은 이유가 에리카 때문이 아니라는 말에 빈스는 얼굴을 한껏 찌푸렸다.

도무지 이해할 수 없다는 표정이었다.

"대체 그게 무슨 말이냐? 그렇다면——."

"리온은 왕국이 멸망하면 일이 성가시게 된다고 했습니다."

"왕국은 저물고 있다. 물러날 때 물러나지 않으면 추한 꼴을 보일 뿐임을 이해하지 못하는 모양이군."

왕국은 수명이 다했다.

연명해 봤자 의미가 없다고 말하는 빈스에게 안제는 작게 고개를 끄덕였다.

"저도 그렇게 생각합니다."

"그걸 알고 있는데, 왜 설득하지 않는 거냐? 너라면 쉬운 일이 아니냐."

확실히 안제가 리온을 설득하는 건 간단하다.

리온도 안제가 부탁하면 레드글레이브 공작가의 편을 들 것이다.

하지만 그건 안제가 바라는 바가 아니다.

"제가 하고 싶지 않았습니다."

"안제!"

"제 바람은, 리온의 행복입니다."

당당하게 선언하자 빈스가 집무실 책상에 주먹을 내리쳤다.

"레드글레이브 가를── 가족을 배신할 셈이냐?"

가족끼리 싸울 생각이냐는 질문에 안제는 눈동자가 살짝 흔들렸지만, 마음은 변하지 않았다.

"변명은 하지 않겠습니다. 지금까지 신세를 졌습니다. 아버님, 부디 건강하시기를."

"너한테 그런 말을 들을 이유는 없다. 오늘부로 너와는 부모 자식의 연을 끊을 것이다! 얼른 나가라!"

"실례했습니다."

안제는 미련 없이 집무실을 나서려는 듯 움직이다가 문 앞에서 멈춰 서서 뒤돌아봤다.

빈스가 얼른 나가라는 듯한 표정을 짓고 있었으나, 안제는 개의치 않고 주머니에서 사진 한 장을 꺼냈다.

빈스가 선 곳에서는 사진이 보이지 않을 테니, 무슨 사진인지를 설명했다.

"그리고, 일단 알려 두겠습니다. 리온과 함께 미개척 던전에 도전하여 재보를 손에 넣었습니다."

그 이야기를 들은 빈스가 의자에서 엉거주춤하게 허리를 띄웠다.

"뭐, 뭐라고?!"

귀족으로서, 아버지로서 딸을 용서할 수 없었다.

하지만 딸이 모험가로서 위업을 이루었다는 말을 듣자, 마음이 술렁였다.

아버지로서, 모험가로서 딸을 축복하고 싶은 기분에 감싸였다.

동시에 모험가의 피가 들끓는다.

자기도 이루지 못했던 위업을 딸이 이루었다.

축복하고 싶은 마음과 동시에, 분하다는 감정이 일었다.

하지만 조금 전에 절연을 선언한 참이다.

자세한 이야기를 듣고 싶다고 생각하면서도, 여기서 그런 태도는 보일 수는 없는 노릇이었다.

그 감정들이 그의 표정에 드러났다.

안제가 친절하게 알려줬다.

"금수의 고성이라 이름 붙여진 던전입니다. 이미 재보는 전부 회수했습니다만, 현지를 조사하기 위해 조사단이 조직되었습니다. 몇 년 후에는 본격적인 조사가 시작될 겁니다."

이미 재보는 안제 일행이 회수했지만, 어쩌면 아직 뭔가 있을

지도 모른다는 생각에 모험가들은 속속 금수의 고성으로 향할 것이다.

빈스도 지금 당장 가고 싶다는 얼굴이었지만, 고개를 돌리고 의자에 다시 앉았다.

그는 팔짱을 끼고 안제에게 호통을 쳤다.

“그, 그게 어쨌다는 말이더냐? 너와는 이미 타인이다. 얼른 이곳에서 나가거라.”

“그러겠습니다. 아버님, 지금까지 감사했습니다.”

머리를 깊이 숙인 안제의 목소리는 조금 슬픈 듯했다.

안제가 방에서 나가고, 혼자가 된 빈스는 깊은 한숨을 내쉬었다.

“바보 같은 딸이. ――가장 먼저 던전 이야기를 했으면 됐을 것을. 앙갚음할 요량이더냐?”

딸의 모험담을 듣고 싶었는데.

그는 천장을 올려다보며 미소를 띠었다.

“전보다 표정이 좋아졌군.”

절연했으면서도 딸의 성장을 기뻐하는 아버지의 모습이었다.

학원 옥상.

헤링과 이후에 관한 이야기를 나누게 되었는데, 화제는 어떻게 해도 금수의 고성에 관한 것이 되었다.

헤링은 미아의 화제로 들떠 올라 즐거운 듯이 이야기했다.

"들어줘. 미아가 신종 식물을 발견했을지도 모른다. 나로서는 꼭 미아의 이름을 붙이고 싶은데 어떻게 생각하지?"

"너, 미아 이야기로 대체 얼마나 떠들 생각이냐?"

"아직 3할도 이야기하지 않았다만?"

고개를 갸웃하는 헤링을 보고 있으려니, 과보호라는 말이 딱 알맞게 느껴졌다.

내가 한숨을 내쉬자 헤링도 살짝 머쓱해졌는지 내 근황을 물어봤다.

"그, 네 쪽은 어떻게 된 거냐?"

"뭐가?"

"그 공작 영애 말이다. 널 위해 본가와 연을 끊었다고 들었다. 내가 있을 때는 이별 이야기까지 나오고 있었는데 그렇게 되다니. 어떤 수를 썼는지 후학을 위해 알고 싶다."

"그냥 궁금한 거잖아."

나는 어이없어하면서도, 사실을 이야기했다.

물론 나의 한심한 이야기는 전부 잘라냈다.

그런 수치를 적나라하게 고백할 수는 없다.

"안제에게 네가 필요하다고 말했을 뿐이야."

"그뿐인가?"

"달리 뭐가 필요한데?"

"아니. 그런 걸로 끝날 일이었으면, 미리 말했으면 되는 거 아닌가?"

쉽게 말할 수 있었으면 애초에 문제 따위 일어나지도 않았겠지.

나는 영문을 모르는 헤링에게 한 마디 더 덧붙였다.

"가치관 차이가 있었다고 하면 알겠냐?"

조잡한 대답이었지만, 헤링에게는 충분했던 모양이다.

그는 진지한 표정으로 생각에 잠겼다.

"그건…… 우리한테는 성가신 문제로군."

"그렇지?"

내가 하품하자, 헤링은 옥상 난간에 등을 기대고 하늘을 올려다봤다.

그리고 본론을 꺼냈다.

"나는 슬슬 또 마지막 공략 대상과 접촉하려고 생각한다."

"롭슨 말이야? 보는 눈이 그리 엄격해서는, 걔도 뭐."

"미아의 인생을 맡기기에 걸맞은 남자인지 판별할 뿐이다."

그게 문제라고.

헤링은 미아를 과보호하는 탓에 남자를 보는 눈이 너무 엄격했다.

무엇보다 이 녀석, 본인이 너무 유능하다.

고향인 제국에서도 유명한 기사라고 하고.

비록 귀족은 아니지만, 제국은 실력주의라고 하니 앞으로 작위를 받을 가능성도 있다.

재력에 관해서는 듣지 못했지만 돈을 낭비하는 성격은 아니니,

저금도 제법 있겠지.

언젠가 뭐에 돈을 쓰는지 물었더니, 대부분이 미아 관련이었다.

이런 놈인데, 눈에 차는 남자가 이 학원에 있을까?

헤링이 심각한 표정을 지으며 내게 부탁했다.

"——그런 표정 짓지 마라. 나도 최근에는 내 눈이 조금 엄격하다는 걸 느끼고 있다."

"조금? 그걸로 조금?!"

"그러니 너도 상대를 판별하는 걸 도와줬으면 한다."

"내가? 왜?!"

어째서 나한테 그런 걸 부탁하는 건데?!

내가 의아하게 쳐다보자, 헤링이 사정을 이야기했다.

"어쩔 수 없잖냐! 달리 부탁할 녀석이 없다고. 마리에—— 씨는 뭐라고 할까, 남자를 보는 눈이 없는 것 같고……."

확실히, 다섯 바보한테 둘러싸인 마리에한테 남자를 보는 눈이 있다고 하기는 어렵지.

전생에서부터 글러 먹은 남자한테 걸려드는 녀석이었다.

"나도 자신 없지만, 그것보다 롭슨이 미아와 친해질 수 있을지가 중요하지 않냐? 무리해서 붙여 놔도 좋은 결과로는 이어지지 않는다고."

알제르 공화국에서 일어난 로이크 건을 떠올린 나는 본인들의 마음이 가장 중요하다고 헤링에게 말했다.

헤링도 납득한 모양이다.

"그렇군. 우선은 본인의 마음인가. 그걸 전제하고, 미아를 지킬 수 있지를 봐야겠군. 아니, 차라리 내가 직접 미아를 지킬 수 있는 남자를 기르는 건 어떨까?"

"너는 귀공자 육성 게임이라도 하고 싶은 거냐?"

"안 된다면 마련할 수밖에 없잖냐!"

미아한테 걸맞은 남자가 없으니까, 스스로 마련하겠다는 말을 하기 시작했다.

무엇이 이 녀석을 그렇게까지 하게끔 한단 말인가?

"미아를 향한 네 사랑이 좀 무거운 거 같은데."

"그럴 리 없다. 이 정도는 평범해."

나는 여성향 게임의 공략 대상을 육성하여 주인공에게 걸맞은 남자로 키우려는 헤링을 말리는 데 조금 고생했다.

하지만── 다섯 바보를 정상적으로 만들어 준다면, 맡겨 보고 싶기도 하군.

◇

에단 포우 롭슨.

그는 태어나면서부터 모든 걸 가지고 태어난 남자다.

명문 백작가에 태어났고, 검과 마법에도 재능이 있었다.

무(武)만이 아니라 문(文) 쪽에서도 뛰어난 재능을 발휘하고 있었다.

결점다운 결점이 없고, 주위에서 천재라는 말을 들으며 자랐다.

그런 에단에게는 조금도 닮지 않은 형이 있었다.

에단과 비교하면 재능도 없고 굼떴으며, 비굴한 성격을 지녔다.

형은 우수한 동생을 시기했고, 이윽고 가문의 후계자 지위를 위협한다고 생각해 암살까지 계획했다.

하지만 그의 무능함은 여기까지 영향을 미치고 말았다.

그는 암살이라 하기에는 너무나 치졸한 행위를 저질렀고, 결국 부모가 그를 내치기에 이른다.

부모는 그를 먼 친척이 있는 시골에 가둬 두었다고 했지만, 에단도 상세한 것은 알 수 없었다.

살아있는지 죽었는지도.

우둔한 자식 탓에 집안이 기울 걸 우려하던 부모는, 이 기회에 에단을 후계자로 앉혔다.

이렇게 에단은 롭슨 가문의 적남이 되었다.

"그래, 다시 말해 나는 모든 것을 손에 넣은 완벽한 남자다."

──에단은 여기까지의 자랑 이야기를 조금 슬픈 듯이 이야기했다.

그는 학원 안뜰에서 벤치에 앉아 있던 아레 옆에 앉더니, 갑자기 자신의 성장과 자랑 이야기를 시작했다.

자랑 이야기를 듣게 된 아레는 곤혹스러워했다.

"그, 그러신가요. 큰일이셨네요."

아레는 무릎 위에 자그마고 귀여운 수제 도시락을 펼쳐 놓은 상태였다.

혼자서 점심시간을 보내고 있었더니, 갑자기 에단이 옆에 앉았다.

그러더니 묻지도 않았는데 자신의 성장에 관해 이야기하기 시작했다.

힐끔힐끔 도시락으로 시선을 향하는 에단에게 아레가 반찬을 내밀었다.

“드세요.”

“어이쿠, 실례. 너무나도 맛있어 보였기에 시선을 빼앗기고 말았어. 너 같은 아름다운 여성에게 시선을 고정해 두고 싶었는데, 죄 많은 음식이로군.”

아레가 내민 달걀말이를 손으로 집어 먹은 에단은 달걀말이를 씹어 삼키고는 아레에게 미소를 향했다.

“너는 분명 훌륭한 아내가 되겠지. 참고로, 내 옆은 너를 위해 비워 뒀다. 언제라도 옆에——.”

에단이 자신의 양손을 잡자, 아레는 에단이 뭘 하고 싶은 건지 눈치챘다.

——아아, 나는 지금 헌팅당하고 있는 거구나, 하고.

“저기, 기쁘지만, 저는 그——.”

조심스럽게 거절하려 했더니, 둘에게 다가가는 남자가 한 명 있었다.

노기를 내뿜고 있는 제이크였다.

"네놈, 거기서 뭘 하는 거냐!"

언성을 높이며 다가오는 제이크를 보고 아레는 황급히 에단한테 잡혀 있던 손을 뿌리쳤다.

"제이크 전하?! 이, 이건 그게……!"

당황하는 아레에게 시선을 향한 제이크는 이내 옆에 있는 에단을 노려봤다.

"아레가 난처해하고 있다. 거길 비켜라, 에단."

같은 1학년이라 제이크는 에단을 알고 있었다.

물론 에단도 제이크를 알고 있었다.

하지만 두 사람 모두 양호한 관계라고는 말하기 힘들었다.

대담한 미소를 띤 에단이 제이크를 도발했다.

"이거, 이거. 아직도 왕태자가 되지 못한 제이크 전하 아닙니까. 들은 이야기로는 발트파르트 공작을 구슬리지 못했다는 것 같군요? 공작님은 폐적당한 율리우스 전하를 밀어주고 있다던가?"

왕위를 노리는 제이크에 대한 노골적인 도발이 에단의 입장을 보여주었다.

롭슨 가문은 제이크를 지지하지 않는 것이다.

하지만 제이크는 한 걸음도 물러서지 않는다.

"형을 밀어내고 후계자 자리에 앉은 점을 높이 사고 있었다만, 아무래도 나의 과대평가였던 모양이군. 그저 남의 것을 원하는 어린애였어."

어린애라는 말을 들은 에단이 미소를 띤 채 눈썹 끝을 추켜올렸다.

애써 여유를 보이고는 있지만, 상당히 화가 난 모양이었다.

"거침없이 말씀하시는군요. 돌보미인 오스칼은 어디에 있습니까? 전하를 보살펴야 할 텐데, 모습이 보이지 않는 것 같습니다만?"

오스칼의 화제를 꺼내며, 돌봐 주는 사람이 없으면 아무것도 못 하는 꼬맹이 주제에! 라고 에둘러 깎아내렸다.

하지만 제이크는 얼굴을 오른손으로 감싸며, 참담한 표정을 지었다.

"오스칼은…… 여자한테 갔다."

"몸을 단련하는 것밖에 재능이 없는 오스칼한테 여자가 생겼단 말입니까? 사람은 성장하는 법이군요. 전하도 본받으시는 게 어떻습니까?"

자신을 헐뜯는 에단에게, 제이크는 힘없이 대답했다.

"그렇군. ――아레, 나와 같이 가다오."

제이크는 도시락 상자를 정리한 아레의 손을 잡고, 에단이 있는 곳에서 떠나갔다.

그런 둘의 모습을 본 에단은 화를 내지 않았다.

다만, 제이크의 뒷모습을 차가운 눈으로 바라보았다.

"――지금만은 양보하겠습니다, 전하. 어디 한껏, 즐거운 추억을 만들어 두시기를."

에단은 제이크의 신변에 무슨 일이 일어날지 알고 있었다.

멸망해 가는 나라의 왕자의 말로 따위, 상상할 것까지도 없다. 동정심에서, 에단은 아레를 데리고 가는 제이크를 지켜봤다.

◇

"오스칼 니임~."

"제나 씨!"

오스칼과 핀리는 학원 근처에 있는 찻집에 왔다.

먼저 와서 기다리고 있던 제나는 오스칼을 보고 얼굴 한가득 미소를 지었다. 옆에 핀리가 있는데도.

서로의 본성을 아는데도 제나는 뻔뻔하게 내숭을 떨었다.

"불러내서 죄송해요. 꼭 오스칼 님과 점심을 같이 먹고 싶어서요~."

핀리는 간살맞은 목소리를 내는 제나를 굳은 얼굴로 바라보았다. 핀리의 눈빛이 죽어있었다.

그런 핀리의 상태를 알아차리지 못한 오스칼은 쑥스러워하며 대답했다.

"아뇨, 저도 기쁩니다. 여성에게 권유받은 경험이 없기에, 들떠있습니다."

"오스칼 님 귀여워어~!"

풋풋한 두 사람을 보는 주위는 미소 짓거나 어색해하는 듯하거나, 이도 저도 아니면 어금니를 꽉 깨물고 이 세상을 저주하는 듯한 반응을 보이고 있었다.

그리고 핀리는――.

'왜 나는 이런 곳에 끌려와서 벌칙 게임 같은 일을 당하고 있지?'

사이가 좋았던 남학생이 어느샌가 자기 언니와 좋은 관계가 되어 있었다.

핀리로서는 무슨 일이 일어난 것인지 이해할 수가 없었다.

핀리가 한참을 노려보자 그제야 제나가 핀리를 바라보았다.

"어머, 핀리도 있었네."

제나가 자못 방해된다는 듯한 표정을 지으며 말했다. 여동생에 대한 배려가 조금도 없었다.

"방해해서 미안. 아빠랑 엄마가 그랬거든. ――언니가 문제를 일으키지 않는지 감시하라고 말이야."

핀리가 억지로 웃으며 말했다.

"딱히 안 와도 돼. 우리끼리 사이좋게 지낼 테니까, 넌 막과자라도 사서 돌아가는 게 어때? 아, 아빠랑 엄마한테는 잘 말해 둬."

"난 성실하니까 그건 안 되겠는데?"

함께 있는 오스칼은 둘의 속내를 이해할 수 있을 정도로 머리가 좋지 않았기에 자리에 앉아 주문하기 시작했다.

핀리는 마음속으로 이를 갈았다.

'나도 너희 꼴이 좋아서 보는 게 아니라고! 내 기분도 조금은 헤아리란 말이야!'

제나가 오스칼과 사귀다가 사고를 치는 게 아닐까 걱정한 부모님이 핀리에게 부탁한 결과였다.

'오빠는 오빠대로 절대로 언니한테서 눈을 떼지 말라고 하고!'

리온한테서 용돈을 받아 사는 핀리는 리온의 부탁을 거절할 수 없었다.

하지만 무엇보다, 자신도 이들을 감시하지 않으면 사고를 칠지 모른다고 생각하고 있었다.

제나도 핀리도 서로 웃는 얼굴이었지만, 그 누구도 웃고 있지 않았다.

핀리가 자리에 앉았다.

"시간도 없고, 얼른 끝내자. 우리는 오후에도 수업이 있어. 한가한 언니와는 다르게 말이지."

하지만 제나는 들은 척도 하지 않고 자연스럽게 오스칼 옆에 앉아, 그의 단련된 팔에 달라붙었다.

"오스칼 님, 던전에서 보물을 발견하셨다면서요? 혹시, 거금을 손에 넣거나 하셨나요?"

그러나 오스칼의 대답은 제나가 바라는 것이 아니었다.

"아뇨, 그건 전부 공작님의 손에 들어갔습니다."

"――네?"

"역시, 던전 공략자는 다르더군요. 저 같은 건 발끝에도 미치지 못합니다. 훌륭한 선배를 얻어 저는 행복합니다."

오스칼이 웃으며 말하자, 제나는 뺨을 씰룩거렸다.

"그, 그랬군요. 그 리온이 또 새보를 손에 넣었구나. 흐응~."

"예! 공작님은 저를 신경 써 주셨습니다. 너무 무리하다 다치면 여러 가지로 미안하다고 말씀하셨습니다."

미안하다는 여러 가지 부분에는 분명 제나에 관한 것도 포함된 거겠지, 라고 핀리는 생각하며 점원이 가지고 온 주스를 마셨다.

제나가 핀리한테 얼굴을 가까이 가져다 대며, 자세한 사정을 캐물었다.

"어떻게 된 거야? 그 녀석, 또 보물을 발견했어? 원래도 부자였잖아?"

"나도 몰라. 최근에는 묘하게 긴장이 빠져서 헤벌쭉한 상태야."

"걔가 긴장이 빠지는 건 항상 있는 일이잖아. 긴장 말고도 여러 가지가 빠져 있지."

피를 나눈 남매 사이라서 그런지, 리온에 대한 평가가 신랄했다.

핀리도 이를 부정하지 않았다.

본가에서 보던 리온의 모습은 모두가 말하는 듯한 영웅 같은 게 아니었다.

"요즘은 본가에 있었을 때보다 더 심해. 묘하게 안젤리카 씨한테 찰싹 붙어 있어."

"그 바보, 돈 좀 벌었으면 나한테 나눠줄 수도 있잖아."

물론 제나한테 그런 권리는 없지만, 누나로서 느끼는 불합리함에 대한 표명이었다. 말로만 이럴 뿐, 정말 자기 몫을 원하는 건 아니었다.

핀리가 고개를 갸웃했다.

"지금도 언니의 왕도 생활 자금은 오빠가 내주고 있지 않아?"

"그건 그거고, 이건 이거야."

"언니 인성도 만만치 않네."

이 남자는 이런 언니의 어디에 끌린 것일까.

핀리는 오스칼한테 물었다.

"오스칼 씨."

"무엇이지요?"

"어째서 언니한테 반한 거야? 동생인 내가 봐도 상당한 쓰레기인데."

눈앞에서 대놓고 쓰레기라는 말을 들은 제나가 격노했다.

"──핀리, 너 나한테 원한이라도 있어?"

제나는 내 행복을 부수는 사람은 용서하지 않겠어, 라는 험악한 시선으로 핀리를 바라보았다.

하지만 핀리는 오스칼에게 충고하기를 그만두지 않았다.

왜냐면 언니가 얄미우니까.

"오스칼 씨, 지금부터라도 헤어지는 편이 좋아."

무시당한 제나가 살의가 담긴 눈동자로 여동생을 쳐다보는 가운데, 오스칼은 멋쩍은 듯이 머리를 긁적였다.

"그럴 일은 없습니다. 제나 씨는 멋진 여성이니까요."

단언하는 오스칼을 보고, 제나는 눈동자를 반짝이며 손깍지를 꼈다.

오스칼에게 기도를 바치는 듯한 모습으로 이름을 불렀다.

"오스칼 님!"

"제나 씨!"

두 사람이 서로를 응시하는 광경을 본 핀리는 양손으로 얼굴을 덮었다.

'이 자식 눈은 옹이구멍이냐고!!'

◇

핀리한테서 점심 식사 때의 이야기를 들은 나는 내 방에서 머리를 감싸 쥐고 있었다.

"나는 호건 자작에게 뭐라고 사죄해야 하지……."

우리 누나가 댁의 아드님을 홀리고 말았습니다, 라고 사과하면 용서해 줄까? 아니, 그럴 리 없겠군.

내가 호건 자작이라면 소중한 후계자가 여자한테 홀려 넘어갔다는 걸 들은 순간 분개할 거다.

침울해하는 내게 마실 것을 준비해 준 안제는 어처구니없다는 표정을 지었다.

"그렇게 신경 쓰지 않아도 된다. 호건 자작은 오히려 기뻐할 수도 있다."

"그 누나라고?! 학생 시절에 실컷 놀러 돌아다니고, 나한테 잔뜩 민폐를 끼치고 있는 그 누나라고?! 오스칼이 너무 불쌍하잖아!"

바보지만 좋은 녀석인데, 반한 여자가 너무 악독하다.

나는 제나라는 인간을 잘 알고 있기에, 오스칼을 위해서라도 헤어지길 바랐다.

그래, 오스칼을 위해서!

어째서 나는 3탄의 공략 대상 남자 녀석의 연애 문제로 골치를 썩여야만 하는 것인가?

안제는 이 이야기에도 질렸는지, 화제를 본가와의 절연으로 바꿨다.

"그것보다, 슬슬 내가 본가와 연을 끊었다는 사실이 세간에 알려질 거다. 왕궁도 학원도 야단법석이 나겠지. 주위가 너의 동향을 신경 쓸 거다."

내가 누구의 편을 들지 주목한다는 의미다.

난 좀 더 다른 걸로 주목받고 싶었는데.

학원에서 으뜸가는 다도 신사, 라든가.

"그런 일로 주목받고 싶지 않은데."

"날 선택한 대가가 비싸게 매겨졌군."

"——그럼 참아야지."

안제는 쿡쿡 웃더니 내게 앞으로 어떻게 행동할지 말해줬다.

"넌 최대한 왕궁과 친밀한 사이라는 걸 보여줘라. 율리우스 전하와 친하게 지내는 것처럼 보이면 된다."

"율리우스랑? 에리카나 제이크는?"

왕족과 친근한 모습을 보이는 게 목적이라면, 에리카도 제이크도 조건은 같다.

하지만 안제는 율리우스를 지목했다.

"제이크 전하는 야심이 너무 강하다. 네가 가까이 다가가면 관계를 이용해서 왕태자 지위를 노리고 분쟁을 일으킬지도 모른다."

"그 제이크가? 아레한테 푹 빠졌는데도?"

학원 안에서 둘이 같이 있는 모습을 자주 보고 있다.

듣자니 제이크가 쫓아다니고 있다는 모양이다.

아레도 아주 싫지만은 않은 것 같고.

――다만, 양쪽 다 남자라는 점이 문제다. 아니, 한쪽은 성전환하여 여자가 되었지만, 이 세계에는 성전환이라는 개념이 없다.

그 때문에 아레는 아무리 여성스러워도 서류나 호적상으로는 남자 취급이다.

안제도 그 사실을 알고 있기에 제이크를 걱정했다.

"진실을 알게 되면 제이크 전하는 거칠게 날뛰겠지."

"그때는 아로간츠로 때려눕히고 다섯 바보처럼 유쾌한 녀석으로 만들어야지 뭐."

"최종 수단으로 생각해 두지. 그리고, 에리카 왕녀와의 다회는 최소한으로 그쳐 둬라."

에리카가 안 되는 이유를 알 수 없다.

고개를 갸웃하자, 안제가 내 뺨에 손을 뻗어 꼬집었다.

"안제, 아파."

"이해가 안 된다는 표정을 하고 있으니까 그런 거다. 에리카 왕녀와 친밀하게 지내지 않았으면 하는 건 정치적인 의미도 있지만, 내 바람이기도 하다."

"어?"

안제가 내 뺨에서 손을 떼더니, 빨갛게 부은 부분을 손가락 끝으로 부드럽게 어루만졌다.

"질투다. 그리고, 너무 친밀하게 지내면 밀렌 님이 먼저 움직일 거다. 그분은 조국을 지키기 위해서라면 수단을 고르지 않으실 테니."

손을 뗀 안제는 내가 모르는 밀렌 씨에 관해 알려주었다.

더 위기감을 가져라, 라고.

"그분이 시집오셨을 때는 레파르트 연합 왕국이 비장의 수를 꺼내 들었다며 떠들썩했다. 언젠가는 맹주국의 여왕이 되었을 사람이라는 평가도 받던 사람이니까 말이지."

"밀렌 씨 대단하네."

감탄했더니 안제가 마음에 안 든다는 듯한 표정을 지었기에 헛기침하여 얼버무렸다.

안제는 과거에 밀렌 씨 곁에서 예의범절을 배웠다는 모양이라, 본인으로부터 여러 이야기를 들었다는 것 같다.

"연합 왕국은 오랫동안 라셀에 시달렸다. 그래서 밀렌 님은 군사 동맹 등 라셀을 억제하는 방안에 신경을 많이 쓰셨지."

"그래서 딸을 이용한다는 건가?"

"인간미를 보여주실 때도 있지만, 왕족의 모습을 보여주시기도

하는 분이다. 그래서 에리카 님이 어릴 적에 프레이저 가문의 적남과의 약혼 이야기를 꺼내신 거지."

상황은 이해하지만, 억지로 약혼하게 된 게 전생의 조카라서 복잡한 기분이 들었다.

안제가 농담을 섞으며 이야기를 마무리했다.

"그러니까 개인적으로도, 정치적인 의미로도 권장하지 않는다. 이렇게까지 말했으니 너도 생각을 고쳐 주겠지?"

안제가 얼굴을 가까이 가져다 댔고, 나는 약간 몸을 뒤로 뺐다.

"전보다 적극적으로 변했네."

"사양은 그만뒀다. 너한테 빙 둘러서 하는 애정 표현은 통하지 않으니까."

아무 말도 하지 못하고 있자, 문을 노크하는 소리가 났다.

"이런 시간에 누구지?"

의자에서 일어서자 안제가 눈을 날카롭게 떴다.

찾아온 손님에 짐작 가는 바가 있는 모양이다.

"시간 전에 오는 건 바람직하다만, 좀 더 눈치를 발휘했으면 하는군."

"어? 누구 불렀어?"

"율리우스 전하다."

안제가 불러낸 율리우스와 함께, 나는 왕도 거리를 걷고 있었다.

율리우스와 둘이서 왕도를 걸으라는 안제의 지시였다.

남자 둘이서 외출이라니, 눈물이 흐를 것만 같았다.

그러나 율리우스는 오히려 기분이 좋아 보였다.

"네 돈으로 노점을 돌아봐도 좋다는 말을 들었다. 내가 추천하는 가게를 돌아보면서, 신규 개척을 하면 되겠군."

쓸데없이 반짝반짝 빛나는 꽃미남 스마일을 내게 향한다.

주위를 걷는 여성들이 그런 율리우스를 넋을 잃은 채 바라보고 있었다.

――너, 그런 미소를 나한테 보내서 무슨 의미가 있는데?

나는 두근거리거나 하지 않을 거라고.

"노점 순회라니, 그래도 왕자님인데 그걸로 괜찮은 거냐?"

"이것도 나날의 수행이다. 뭐, 취미와 실익을 겸하고 있지만."

"아니, 그런 걸 물어본 게 아니라고."

남자랑 같이 돌아다니는데 어떻게 이리도 즐거워할 수 있는 거지?

율리우스가 이해할 수 없는 수수께끼의 생물처럼 느껴졌다.

그때 루크시온이 내게 말을 걸었다.

『마스터, 주위에서 수상한 인물들을 감지했습니다.』

"암살자인가?"

이래 보여도 타국에서 현상금 10억 엔을 내건 몸이다.

내 목숨을 노리는 녀석들도 나오고 있지만, 이번에는 아닌 모양이다.

『아뇨, 마스터의 교우 관계를 탐색하고 있는 듯합니다. 안젤리카가 말했던 것처럼, 마스터 주위가 뒤숭숭해지고 있군요.』

"내 교우 관계 같은 걸 필사적으로 조사하다니, 유감스러운 녀석들이구만."

『동의합니다. 이런 마스터가 중요 인물이라니, 이 나라는 이미 말기입니다.』

"넌 좀 더 상냥해질 수 없냐? 명령하면 상냥해지려나?"

명령하면 조금은 상냥한 파트너가 되어 주지 않을까?

그런 아련한 희망은 곧바로 산산이 부서졌다.

『긍정적인 선처를 검토한 결과, 유감스럽지만 보류토록 하겠습니다.』

"즉답해 놓고서는 검토했다니, 뭐야?"

루크시온과 일상 대화를 하고 있자, 율리우스가 주위에 시선을 향하며 작게 한숨을 내쉬었다.

"이 감각은 오랜만이군. 아니, 나 이상인가?"

무슨 말인가 싶어 고개를 향하자, 율리우스가 진지한 표정으로 나를 가게로 안내했다.

빠른 걸음으로 사람들 사이를 누비며 나아갔다.

"어이, 왜 그래?"

"상당한 수가 지켜보고 있다. 리온은 나 이상의 인기인이로군."

웃는 율리우스를 보니 열이 치밀어 올랐다.

"짜증 나는 녀석들만 모여드는구만."
"옛날의 나도 그랬다."
왕태자로서 주목을 모으고 있던 율리우스의 심정이 조금이지만 이해됐다.
항상 남들이 지켜보고 있으니 확실히 기분이 불편하다.
그리고 율리우스는 이제부터 무슨 일이 일어날지를 내게 들려줬다.
"이제부터가 큰일일 거다. 왕궁은 물론, 학원 안도 시끄러워지겠지."
"그러냐?"
"그런 법이다. 그건 그렇고, 안젤리카와 잘 해낸 모양이군."
"야, 이——! 했다든가 그런 식으로 말하지 말라고."
율리우스는 고개를 갸웃했지만, 신경 쓰지 않았는지 이야기를 계속했다.
"늘 보이던 심각한 표정이 사라졌다. 오히려 이전보다 더 패기에 차 있더군. 너, 앞으로 고생하는 것 아닌가?"
고민을 말끔히 떨쳐 낸 안제는 여러모로 씩씩해지고 말았다.
덕분에 나는 안제한테 쩔쩔매는 상황이다.
『이미 안젤리카의 엉덩이 밑에 깔렸습니다.』
"야!"
『사실 아닙니까?』
받아칠 수 없었기에 고개를 돌리자, 율리우스가 웃었다.

"역시 너는 나 이상이야. ──잘해봐라, 리온."
잘해보라는 말에는 앞으로의 일도 포함된 것이리라.
안제에 관한 것뿐만이 아니다.
"너한테 그런 말 듣지 않아도 그럴 거다."

제12화 「상례 행사」

"설마 레드글레이브 공작가와 관계를 끊고 왕가를 지지한 건가?"

에단이 그 소식을 들은 건 리온과 율리우스가 왕도에서 같이 돌아다니며 음식을 먹은 다음 날의 일이었다.

레드글레이브 공작가가 안제와 절연했는데도 리온과의 약혼은 파기되지 않았다.

또한, 리온이 율리우스와 함께 왕도를 걷는 모습을 보여 왕가를 지지한다는 뜻을 내비쳤다.

그리고 이를 뒷받침하는 정보가 에단에게 전해졌다.

예정이 틀어진 에단은 얼굴을 찌푸렸다.

"이러면── 아레 양이 제이크 왕자와 맺어지지 않나!"

머리를 감싸 쥐고 그 자리에 웅크린 에단은 아레와의 만남을 떠올렸다.

입학식으로부터 며칠이 막 지났을 무렵이었다.

에덴은 학원의 이들이 수준이 낮다고 생각한 후, 누구와도 이야기하지 않고 거리를 두며 지내고 있었다.

나는 주위와 다르다.

에덴은 그런 생각으로 고립되어 있었다.

하지만 이때 그에게 따뜻하게 말을 걸어 준 인물이 있었다.

그게 바로 아레였다.

아레는 잊은 모양이지만, 그녀는 혼자서 지내던 에단에게 말을 걸어 주었다.

고작 몇 분 정도의 대화였지만, 에단은 지금도 기억하고 있다.

별것 아닌 사소한 대화를 나누며 심장 고동이 빨라지는 것을 느끼고 있었다.

아레가 떠나간 후에 그는 깨달았다.

"이 완벽한 내가 사랑에 빠졌으니, 아레 양은 완벽한 여성이 틀림없다. 그런데 제이크 전하와 친밀하다니, 있을 수 없는 일이야. 망국의 왕자로서 처형대에서 사라졌어야 하거늘."

제이크는 어차피 죽을 운명이었기에, 짧은 기간만이나마 자비를 베풀 생각이었다.

그런데 리온이 왕가를 지지하면서 모든 계획이 뒤틀어졌다.

리온이 왕가를 지지하게 되면, 호르파트 왕국을 멸망시키고 싶어 하는 영주 귀족들도 주저하게 될 것이다.

실제로 이미 레드글레이브 공작가 파벌에서 빠지는 귀족들이 나오고 있다.

에단의 본가인 롭슨 백작가도 눈치를 살피는 상황이라, 학원에서는 신중하게 행동하라는 지시가 내려왔다.

즉, 제이크가 처형대로 보내질 가능성은 크게 줄어들고 말았다.

"어째서 내 계획대로 되지 않지?! 나는 천재라고!!"

자기가 천재임을 믿어 의심치 않는 에단은 귀족 운운하는 입장을 잊고 행동을 일으키기로 했다.

"이렇게 되면 분명히 해야만 하나."

모든 것은 아레에게 사랑을 전하기 위해서.

◇

나와 헤링은 학원 복도를 걷고 있었다.

그리고 서로 사이 나쁜 파트너들도 함께였다.

루크시온이 빨간 렌즈를 요사스럽게 빛내며 브레이브를 노려보자, 브레이브는 핏발 선 눈으로 루크시온을 노려봤다.

공중에 떠서 양아치들이 서로 꼬나보다시피 하며 우리를 따라왔다.

그리고 마스터인 헤링은 긴장한 기색으로 옷깃을 느슨하게 풀었다.

"롭슨—— 미아에게 걸맞은 남자인지 이 내가 판별해 주겠다."

헤링은 마치 전장으로 향하는 듯한 표정을 짓고 있었다.

"너는 롭슨 군을 죽이고 싶은 거냐? 그 살기를 어떻게 좀 하라고."

"미, 미안하다. 어떻게 해도 힘이 들어가고 만다."

아무것도 모르는 롭슨이 불쌍해지기 시작했다.

하지만 그 녀석도 그 여성향 게임의 공략 대상이다.

아무리 생각해도 제대로 된 녀석일 것 같지는 않다. 일단 만나서 사람 됨됨이를 확인한 뒤 동정해야 할지 어떨지 판단해야겠다.

헤링이 불안한 얼굴로 나를 바라보았다.

"——발트파르트."

"그냥 리온이라고 불러. 왜?"

"그럼 너도 핀이라고 불러라. 너라면 만약 롭슨이 미아에게 걸맞지 않은 남자일 때, 어떻게 할 거냐?"

만나기 전부터 기대에서 어긋났을 경우를 생각하다니, 지나치게 비관적이군.

아니, 그렇지도 않은가.

지금까지의 경험으로 생각하면 지나치게 비관적인 정도가 딱 좋은 세계였다.

"나는 처음부터 공략 대상들한테 기대하지 않으니까 어쩔 것도 없어. 너도 키워서 어떻게든 하겠다고 말했잖냐."

"그, 그렇군. 걸맞지 않다면 단련시키면 되겠지. 사선을 몇 번 정도 넘으면 조금은 제대로 된 남자가 될지도 몰라."

"——그렇게나 조건이 엄격하면 미아는 언제까지고 결혼하지 못할 것 같은데."

이 일에 한해서는 헤링—— 핀의 과보호도 문제다.

우리가 롭슨과 이야기하기 위해 1학년 교실로 향하자 소란스러운 목소리가 들려왔다.

"1학년은 시끌벅적하구만."

그러자 핀이 고개를 갸웃했다.
"아니, 평소에는 이렇게 시끄럽지 않다. 뭔가 문제라도 일어난 건가?"
신경 쓰여서 달려가자, 교실에서 미아의 목소리가 들려왔다.
"남자라면 정정당당하게 승부예요!!"
——미아한테 무슨 일이 있었던 것일까?

이야기는 조금 되돌아가, 1학년 교실에서는 제이크와 에단이 서로 노려보고 있었다.
몸집이 작은 제이크가 장신인 에단을 올려다보는 모양새였다.
둘의 표정은 격노로 일그러져있었다.
"한 번 더 말해 봐라."
제이크가 낮은 목소리로 말하자, 에단은 차가운 목소리로 대답했다.
"너한테 아레 양은 어울리지 않는다. 형을 밀어내고 왕태자도 되지 못하는 네가, 가련한 아레 양과 함께할 자격이 있다고 생각하나?"
에단의 말에 제이크는 이마에 핏대를 세웠다.
"형을 밀어내고 후계자 지위를 빼앗은 녀석은 역시 다르군. 자칭 천재란 자가 다른 사람의 실력도 가늠하지 못하다니. ——내가 형님보다 뒤떨어진다고 말하는 거냐?"

불온한 말이 오가는 탓에 주변 학생들이 불안한 얼굴로 바라보고 있었다.

특히 왕자를 상대하는 에단의 말투는 불경하기 짝이 없었다. 학생끼리라는 점을 생각해도 도가 지나친 수준이었다.

제이크도 승계권 문제와 관련될 만한 화제를 삼가도록 학원 측에서 주의를 받은 것을 잊은 모양이었다.

일촉즉발인 상황에 1학년들이 동요하기 시작했다.

"에리카 왕녀님은?!"

"오늘은 진찰이 있다고 하셔서 벌써 가셨어."

"그, 그러면, 오스칼 님은?!"

"——연인이랑 만난다고 조금 전에 태연하게 교실에서 나갔어."

"어째서?! 왜 이 상황을 보고도 태연하게 나가는 건데?!"

오스칼의 비상식적인 행동에 1학년들도 곤혹스러워하고 있었다.

그러자 시선은 이 자리를 수습할 수 있을 듯한 여자에게 향했다.

——핀리였다.

여자들 몇 명이 핀리에게 다가가 이 자리를 수습해 달라고 부탁했다.

"핀리 양, 부탁이 좀 있는데……."

무슨 말을 하고 싶은 건지 알아차린 핀리는 깊은 한숨을 내쉬며 자리에서 일어섰다.

"오빠 이름으로 어떻게든 하라는 말이지? 알았어."

입학하고 나서 이러한 성가신 일을 떠맡게 되는 경우가 늘었다.

핀리도 이미 익숙했기에 서슴없이 제이크와 에단에게 다가가 말을 걸었다.

"두 분 모두 괜찮으실까요?"

간드러진 목소리로 공손하게 나오는 핀리에게 제이크와 에단이 고개를 향했지만, 둘은 당장이라도 분노로 폭발할 것 같은 분위기를 내뿜고 있었다.

그런 둘에게 핀리가 부탁했다.

"다들 곤란해하고 있으니 오늘은 이 정도로 하지 않으시겠어요? 이 이상 소란이 커지면 두 분으로서도 성가시겠지요? 그렇죠?"

서로의 입장을 생각하면 이만 물러나는 편이 좋다.

둘 다 생각이 있다면 여기서 그만해야 했지만── 핀리의 예상은 간단히 빗나가고 말았다.

"조용히 있어라, 발트파르트. 네 오빠가 나온다고 해도 나는 이 녀석을 용서할 생각은 없다."

그러자 에단이 제이크를 바보 취급하며 비웃었다.

"좋은 배짱입니다. 공작의 뒷배가 없으면 아무것도 하지 못하는 왕자치고는 훌륭한 각오군요. ──발트파르트 양, 저도 물러날 수 없습니다."

두 사람 모두 물러서지 않았다.

이 사태를 야기한 것이 고작 여자 문제라는 게 어이없을 따름이었다.

핀리가 울상으로 변했다.

"아니, 저기, 이러면 곤란해진다고——."

핀리의 설득도 통하지 않자, 교실의 분위기가 한층 더 나빠졌다.

개중에는 도망치는 학생들도 있었다.

그때, 한 명의 여학생이 책상에 양손을 기세 좋게 짚고 일어섰다.

"언제까지 말싸움하고 있을 건가요!"

모두의 시선이—— 미아에게 모이자, 교실 안이 조용해졌다.

미아는 살짝 창피해하면서도, 제이크와 에단을 꾸짖었다.

"남자라면 정정당당하게 승부예요!!"

술렁이는 교실.

제이크와 에단이 서로 얼굴을 마주 보고는 입을 다물었다.

미아는 그런 둘의 태도가 마음에 들지 않았다.

"남자가 말싸움이라니, 한심하다고요. 두 분이 좋아하는 사람도 이런 모습을 보면 환멸을 느낄 거예요."

그 말에 둘의 표정이 움찔했다.

미아는 잇따라 다그쳤다.

"남자라면, 좋아하는 사람이 있으면 정면 승부예요!"

제이크와 에단의 시선이 아래로 향했다.

"그렇군. 내가 어떻게 되어 있었다. 말싸움으로 아레가 기뻐할 리 없지."

"미아 양이었던가? 네 덕분에 눈이 뜨였다. 확실히 그녀는 이런 일로 기뻐하지 않겠지."

두 사람의 가상한 태도에 미아는 미소를 띠었다.

"두 분 다 이해해 주셨군요! 그래요. 두 사람 모두 정정당당하게 고백해서——."

미아가 생각한 정정당당한 승부란 두 사람이 아레한테 고백하는 것이었다.

그런데도 제이크와 에단은 서로를 노려봤다.

"장갑은 없지만, 결투를 신청하지. 갑옷을 사용한 결투면 불만 없겠지?"

제이크가 결투를 신청하자, 에단이 앞머리를 손으로 탁 쓸어넘겼다.

"깨끗하고 올바르게, 정정당당히 결투로군요. 저도 불만 없습니다. 오히려 다치게 할까 걱정이군요. 그래도 명색이 왕자를 상대하니 말이지요."

에단이 결투를 승낙하자, 학생들이 웅성거림이 커졌다.

"결투다!"

"연인을 걸고 결투라니—— 흥분되는데!"

"갑자기 재미있어졌는데!"

조금 전까지 안절부절못했던 학생들이 활기를 띠었다.

미아는 혼자서 곤혹스러워했다.

"어? 저기? 어라? 어째서 결투? 고백하면 끝나는 이야기죠?!"

하지만 아무도 미아의 이야기를 듣고 있지 않았다. 이미 교실은 결투 이야기로 분위기가 달아오르고 있었다.

교실에 핀이 들어서자 그를 발견한 미아가 달려가 울면서 안겨 들었다.

"기사니이이임!"

"왜 그러지, 미아?! 무슨 일이 있었어? 누군가한테 괴롭힘을 당했나? ——누가 했는지 말해라. 당장 후회하게 해주마."

걱정하는 핀에게, 미아는 자기 책임으로 죽고 죽이는 싸움이 일어났다고 설명했다.

"미아 때문에 결투가 일어난대요."

"——뭐?"

표정이 험악해진 핀은 뒤에 서 있던 리온에게 고개를 향했다.

"리온, 이게 무슨 말이지?"

리온은 머리를 긁적이면서, 소란스러운 1학년들을 보며 어이없어하는 것처럼 중얼거렸다.

"뭐, 신경 쓰지 마. 상례 행사니까."

"결투가?!"

◇

남자가 남자를 둘러싸고 결투하게 되었다.

장소는 학원에 있는 투기장.

관객석에는 학생들이 결투를 기대하며 앉아 있었다.

우리 3학년도 1학년들의 모습을 바라보는 중이었다.

1학년 여학생들은 특히나 아레 양을 둘러싼 결투에 흥분한 기미였다.

“제이크 전하와 에단 님이 한 명의 여성을 둘러싸고 결투라니, 굉장해!”

“마치 소설 같아!”

“2년 전에도 그런 결투가 있었다고 하던데?”

2년 전 화제가 나오자 내 주위에 있던 사람들이 떨떠름한 표정을 지었다.

내 곁에는 약혼자들이 있었고, 그 뒤로는 마리에와 다섯 바보가 앉아 있었다.

바로 앞자리에 앉아 있던 다니엘과 레이먼드가 날 향해 비꼬듯이 말했다.

“야, 리온. 네 이야기를 하는데?”

“1학년한테 대인기네~.”

놀리는 두 명에게 나는 쌀쌀맞은 태도를 보였다.

진지하게 대답하면 괜히 더 놀려 대리라는 것을 알고 있기 때문이다.

“좋아서 결투한 게 아니야. 애초에 난 여성을 둘러싸고 결투한 것도 아니잖아. 로망이라고는 손톱만큼도 없는 결투였다고.”

레이먼드는 턱에 손을 대고 2년 전을 추억했다.

“크~, 그때는 리온이 사회적으로 죽었다고 생각했는데.”

다니엘도 동감이라는 듯 끄덕였다.

"그런 리온이 지금은 공작님이라니. 어째서인지 왕자님 일행도 같이 있고."

왜 이런 상황이 된 건지, 오히려 내가 물어보고 싶다.

결투로 다섯 바보를 너덜너덜하게 두들겨 팼더니 어째서인지 그 녀석들을 먹여 살리는 처지가 되었다.

이건 벌칙 게임이잖아.

내 오른쪽에 앉은 노엘이 무릎에 팔꿈치를 대고 양손에 턱을 얹고 투기장에 선 갑옷 두 기를 도끼눈으로 내려다보며 입을 열었다.

"리온은 공화국에서도 결투했었지? 2년 전에도 했으면 사실상 매년 결투한 거잖아. 이 나라, 너무 무서운데."

나도 노엘의 의견에 동의했다.

"나도 동감이야. 나는 섬세하고 다정한데, 이런 야만적인 나라에 태어나는 바람에 하루하루가 불안해서 견딜 수가 없어."

"——그런 것치고는 제법 기대하는 것 같은데?"

"내가 하는 게 아니니까. 애초에 결투라고 해도 목숨을 빼앗거나 하지는 않아. 그냥 재미있게 구경하면 그만이지."

"결투를 즐길 수 있는 것만으로도 리온은 왕국 사람의 자질이 충분한 거 아니야?"

노엘과 대화하고 있자, 왼쪽에 앉은 리비아가 내 팔을 손가락으로 쿡쿡 찔렀다.

고개를 향하자, 리비아가 율리우스 일행을 가리키며 말했다.

"리온 씨, 모두가 보고 있어요."

율리우스를 비롯한 다섯 바보가 날 노려보고 있었다.

"너한테 싸움을 건 게 잘못이었다. 과거로 돌아갈 수 있다면 나는 절대로 너와는 싸우지 않겠어."

질크는 후회하고 있는 듯하다.

"더 꼼꼼하게 준비했어야 했죠."

브래드는 지금도 2년 전을 잊지 않은 모양이다.

"비겁한 녀석이었지. 절대로 지지 않는다는 걸 알고서, 승부를 받아들였으니까."

그렉은 팔짱을 낀 채 다리를 위아래로 떨고 있었다.

"그때의 도발을 떠올리면, 지금도 벌컥벌컥 화가 난다고."

크리스는 안경을 요사스럽게 반짝이고 있었다.

"——결투가 한창인 와중에 마음마저 꺾였지. 나는 그때의 일을 잊지 않았고, 언젠가 갚아 줄 생각이다."

나는 약간 미안함을 느끼고, 머리를 긁적이면서 사과했다.

"미안했어. 너희가 그렇게 약할 줄은 몰랐거든. 다음 기회가 있다면 좀 더 살살할 테니까 용서해줘."

분개하는 다섯 명의 얼굴을 보고 낄낄 웃자, 내 뒷자리에 있던 안제가 등을 가볍게 쳤다.

"도발하지 마라, 바보 녀석."

"혼나 버렸네."

어깨를 으쓱인 나는 시선을 마리에 일행에게 향했다.

마리에 옆에는 카라가 앉아 있었다. 둘 다 손에 음료와 먹을 것을 들고 있었다.

마리에는 오늘도 마리에였다.

"결투라기보다 오락이지. 얼른 시작하라구!"

그렇게 투덜거리고는, 손에 든 음료를 단숨에 다 마셔 버렸다.

어이, 잠깐.

너희가 들고 있는 건 혹시 술이냐?

벌건 대낮부터 마시고 있는 거냐?

"마리에 님, 오늘도 마시는 모습이 멋져요!"

카라가 마리에를 황홀하게 바라보며 말했다.

대체 어디에 황홀하게 볼 요소가 있는 거지?

그 대각선 뒤쪽으로는 불안해 보이는 미아와 표정이 일그러진 핀의 모습이 있었다.

결투의 계기를 만든 미아는 책임을 느끼는 모양이었고, 핀은 미아를 불안하게 한 제이크와 에단을 원수 보듯이 내려다보고 있었다.

문득 핀의 중얼거림이 내 귀에 들렸다.

"——후회하게 해주마."

으음~, 역시 과보호야.

나는 가까이에 떠 있는 루크시온에게 결투 결과를 물어봤다.

"루크시온, 어느 쪽이 이길 거라고 보냐?"

『이번에도 돈을 걸 생각입니까?』

"그럴 생각이야."

『——능력만 보면 에단이 우세합니다. 다만, 도중에 결투가 중단될 가능성도 큽니다.』

"뭐, 그렇겠지."

여하간, 이건 남자끼리가 남자를 둘러싸고 싸우는 결투니까 말이다.

◇

투기장 귀빈석.

그곳에는 이번 결투를 야기한 여성(?)인 아레가 앉아 있었다.

투기장에서는 분위기를 띄우는 역할을 맡은 여학생이 결투가 일어나게 된 경위를 이야기하고 있었다.

「오늘 결투는 한 여성을 둘러싼 남자들의 싸움! 제2 왕자 전하와 백작가의 후계자를 사로잡은 여성의 이름은—— 어, 어라?」

소리치던 여학생이 서류를 보더니 혼란에 빠졌다.

아레는 의자에 앉아 눈을 감고 무릎 위에서 주먹을 꽉 쥐었다.

여학생이 모르겠다는 얼굴로 진실을 말했다.

「그게, 아레 양이 서류에는 아론이라는 남학생으로 되어 있는데……. 아니, 저기, 이거 정말 어떻게 된 거야?!」

투기장의 관객석이 술렁였다.

"남자? 남자?!"

"뭐? 어떻게 봐도 여자인데."

"——뭐가 어떻게 된 거지?"

겉모습은 여성인 아레이지만, 사실은 아론이라는 이름의 남자임이 모두에게 알려지고 말았다.

아론은 욕설이 날아오는 것을 각오하고 있었다.

그리고.

'제이크 전하한테도 미움받았겠지.'

짧은 꿈이었다며 눈물이 흘렀지만, 그런 아레의 과거를 아는 친구들이 목소리를 높여 외쳤다.

"아레, 고개를 들어!"

"너는 나쁘지 않다고!"

"그래! 너는 우리의 여신이야!"

일부 남학생들의 목소리에 아레가 고개를 들었다.

거기에는 동급생인 커티스도 있었다.

"다들!"

따뜻한 성원에 눈물을 흘리고 있자, 투기장 관객석에서 결투에 대한 불만이 나왔다.

"뭐야? 남자가 남자를 둘러싼 결투야?"

"이 정도면 사기 아니냐?"

"말이 안 되잖아!"

이 세계의 가치관으로 보면 아레는 매우 드문 케이스다.

역시나 받아들이지 못하는 학생들이 나오기 시작했다.

하지만 투기장에서 갑옷에 탑승한 제이크가 외쳤다.

「그게 뭐 어쨌다는 거냐! 남자인지 어떤지는 상관없다. 아레는 아레다! 나는 이대로 결투를 속행하겠다. 에단, 그만둘 마음이 들었으면 말해라. 그리고 아레한테 두 번 다시 다가가지 마라.」

제이크의 말에 에단은 갑옷으로 무기를 들고 공격 자세를 취했다.

「이 가슴의 두근거림이야말로 진실한 사랑이다. 성별 따위, 천재인 나한테는 상관없어!」

무기를 들고 자세를 취하는 두 갑옷.

심판은 이대로 결투를 시작해도 되는지 혼란스러운 기색이었다.

투기장 관객석에서도 곤혹스러워하는 목소리가 들려왔다.

"어? 남자끼리라도 괜찮은 거야?"

"이대로 속행하는 거지?"

"하지만 아론의 외모는 어떻게 봐도 여자잖냐? 어, 어라? 누군가랑 뒤바뀐 것 아니냐?!"

평범하게 보면 남자 두 명이 한 여자를 두고 싸우는 것으로 보이지만, 서류를 확인하니 세 명 모두 남자다.

그 결과, 심판이 시작 신호를 알렸다.

「그, 그러면 정정당당하게 싸우도록 하십시오! 시작!」

이미 반쯤 자포자기로 개시 선언을 내리자, 갑옷 두 기가 격렬하게 부딪쳐 불꽃이 튀었다.

◇

"이젠 뭐가 뭔지."

공략 대상끼리 공략 대상을 둘러싸고 결투를 벌이고 있다.

이로 인해 공략 대상 세 명이 미아의 연인 후보에서 제외되어 버렸다.

후배들이 입학하지 않은 현 상황상, 전멸이라고 해도 좋으리라.

머리를 감싸 쥐는 내 대각선 앞에는 오스칼의 모습이 있었다.

양옆에 제나와 핀리가 앉아 있다.

오스칼은 제이크를 응원하고 있었다.

"제이크 전하, 거깁니다! 더 몰아붙이십시오!"

오스칼 양옆에 있는 제나와 핀리는 마치 싸우기 직전인 양아치처럼 서로 노려보는 중이다.

나는 이제 그냥, 전부 다 내팽개쳐 버리고 싶다.

격렬하게 싸우는 갑옷의 전투를 보고 있던 리비아가 2년 전을 떠올렸는지 추억 이야기를 꺼냈다.

"2년 전에도 여기서 결투했지만, 이런 식으로 팽팽하게 맞서는 승부는 아니었는데요."

루크시온의 분석대로 에단 쪽이 우세했다. 하지만 실력에 큰 차이가 없기에, 에단도 쉽게는 승부를 결정짓지 못하고 있었다.

뒤쪽에서 안제가 둘에 대한 평가를 이야기했다.

"에단은 천재를 자칭하는 만큼 강하지만, 제이크 전하도 기백이 다르군. 원래 노력가였으니 좋은 승부가 되고 있다."

나는 노력하는 제이크의 모습을 상상하고, 약간 호감도가 올랐다.

――아니, 난 공략당하지 않지만.

"그런 말을 들으니 제이크를 응원하고 싶은걸."

안제가 뒤에서 웃었다.

"하지만 무슨 일에든 무기력한 에단이 이렇게까지 의욕을 보이는 것도 드문 일이다. 아레는 두 명의 남자를 현혹한 미녀―― 미녀가 맞겠지?"

안제도 차마 단정하지 못하자 내가 대신 긍정했다.

"로스트 아이템으로 성전환했으니까 완전한 여성이래."

"한 번밖에 쓰지 못하는 로스트 아이템인가. 과감한 행동을 하는군."

그렇게 결투를 지켜보고 있자, 서서히 제이크가 밀리기 시작했다.

갑옷 어깨가 떨어져 나가고, 표면의 상처도 늘었다.

에단이 항복을 권했다.

「――제이크 전하, 솔직하게 존경합니다. 저와 이 정도까지 싸울 수 있으리라고는 생각지 않았습니다. 실력은 인정할 테니 이만 패배를 선언해 주십시오. 당신을 다치게 하고 싶지 않습니다.」

그 말에 제이크는 거부했다.

「미안하지만 물러날 생각은 없다. 하지만 나도 널 얕보고 있었다. 너는 확실히 천재야. 내가 인정해 주마.」

남자끼리 우정이라도 싹튼 것일까?

에단의 갑옷이 들고 있는 건 레이피어다.

검신이 가느다란 검으로 제이크의 갑옷을 찌르고자 몸을 굽혔다.

제이크 쪽은 글레이브라고 하는 나기나타 같은 무기를 들고 있다.

리치가 긴 무기를 들고 있으면서도, 레이피어를 든 에단에게 밀리고 있다.

에단의 실력은 상당하고, 제이크도 약하지는 않았다.

「이걸로 끝내겠습니다, 전하!」

「덤벼라, 에단!」

두 갑옷이 격돌했고, 제이크의 갑옷이 칼날에 꿰뚫려 있었다.

하지만 에단의 갑옷도 글레이브가 깊숙이 박혀 움직이지 못하고 있었다.

루크시온이 갑옷의 기능 정지를 확인했다.

『——무승부인 듯합니다.』

"아이고, 귀찮아졌네."

승부가 나지 않았다.

나는 핀 쪽으로 고개를 향하고 두 사람에 대한 평가를 물었다.

"남지다운 모습을 보어준 두 사람을 어떻게 생각하냐?"

핀은 무표정인 채로.

"——안 된다. 미아에게 걸맞지 않아."

역시 안 되는 모양이군.

애초에 이놈들이 싸운 이유가 미아 때문인 것도 아니고.

이리하여 아레를 둘러싸고 결투한 남자들의 싸움은 막을 내렸다.

내렸다고 할지, 앞으로도 계속되겠지만.

"나는 어쩌면 좋지."

◇

결투 후.

나는 오랜만에 마리에와 단둘이 있었다.

사람의 왕래가 적은 투기장 복도에서 루크시온한테 주위를 감시시키며 마리에와 대화했다.

"결국, 핀 마음에 든 공략 대상은 없었군. 이러다 미아는 연애 못 하는 거 아니냐?"

내가 핀의 과보호 경향에 관해 이야기하자, 마리에는 커다란 한숨을 내쉬었다.

"핀도 오빠랑 동류네. 정말로 둔감해."

"그 녀석이 둔감하다고?"

고개를 갸웃하자, 마리에가 미아의 마음을 알려주었다.

"애초에 미아가 공략 대상과 연애하는 건 무리야."

"어째서?"

"생각해 보라구. 자기를 지켜 주는 이상적인 남성이 곁에 있는 걸. 눈은 자연스럽게 높아지고, 당연히 비교하겠지. 그 이전에, 그 애는 핀 말고 다른 사람을 연애 대상으로 보고 있지 않아."

나는 입가를 양손으로 눌렀다.

"거짓말이지?!"

"사실이야. 그리고 핀이 말하는 이상이란 거, 생각해 보면 자신한테 딱 들어맞지 않아? 지위도 명예도 있고, 제국에서 무척 강한 기사이고. 재산은 모르겠지만, 강하고 미아를 제일로 생각해 주는 존재잖아."

마리에가 하고 싶은 말이 나도 그제야 이해됐다.

"그거 핀이네."

"오빠랑 핀은 서로 닮았어. 외모는 뭐 조금도 닮지 않았지만."

"그러냐."

"——어?"

마리에한테 쌀쌀맞은 태도로 대답하자 어째서인지 마리에가 놀랐다.

내 모습을 찬찬히 바라본 마리에는 무슨 이유에서인지 침착하지 못한 기색으로 내게 물었다.

"오빠, 무슨 일 있었어? 예전이라면 정색해서 이 말 저 말 했을 거잖아? 오늘 좀 이상해."

“나는 전부터 이런 느낌이야. 그보다 자립한다는 이야기는 어떻게 됐어?”

던전 탐사로 일확천금을 노리던 마리에였으나, 아무래도 포기한 모양이다.

없는 가슴을 펴며 당당하게 선언했다.

“관뒀어. 에리카도 나랑 재회할 수 있었던 것만으로도 기쁘다고 했고.”

“정말로 사람이 된 애지. 너랑 다르게.”

“거슬리는 말투지만 이번에는 봐줄게. 그것보다도 나는 깨달은 거야. 이대로 평생 오빠한테 얹혀사는 편이 낫다는 걸 말이야.”

정말 끔찍한 깨달음이구만.

나로서는 성실하게 일해서 얼른 자립해 줬으면 한다.

“난 싫어. 얼른 자립해.”

“날 버리는 거야?!”

“주운 기억도 없거든.”

그나저나, 미아가 좋아하는 사람이 핀이라면── 그 여성향 게임 3탄의 시나리오는 사실상 시작도 전에 붕괴한 거나 마찬가지다.

다른 누구도 아닌, 핀의 손에 의해.

정말로 엉망진창이구만.

에필로그

라셀 신성 마법 왕국.

호수 위에 존재하는 백(白)의 도시라 불리는 수도. 그곳의 왕성에 중신들이 모여 있었다.

알현실에서 무릎을 꿇은 중신들 앞에는 옥좌에 앉은 백발노인이 있었다.

그 옆에 서 있는 재상이 노인── 신성왕에게 보고했다.

"위대하신 폐하께 보고드리겠습니다. 야만족들이 영웅이라 부르는 귀축 기사가 호르파트 왕가 측으로 돌아섰습니다. 이로 인해 호르파트 왕국의 내전은 기대하기 어렵게 되었습니다."

신성왕이 훌륭한 턱수염을 손으로 쓰다듬으며 옥좌에서 일어섰다.

"귀축 기사의 행동은 허용할 수 없다. 각국에 서류를 보내라. 호르파트 왕국에 탄생한 귀축 기사를 내버려 두면 주변국은 모조리 멸망하게 될 것이라고 전하라."

중신들이 고개를 숙인 채 대답하자, 재상이 신성왕의 판단을 찬양했다.

"훌륭하신 결단입니다. 이를 기회로 호르파트 왕국을 침공하여 저희에게 복종시키도록 하지요."

신성왕은 수염을 쓰다듬으며 오른손을 들었다.

"호르파트 왕국 따위, 역사 깊은 우리 라셸 신성 왕국이 멸망시켜 주지! ——그나저나, 귀축 기사 덕분에 좋은 명분이 생겼군. 그 녀석을 위협으로 느낀 이들이 뭉칠 테니까."

리온 한 명을 두려워하여, 각국과 군사 동맹을 맺어 호르파트 왕국을 침공한다.

이것이 라셸의 방침이 되었다.

재상이 염려되는 점을 말했다.

"위대하신 폐하, 훌륭하신 계획이오나, 문제가 있습니다. 그 만만히 볼 수 없는 롤랜드와 연합 왕국의 음험한 공주의 움직임이 신경 쓰입니다. 우리의 움직임을 눈치채고 있어도 이상하지 않습니다."

만만히 볼 수 없는 롤랜드.

음험한 공주 밀렌.

두 사람의 이름을 떠올린 신성왕은 표정을 바꾸지 않았다.

하지만 눈을 살짝 가늘게 떴다.

"역사도 짧은 저속한 패거리에 속을 썩는 것도 질렸다. 이번에는 호르파트를 불타는 벌판으로 만들 때까지 싸움을 멈추지 않을 것이니라."

재상이 무릎을 꿇자 신성왕은 계속해서 말했다.

"강력한 로스트 아이템을 손에 넣어 우쭐해진 모양이다만——기껏해야 결국은 개인의 힘에 지나지 않는다. 주변국이 일거에 쳐들어가면 호르파트 왕국은 금방 지도에서 사라질 것이야."

재상이 곧바로 대답했다.

"폐하께서 말씀하신 대로 될 것입니다. 성기사들의 출격 준비를 서두르겠습니다."

신성왕이 오른손을 앞으로 내밀었고, 폈던 손을 꽉 쥐었다.

"위대한 조국에 승리를 바치라!"

◇

호르파트 왕국 왕궁.

중신들이 격렬하게 언쟁을 벌이고 있었다.

"주변국 전부가 적으로 돌아섰다고?!"

"공화국은 이쪽 편이다."

"그 나라가 의지가 될쏘냐. 아직 회복조차 하지 않았어!"

라셸 신성 왕국이 맹주가 되어 호르파트 왕국 주변국에 군사 동맹을 맺길 호소했다.

본래라면 뭉칠 리가 없지만, 리온의 존재가 여기서 도리어 화가 됐다.

오로지 혼자서 나라를 멸망시킨 리온에게 주변국이 겁을 먹었다.

이번 군사 동맹도 이 이상 리온이 힘을 얻기 전에 협력하여 치려는 의도였다.

중신들의 회의를 바라보며 롤랜드는 깊은 한숨을 내쉬었다.

"——아들이 남자를 두고 결투한다든가, 아무리 나라도 예상 밖이었어. 그 녀석, 옥좌를 노리고 있던 것 아니었나? 상대가 남자면 아이가 생기지 않을 텐데."

제이크가 무슨 생각을 하고 있는지 이해할 수 없어서 맥이 빠진 표정이었다.

그 옆에서는 밀렌이 차가운 눈으로 롤랜드를 쳐다보고 있었다.

"이 상황에서 잘도 그런 생각을 할 수 있군요. 주변국이 전부 적으로 돌아섰다고요."

"공화국이랑 네 고향은 아니잖아? 고립무원인 건 아니야."

"알제르 공화국에 제대로 된 전력은 남아 있지 않습니다. 레르파트도 전력을 내보낼 여유가 없다는 걸 알고 계시잖아요."

"적으로 돌아서는 것보다는 낫지."

밀렌은 대수롭지 않다는 듯이 구는 롤랜드한테 화가 났다.

"발트파르트 공작이 아무리 강해도, 이들이 한꺼번에 쳐들어오면 온 나라가 불타는 허허벌판으로 변할 거예요. 왕국의 국력은 떨어지기만 하고 있어요."

그에 더해 왕국은 영주 귀족들로부터 외면당하고 있다.

리온이 말하면 따르겠지만, 배신자도 분명 나오리라.

침공해 오는 타국이 대륙을 점령하면 여러모로 위험해진다.

롤랜드는 하품했다.

"어차피 애송이 말고 기댈 곳이 없는 시점에서 끝난 거다. 패배를 인정하고 항복할까?"

"그럼 저도 폐하도 라셀에서 처형되겠네요. 그 나라는 옛날부터 저희를 멸시하고 있으니까요."

"역사 깊은 나라니까. 애초에 우리 선조도 그 나라 출신이다. 태생은 하급 귀족이었다는 모양이야."

"입 밖에 내서 할 이야기가 아니에요."

라셀 신성 왕국이 호르파트 왕국에 쳐들어오려 하고 있었다.

롤랜드는 재미있어하는 것처럼 중얼거렸다.

"자, 애송이는 어떻게 움직이려나."

◇

"나는 롤랜드한테 복수하고 싶어."

나는 학생 기숙사의 내 방에 루크시온과 크레아레, 약혼자 세 사람과 에리카를 불러놓고 복수에 관한 이야기를 꺼냈다.

테이블 위에는 모두를 위해 준비한 홍차와 과자가 놓여 있고, 방에는 기분 좋은 향기가 감돌았다.

창문으로 비쳐 들어오는 햇볕도 따뜻한, 무척 지내기 편안한 하루의 오후였다.

불온한 회의를 하기에는 너무 아까운 날이군.

이런 날에 롤랜드에게 어떻게 복수해야 할지를 고민해야 하는 게 분하기 짝이 없다.

루크시온과 크레아레가 한번 서로의 렌즈를 마주 보았다.

『라셀이 움직였다는 말을 듣고 곧바로 롤랜드한테 복수할 생각을 하다니 제정신으로 할 행동이 아니군요.』

『마스터도 참, 정말로 비생산적인 행동을 좋아하지.』

라셸 신성 왕국이 호르파트 왕국과 전쟁을 준비 중이라는 정보가 조금 전에 들어왔다.

언젠가 이런 일이 일어날 거라고는 생각했지만, 설마 주변국까지 모두 끌어들일 줄이야.

이 사태를 심각하게 생각하는 안제는, 롤랜드에게 어떻게 복수할지 이야기를 나누려 하는 나를 어처구니없다는 시선으로 보고 있었다.

그녀는 홍차를 한 모금 마신 뒤 예리한 시선으로 날 쳐다봤다.

"그 여유를 보아하니, 뭔가 대항책이 있는 모양이군."

나는 과자에 손을 뻗어 손끝으로 집었다. 납작한 쿠키 한 개를 시선보다 약간 위까지 들어 올려, 겉면과 뒷면을 보면서 설명했다.

"그건 상대 나름이려나?"

이런 내 모습에 약간 짜증이 났는지, 노엘이 내가 들고 있던 쿠키를 옆에서 휙 채어갔다.

"진지하게 생각해. 지금은 리온만이 유일한 희망이라면서?"

알제르 공화국에서 전쟁을 경험한 노엘에게 내 태도는 용납할 수 없었던 것이리라.

나는 어깨를 으쓱였다.

"어떻게든 할 거야. 그것보다도 지금은 롤랜드한테 복수하고 싶어! 다들 아이디어를 내줬으면 해."

나 혼자서는 한계가 있다.

그 롤랜드를 괴롭히기 위해 의지가 되는 파트너나 약혼자들을 모은 것이다.

리비아는 작게 한숨을 내쉬었다.

"폐하는 왕궁에서 바쁘신 것 같아요. 리온 씨, 슬슬 싸움은 그만두시는 게 어떤가요? 상대는 국왕 폐하시잖아요."

남들에게는 공경해야 할 상대일지도 모르지만, 나한테는 증오해야 할 적이다.

"그 녀석이 날 쓸데없이 출세시킨 원한은 절대로 잊지 않을 거고, 다섯 바보를 나한테 떠넘긴 것도 용서할 생각 없어."

나의 흔들리지 않는 결의에 리비아는 적당한 말을 찾지 못했는지 마지막에는 입을 다물어 버렸다.

그 모습을 보고 있던 에리카가 깊은 한숨을 내쉬었다.

"아버님한테 앙갚음하려고 일부러 저까지 불러낸 건가요?"

에리카를 다회에 부르고 싶었던 것도 있지만, 딸이라면 롤랜드가 싫어할 만한 짓에 뭔가 힌트를 가지고 있을지도 모른다고 생각했다.

"롤랜드 녀석은 에리카 님을 제법 귀여워하니까. 롤랜드가 싫어할 비밀 아는 거 없어?"

에리카는 기가 막힌다는 얼굴로 날 쳐다봤다.

“알고 있어도 알려줄 생각은 없어요. 공작님도 어린애 같은 괴롭힘은 그만두는 게 어떤가요?”

“절대로 싫어.”

내가 단호하게 거부하자 루크시온과 크레아레가 서로 고개를 내젓는 듯한 몸짓을 보였다.

그리고 루크시온이 나한테 제안했다.

『그러면 아예 롤랜드를 암살하는 건 어떨지요? 앞으로 이러한 일로 고민하는 쓸데없는 시간을 줄일 수 있고, 마스터의 고민도 하나 사라지니 효율적입니다.』

너무나도 지독한 제안에 나는 완전 질색했다.

“그건 내가 싫어. 그 녀석이 죽으면 성가신 일이 쓸데없이 늘어나잖냐. 나는 그 녀석이 괴로워하는 얼굴을 보고 싶은 것뿐이야.”

그렇게 말하자 안제와 리비아가 서로 얼굴을 마주 봤다.

“정말로 리온과 폐하는 사이가 나쁘군.”

“서로 죽이려 들지는 않으니 그나마 온건한 편이지만요.”

롤랜드가 죽는 걸 원하지 않는다.

그저, 괴로워하길 원하는 것뿐이다.

나를 계속 괴롭혀 온 그 녀석이 고통받는 얼굴을 보고 싶을 뿐이다.

노엘이 나한테서 빼앗은 쿠키를 입에 던져 넣고 약간 거칠게 씹고는 말했다.

“그렇다고 해도, 이럴 때 할 필요는 없잖아.”

롤랜드를 괴롭히는 건 이 타이밍에 할 행동이 아니라고 말하고 싶은 모양이다.

주변국 대부분이 적으로 돌아섰다. 라셸 신성 왕국은 진심으로 전쟁할 생각이다.

장난이나 하고 있을 상황이 아니——지만.

"지금이니까 하는 거야. 이 타이밍이라면 다소 도가 지나쳐도 흐지부지 넘어갈 수 있어. 온 왕국이 나한테 의지하고 있으니까!"

그렇다. 이 타이밍이라면 다소 도가 지나쳐도 너그럽게 봐줄 거라는 계산이 있기에 세운 계획이다.

내 타산적인 생각에 주위가 약간 질색했다.

그런 가운데, 크레아레가 흥분하여 제안했다.

『그런 거라면 나한테 맡겨! 진짜 브레인 브레이크라는 걸 보여 줄게.』

브레인 브레이크? 뇌 파괴라는 의미인가?

"어이, 불온한 말 하지 말라고. 아무리 나라도 질색하겠어."

『정말! 오해하지 마. 진짜로 뇌를 파괴할 생각은 없어.』

아론을 아레로 만든 크레아레가 이런 말을 해도 설득력이라고는 손톱만큼도 없다. 하지만 신경 쓰이기에 내용을 확인했다.

"그럼 뭘 하는 건데?"

쾌활한 크레아레가 약간 낮은 전자 음성으로 롤랜드에게 사라지지 않을 대미지를 줄 방법을 말했다.

『마스터와 에리카가 같은 침대에서 잠들어 있는 사진을 찍는 거야. 물론, 손을 대는 건 안 돼. 어디까지나 일을 치른 뒤로 보일 만한 사진을 준비하는 거야.』

크레아레의 제안에 안제를 비롯하여 리비아나 노엘까지 표정이 싸늘하게 변하는 게 무서워서 나는 고개를 돌렸다.

에리카는 손으로 이마를 누르고 있다.

"그런 짓을 하면 온갖 죄로 공작님이 처단될 거예요."

약혼자가 있는 왕녀님에게 손을 대다니, 도가 지나치다.

하지만 크레아레한테는 자신이 있는 모양이었다.

『괜찮아! 시험적으로 계산해 봤는데, 아슬아슬하게 넘어갈 수 있어. 마스터가 라셀을 격퇴하면 지금의 왕국이라면 반드시 무시해 줄 거야. 오히려 묵인하고 넘어갈 수밖에 없어!』

크레아레가 이렇게까지 단언하면 괜찮은가?

한순간 그런 생각을 했지만, 안제가 곧바로 부정했다.

"넘어갈 수는 있을지 몰라도, 동시에 밀렌 님이 이때다 싶어 책임을 지라고 밀어붙이겠지."

나는 책임을 지라며 밀어붙이는 밀렌 씨를 상상했다.

조금 무서워지기 시작했다.

"나, 책임 싫어."

그렇게 중얼거리자 크레아레가 내 주위를 빙빙 돌기 시작했다.

『괜찮아. 증인도 준비해서 손을 대지 않았다는 걸 증명하면 돼. 그리고 말이지, 롤랜드한테 말해 주는 거야. '네 딸, 귀엽더라'라고 말이야.』

나는 생각했다.

"진짜 최악이구만."

『——신인류 상대로는 뭘 해도 용서되지 않을까? 마스터, 같이 롤랜드의 마음에 쐐기를 박자!』

내가 천천히 고개를 가로젓자 안제와 리비아, 그리고 노엘이 자리에서 일어나 말없이 크레아레를 붙잡았다.

안제가 크레아레한테 어두운 미소를 향했다.

"너의 제안은 분명 폐하의 마음에 심각한 상처를 입히겠지. 하지만 리온이 에리카 님과 잤다는 소문이 나게 되면 우리가 곤란하다."

리비아는 얼굴 가득 미소를 띠고 크레아레를 보고 있었다.

"아레야, 조금 이야기를 나눌까. 남자애를 여자애로 만든 일도 자세히 듣고 싶은데."

둘에게 붙잡힌 크레아레는 필사적으로 저항하는 기색을 보였다. 진심을 발휘하면 빠져나오는 건 쉬우리라.

하지만 내 약혼자를 다치게 해서는 안 된다고 판단했는지, 저항이 소극적이었다.

『두 사람 다 기다려! 부탁이니까 이야기를 들어 줘?! 이건 예로부터 전해지는 유서 깊은 방법이야!! 노엘도 웃고 있지 말고 도와줘!』

싱글싱글 웃으며 크레아레를 보고 있던 노엘은 크레아레가 도움을 청하자 양손을 들어 살살 내저었다.

"미안~. 나도 꽤 열 받았거든."

크레아레가 도움을 요청하는 것처럼 날 봤다.

『마스터는 이해해 주겠지?』

"나는 널 조금도 이해 못 하겠다."

난 롤랜드를 괴롭히고 싶지만, 이 방법은 너무 지독하다.

세 사람한테 끌려가는 크레아레를 지켜본 뒤, 루크시온이 나와 에리카를 번갈아 가며 봤다.

『마스터가 크레아레의 제안을 채용했을 경우, 롤랜드의 정신에 커다란 대미지를 줄 수 있습니다. 다만 그러면 이후에 지장이 생길겁니다.』

나는 아무것도 이해하지 못한 루크시온에게 머리 뒤에 손을 대며 가르쳐 줬다.

"그 정도가 아니야. 롤랜드 말고도 문제투성이가 되겠지. 그건 그렇고 안제랑 리비아, 노엘이 저렇게까지 화낼 거라고는 생각지 않았는데……."

『그것에는 저도 동의합니다.』

나와 루크시온이 둘이서 고개를 갸웃하며 세 명이 저렇게까지 화내는 이유를 생각하고 있자, 에리카가 뺨을 씰룩거리며 웃고 있었다.

"삼촌이랑 루크시온, 정말로 모르겠어?"

"에리카는 알겠냐? 그럼 가르쳐 줘."

확실히 내가 에리카랑 같은 침대에 들어가 사진을 찍으면 세 사람은 기분이 좋지는 않을 것이다. 하지만 단순한 장난이니까 손은 대지 않는다.

싫겠지만, 화를 낼 정도까지는 아닐 것이다.

밀렌 씨가 나와 에리카의 결혼을 밀어붙이면 성가시겠지만, 구태여 화낼 정도일까?

에리카는 약간 어처구니없다는 얼굴을 한 뒤, 조금 쑥스러워한 것처럼 입 앞에서 손가락을 교차시켜 깍지를 꼈다. 그리고 표정을 가리다시피 하면서 말했다.

"그만큼 사랑받고 있다는 거야."

"그, 그런가?"

쑥스러워하는 에리카가 귀엽다고 생각하고 있자, 에리카는 곧바로 눈을 가늘게 뜨고 진지한 표정을 지었다.

"그리고 말이지, 크레아레의 제안은 아버님만 피해를 보는 게 아니야."

"어?"

이해하지 못한 나를 보고 에리카는 작게 한숨을 내쉬었다.

"저 세 사람이 보기에는 설령 거짓말이라도 삼촌이 나랑 바람을 피운 거나 마찬가지야. 그거, 기분 안 좋겠지? 아니, 그렇다기보다 세 사람도 상처받겠지?"

거기까지는 생각하지 않았다.

루크시온이 말했다.

『크레아레의 제안은 양날의 검이었군요.』

채용하지 않길 잘했다.

나한테 세 사람의 마음을 깨닫게 해준 에리카였으나, 표정이 흐려지더니 걱정스러운 듯이 물어봤다.

가슴 앞에서 주먹을 꽉 쥐며.

"그보다 삼촌, 전쟁은 내버려 둬도 정말로 괜찮아? 믿고는 있지만, 이번만큼은 삼촌이라도 힘들지 않을까?"

주변국 전부가 적으로 돌아서면 아무리 루크시온이라도 왕국에 피해가 나오는 건 피할 수 없다.

라셸 건은 정말로 성가시지만, 귀여운 조카딸을 걱정시킬 수도 없는 노릇이지.

뭐, 조카라고 해도 전생의, 지만.

"걱정하지 않아도 돼. 나랑 루크시온이 어떻게든 할 테니까."

루크시온에게 손을 뻗어 손가락 끝으로 가볍게 쿡쿡 찔러 줬다.

그러자 루크시온이 내게서 거리를 벌렸다.

『어떻게든 하는 건 항상 저이지만요. 마스터는 성가신 일이 생기면 언제나 저한테 떠넘기기만 합니다.』

평소랑 다름없이 입이 험한 파트너에게 나는 여느 때처럼 가볍게 농담을 던졌다.

"너라면 잘 할 수 있을 거라고 믿으니까 말이지."

『인공지능인 저한테도, 마음이 담기지 않은 얄팍한 대사로밖에 들리지 않습니다.』

"아~, 성격 비뚤어진 인공지능이라니. 조금은 마스터인 내 말을 솔직하게 받아들이는 게 어때? 너는 귀염성이 너무 없다고."

『거짓말은 하지 않을 뿐, 진의를 이야기하지 않는 마스터의 말을? 농담이겠지요.』

"드물게 칭찬해줬더니 이렇다니까. 그런 주제에 평소에는 자기를 더 칭찬하라고 말하지. 에리카, 루크시온은 이런 녀석이야."

에리카한테 루크시온에 대해 알려줬다.

이번에는 반대로 루크시온이 에리카한테 나에 대해 이야기했다.

『에리카, 마스터의 말을 믿어서는 안 됩니다. 전생을 겪었으면서도, 정신은 여전히 어린애이니까요. 무슨 일이 있으면 저한테 상담해 주십시오.』

"너, 내 조카한테 무슨 말을 하는 거야! 삼촌으로서의 위엄이 없어지잖냐!"

『그런 건 처음부터 존재하지 않기에 신경 써도 쓸데없는 짓입니다.』

가볍게 부정당한 내가 루크시온을 손으로 붙잡으려 하자 에리카가 웃기 시작했다.

우리의 시선이 에리카한테 향하자 부끄러워했다.

"미안. 어쩐지 둘이 무척 즐거워 보여서. 서로 불평을 주고받으면서도, 사이가 좋다는 게 전해져 와."

얼굴이 살짝 빨갛게 물든 에리카의 말에, 나와 루크시온은 서로 고개를 홱 돌렸다.

"누가 이런 녀석이랑."

『단순한 주종 관계입니다.』

그런 우리를 보고 난처한 듯이 웃는 에리카였다.

——자 그럼, 귀여운 조카딸을 위해서라도 라셀 신성 왕국 건을 어떻게든 해야겠군.

후기

여성향 게임 세계는 모브에게 가혹한 세계입니다—— 약칭「모브세카」도 마침내 10권에 도달했습니다!

두 자릿수라고요. 두 자릿수!

모브세카가 여기까지 이어져 줘서 작가로서도 무척 기쁘게 생각합니다.

이것도 지금까지 응원해 주신 여러분 덕분! 정말로 감사합니다.

이야기도 종반에 접어들었습니다만, 마지막까지 함께해 주신다면 기쁘겠습니다.

자, 이번 권에서는 안젤리카가 메인이 되었습니다.

Web판도 그랬습니다만, 안젤리카의 에피소드가 부족하다는 건 자각하고 있었습니다.

히로인인데도 출연이 적다고(웃음).

거기서, 이번에는 리온과 안젤리카의 관계를 다시금 재검토하고자 이야기를 만들었습니다.

리온과 안젤리카 두 사람에게 있어 중요한 이야기이니, 후기부터 읽으신 독자분도 재미있게 봐주신다면 좋겠습니다.

Web판은 7장. 책으로 치면 일곱 권 분량으로 완결되었습니다.

원래부터 계속 이어져도 7장으로 끝낼 생각이었기에 리온과 안젤리카 사이의 알콩달콩한 이야기는 Web판에서는 적지 않았었습니다.

애초에 연애 묘사를 잘 못 적으니까요(웃음).

다만, 서적판에서 그런 말을 하고 있을 수도 없기에 이번에는 저도 공부했습니다.

연애물 라이트노벨을 몇 권 읽어 봤습니다만, 확실히 이건 재미있다고 납득했네요. 인기가 나올 법도 합니다.

지금까지 잘 적지 못한다는 생각에 피하고 있었습니다만, 아까웠네요.

그런 이유로 앞으로는 연애 요소에도 힘을 넣어 나가고자 합니다만—— 두 작품 연속으로 로봇물을 쓰고 만 탓에 저는 로봇물 작가라고 오해받고 있는 느낌이 듭니다.

아니야! 로봇물은 좋아하지만 메인이 아니라고!!

진짜배기 로봇물을 쓰고 있는 작가분한테 면목이 없어(땀).

그런 이유로 다음 작품은 로봇 요소를 줄이고 왕도물을 쓸 예정입니다.

검과 마법의 꿈이 있는 왕도 판타지물을 써 주겠다고요!

지독한 히로인—— 지로인을 쓰는 작가라는 말을 듣지 않기 위해서라도 말이죠.

진짜라고요?

그럼, 앞으로도 응원 잘 부탁드립니다!!

여성향 게임 세계는 모브에게 가혹한 세계입니다 10

2022년 12월 15일 1판 1쇄 발행
2024년 3월 15일 1판 2쇄 발행

저 자 미시마 요무
일 러 스 트 몬다
옮 긴 이 주승현
발 행 인 유재옥
이 사 조병권
출판본부장 박광운
편 집 1 팀 박광운
편 집 2 팀 정영길 조찬희 박치우 정지원
편 집 3 팀 오준영 이해빈 이소의
디자인랩팀 김보라 박민솔
디지털사업팀 박상섭 김지연 윤희진
라이츠사업팀 김정미 맹미영 이윤서
영업마케팅팀 최원석 박수진 박소연
물 류 팀 허석용 백철기
경영지원팀 최정연
인쇄제작처 ㈜코리아피엔피
발 행 처 ㈜소미미디어
등 록 제2015-000008호
주 소 서울시 마포구 토정로222, 403호 (신수동, 한국출판콘텐츠센터)
판매 및 마케팅 (070) 8822-2301

ISBN 979-11-384-3501-7
ISBN 979-11-6507-479-1 (세트)